U0902261

前　言

威廉·萨默赛特·毛姆（1874—1965），生于巴黎，英国小说家、戏剧家。小毛姆不满十岁时，父母就先后去世。孤寂凄清的童年生活，在他稚嫩的心灵上投下了痛苦的阴影，养成他孤僻、敏感、内向的性格，却也让他变得坚强和富有同情心。幼年的经历对他的世界观和文学创作产生了重要的影响，在他此后创作的多篇著作中无不透露出对人生、艺术、信仰的深刻剖析。

《月亮和六便士》是威廉· 萨默赛特·毛姆的创作的长篇小说，成书于1919年。作品以法国印象派画家保罗·高更的生平为素材，描述了一个原本平凡的伦敦证券经纪人思特里克兰德，突然着了艺术的魔，抛妻弃子，绝弃了旁人看来优裕美满的生活，奔赴南太平洋的塔希提岛，用画笔谱写出自己光辉灿烂的生命，把生命的价值全部注入绚烂的画布的故事。贫穷的纠缠，病魔的折磨他也毫不在意，只是后悔从来没有光顾过他的意识。作品表现了天才、个性与物质文明以及现代婚姻、家庭生活之间的矛盾，有着广阔的生命视角，用散发着消毒水味道的手术刀对皮囊包裹下的人性进行了犀利的解剖，混合着看客讪笑的幽默和残忍的目光。作者在小说中加入对艺术问题的思考，使小说具有很强的观念性，这种观念性使小说具有了丰富复杂的多重含义，通过表层和深层、叙述和观念的对抗，使小说具有广阔的张力和内涵，表现出浓厚的现代小说的特征。

目录 Contents

一

老实说，我刚刚认识查理斯·思特里克兰德的时候，从来没注意到这个人有什么与众不同的地方，但是今天却很少有人不承认他的伟大了。我所谓的伟大不是走红运的政治家或是立战功的军人的伟大；这种人显赫一时，与其说是他们本身的特质，倒不如说沾了他们地位的光，一旦事过境迁，他们的伟大也就黯然失色了。人们常常会发现一位离了职的首相当年只不过是个大言不惭的演说家；一个解甲归田的将军无非是个平淡乏味的市井英雄。但是查理斯·思特里克兰德的伟大却是真正的伟大。你可能不喜欢他的艺术，但无论如何你不能不对它感兴趣。他的作品使你不能平静，扣紧你的心弦。思特里克兰德受人揶揄讥嘲的时代已经过去了，为他辩护或甚至对他赞誉也不再被看作是某些人的奇行怪癖了。他的瑕疵在世人的眼中已经成为他的优点的必不可少的派生物。他在艺术史上的地位尽可以继续争论。崇拜者对他的赞颂同贬抑者对他的诋毁固然都可能出于偏颇和任性，但是有一点是不容置疑的，那就是他具有天赋。

在我看来，艺术中最令人感兴趣的就是艺术家的个性；如果艺术家赋有独特的性格，尽管他有一千个缺点，我也可以原谅。我料想，委拉斯凯兹[①]是个比埃尔·格列柯[②]更高超的画家，可是由于所见过多，却使我们感到他的绘画有些乏味。而那位克里特岛画家的作品却有一种肉欲和悲剧性的美，仿佛作为永恒的牺牲似的把自己灵魂的秘密呈献出来。一个艺术家——画家也好，诗人也好，音乐家也好，用他的崇高的或者美丽的作品把世界装点起来，满足了人们的审美意识，但这也同人类的性本能不无相似的地方，都有其粗野狂暴的一面。在把作品奉献给世人的同时，艺术家也把他个人的伟大才能呈现到你眼前。探索一个艺术家的秘密颇有些阅读侦探小说的迷人劲儿。这个奥秘同大自然极相似，其妙处就在于无法找到答案。思特里克兰德的最不足道的作品也使你模糊地看到他的奇特、复杂、受着折磨的性格；那些不喜欢他的绘画作品的人之所以不能对他漠不关心，肯定是因为这个原因。也正是这一点，使得那么多人对他的生活和性格充满了好奇心和浓厚的兴趣。

直到思特里克兰德去世四年以后，莫利斯·胥瑞才写了那篇发表在《法兰西信使》上的文章，使这位不为人所知的画家不致湮没

---

① 迪埃戈·罗德里盖斯·德·西尔瓦·委拉斯凯兹（1599—1660），西班牙画家。

② 埃尔·格列柯（1541—1614？），西班牙画家，生于克里特岛。

无闻。他的这篇文章打响了第一炮，很多怯于标新的作家这才踏着他的足迹走了下去。在很长一段时间内法国艺术评论界更没有哪个人享有比胥瑞更无可争辩的权威。胥瑞提出的论点不可能不给人以深刻的印象，看起来他对思特里克兰德的称许似乎有些过分，但后来舆论的裁决却证实了他评价的公正；而查理斯·思特里克兰德的声名便也在他所定的调子上不可动摇地建立起来了。思特里克兰德声名噪起，这在艺术史上实在是最富于浪漫主义味道的一个事例。但是我在这里并不想对查理斯·思特里克兰德的艺术作品有所评论，除非在这些作品涉及画家性格的时候。我对某些画家的意见不敢苟同，他们傲慢地认为外行根本不懂得绘画，门外汉要表示对艺术的鉴赏，最好的方法就是免开尊口，大大方方地掏出支票簿。老实讲，把艺术看作只有名工巧匠才能完全理解的艺术技巧，其实是一种荒谬的误解。艺术是什么？艺术是感情的表露，艺术使用的是一种人人都能理解的语言。但是我也承认，艺术评论家如果对技巧没有实际知识，是很少能做出真正有价值的评论的；而我自己对绘画恰好是非常无知的。幸而在这方面我毋庸冒任何风险，因为我的朋友爱德华·雷加特先生既是一位写文章的高手，又是一位深有造诣的画家，他在一本小书里[①]对查理斯·思特里克兰德的作品已经作了详尽的探索；这本书的优美文风也为我们树立了一个典范。很可惜，这种文风如今在英国远不如在法国那么时兴了。

① 《一位当代画家，对查理斯·思特里克兰德绘画的评论》，爱尔兰皇家学院会员爱德华·雷加特著，1917年马丁·塞克尔出版。

莫利斯·胥瑞在他那篇驰名的文章里简单地勾画了查理斯·思特里克兰德的生平，作者有意这样吊一下读者的胃口。他对艺术的热情毫不掺杂个人的好恶，他这篇文章的真正目的是唤起那些有头脑的人对一个极为独特的天才画家的注意力。但是胥瑞是一个善于写文章的老手，他不会不知道，只有引起读者"兴味"的文章才更容易达到目的。后来那些在思特里克兰德生前曾和他有过接触的人——有些人是在伦敦就认识他的作家，有些是在蒙特玛特尔咖啡座上和他会过面的画家——极其吃惊地发现，他们当初把他看作是个失败的画家，一个同无数落魄艺术家没有什么不同的画家，原来是个真正的天才，他们却与他失之交臂。从这时起，在法国和美国的一些杂志上就连篇累牍地出现了各式各类的文章：这个写对思特里克兰德的回忆，那个写对他作品的评述。结果是，这些文章更增加了思特里克兰德的声誉，却无法满足读者的好奇心。这个题目大受读者欢迎，魏特布瑞希特·罗特霍尔兹下了不少功夫，在他写的一篇洋洋洒洒的专题论文①里开列了一张篇目，列举出富有权威性的一些文章。

制造神话是人类的天性。对那些出类拔萃的人物，如果他们生活中有什么令人感到诧异或者迷惑不解的事件，人们就会如饥似渴地抓住不放，编造出种种神话，并且深信不疑，近乎狂热。这可以说是浪漫主义对平凡暗淡的生活的一种抗议。传奇中的一些小故事

① 《查理斯·思特里克兰德，生平与作品》，哲学博士雨果·魏特布瑞希特·罗特霍尔兹著，莱比锡1914年施威格尔与汉尼特出版，原书德文。

成为英雄通向不朽境界的最可靠的护照。瓦尔特·饶利[①]爵士之所以永远珍留在人们记忆里是因为他把披风铺在地上，让伊丽莎白女皇踏着走过去，而不是因为他把英国名字带给了许多过去人们从来没有发现的国土；一个玩世不恭的哲学家在想到这件事时肯定会哑然失笑的。讲到查理斯·思特里克兰德，生前知道他的人并不多。他树了不少敌人，也没有交下什么朋友。因此，那些给他写文章的人必须借助于活跃的想象以弥补贫乏的事实，看来也就不足为奇了。非常清楚，尽管人们对思特里克兰德生平的事迹知道的并不多，也尽够浪漫主义的文人从中找到大量铺陈敷衍的材料，他的生活中有不少离奇可怕的行径，他的性格里有不少荒谬绝伦的怪僻，他的命运中又不乏悲壮凄怆的遭遇。经过一段时间，从这一系列事情的演绎附会中便产生了一个神话，明智的历史学家对这种神话是不会贸然反对的。

罗伯特·思特里克兰德牧师偏偏不是这样一位明智的历史学家。他认为有关他父亲的后半生人们误解颇多，他公开申明自己写这部传记[②]就是为了“排除某些成为流传的误解”，这些谬种流传“给生者带来很大的痛苦”。谁都清楚，在外界传播的思特里克兰德的生平轶事里有许多使一个体面的家庭感到难堪的事。我读这本传记的时候忍不住哑然失笑，但也暗自庆幸，幸好这本书写得实在

① 瓦尔特·饶利（1552? —1618），英国历史学家及航海家。

② 《思特里克兰德，生平与作品》，画家的儿子罗伯特·思特里克兰德撰写，1913年海因曼出版。

枯燥乏味。思特里克兰德牧师在传记里刻画的是一个体贴的丈夫和慈祥的父亲，一个性格善良、作风勤奋、品行端正的君子。当代的教士在研究人们称之为《圣经》诠释这门学问中都学会了遮掩粉饰的惊人本领，但罗伯特·思特里克兰德牧师用以“解释”他父亲行状（这些行动都是一个孝顺的儿子认为值得记住的）的那种津思敏辩，在时机成熟时肯定会导致他在教会中荣获显职的。我好像已经看到他那筋骨强健的小腿套上了主教的皮裹腿了。他做的是一件危险的，但或许是很勇敢的事，因为思特里克兰德之所以闻名遐迩，在很大程度上要归功于人们普遍接受了的传说。他的艺术对很多人来说具有那么大的魅力，或者是由于人们对他性格的嫌恶，或者是对他惨死的同情；而儿子的这部旨在为父亲遮羞掩丑的传记对于父亲的崇拜者却不啻当头浇了一盆冷水。思特里克兰德的最重要的一幅作品《萨玛利亚的女人》①九个月以前曾经卖给一位有名的收藏家。由于这位收藏家后来突然逝世，这幅画再度拍卖，又被克利斯蒂购去。这次拍卖正值思特里克兰德牧师的传记出版、人们议论纷纷之际，这幅名画的价格竟比九个月以前降低了二百三十五镑，这显然不是一件偶合。如果不是人们对神话的喜爱，叫他们对这个使他们的猎奇心大失所望的故事嗤之以鼻的话，只靠思特里克兰德个人的权威和独特也许无力挽回大局的。说也凑巧，没有过多久，魏特布瑞希特·罗特霍尔兹博士的文章就问世了，艺术爱好者们的疑虑和不安

① 根据克利斯蒂藏画目录的描述，这幅画的内容是：一个裸体女人，社会岛的土人，躺在一条小溪边的草地上，背景是棕榈树、芭蕉等热带风景。60英寸×48英寸。

终于消除了。

魏特布瑞希特·罗特霍尔兹博士隶属的这一历史学派不只相信“人之初，性本恶”，而且认为其恶劣程度是远远超过人们的想象的；用不着说，比起那些把富有浪漫色彩的人物写成道貌岸然的君子的使人败兴的作家来，这一派历史学者的著作肯定能够给予读者更大的乐趣。对于我这样的读者，如果把安东尼和克莉奥佩特拉的关系只写作经济上的联盟，我是会觉得非常遗憾的；要想劝说我让我把泰伯利欧斯①看作是同英王乔治五世同样的一位毫无瑕疵的君主，也需要远比手头掌握的多得多的证据（谢天谢地，这种证据看来很难找到）。魏特布瑞希特·罗特霍尔兹博士在评论罗伯特·思特里克兰德牧师那部天真的传记时所用的词句，读起来很难叫人对这位不幸的牧师不感到同情。凡是这位牧师为了维护体面不便畅言的地方都被攻击为虚伪，凡是他铺陈赘述的章节则率直地被叫作谎言，作者对某些事情保持缄默则干脆被魏特布瑞希特·罗特霍尔兹斥之为背叛。作品中的这些缺陷，从一个传记作家的角度来看，固然应该受到指摘，但作为传记主人公的儿子倒也情有可原；倒霉的是，竟连盎格鲁·撒克逊民族也连带遭了殃，被魏特布瑞希特·罗特霍尔兹博士批评为假装正经、作势吓人、自命不凡、狡猾欺心，只会烹调倒人胃口的菜饭。讲到我个人的意见，我认为思特里克兰德牧师在驳斥外界深入人心的一种传述——关于他父母之间某些“不愉快”的事件时，实在不够慎重。他在传记里引证查理斯·思

① 泰伯利欧斯·克劳迪乌斯·尼禄（公元前42—公元37年），罗马皇帝。

特里克兰德从巴黎写的一封家信，说他父亲称呼自己的妻子为“了不起的女人”，而魏特布瑞希特·罗特霍尔兹却把原信复制出来；原来思特里克兰德牧师引证的这段原文是这样的：“叫上帝惩罚我的妻子吧！这个女人太了不起了，我真希望叫她下地狱。”在教会势力鼎盛的日子，它们并不是用这种方法对待不受欢迎的事实的。

魏特布瑞希特·罗特霍尔兹博士是查理斯·思特里克兰德的一位热心的崇拜者，如果他想为思特里克兰德涂脂抹粉本来是不会有什么危险的。但他的目光敏锐，一眼就望穿了隐寒在一些天真无邪的行为下的可鄙的动机。他既是一个艺术研究者，又是一个心理、病理学家。他对一个人的潜意识了如指掌。没有哪个探索心灵秘密的人能够像他那样透过普通事物看到更深邃的意义。探索心灵秘密的人能够看到不好用语言表达出来的东西，心理病理学家却看到了根本不能表达的事物。我们看到这位学识渊深的作家如何热衷于搜寻出每一件使这位英雄人物丢脸的细节琐事，真是令人拍案叫绝。每当他列举出主人公一件冷酷无情或者卑鄙自私的例证，他的心就对他增加一分同情。在他寻找到主人公某件为人遗忘的轶事用来嘲弄罗伯特·思特里克兰德牧师的一片孝心时，他就像宗教法庭的法官审判异教徒那样乐得心花怒放。他写这篇文章的那种认真勤奋劲儿也着实令人吃惊。没有哪件细小的事情被他漏掉，如果查理斯·思特里克兰德有一笔洗衣账没有付清，这件事一定会被详细记录下来；如果他欠人家一笔借款没有偿还，这笔债务的每一个细节也绝对不会遗漏，这一点读者是完全可以放心的。

二

关于查理斯·思特里克兰德的文章既已写了这么多，看来我似乎没有必要再多费笔墨了。为画家树碑立传归根结底还是他的作品。当然，我比大多数人对他更为熟悉；我第一次和他会面远在他改行学画以前。在他落魄巴黎的一段坎坷困顿的日子里，我经常和他见面。但如果不是战争的动乱使我有机会踏上塔希提岛的话，我是不会把我的一些回忆写在纸上的。众所周知，他正是在塔希提岛度过生命中的最后几年的；我在那里遇见不少熟悉他的人。我发现对他悲剧的一生中人们最不清晰的一段日子，我恰好可以投掷一道亮光。如果那些相信思特里克兰德伟大的人看法正确的话，与他有过亲密接触的人对他的追述便很难说是多余的了。如果有人同埃尔·格列柯像我同思特里克兰德那样熟稔，为了读到他写的格列柯回忆录，有什么代价我们不肯付呢？

但是我并不想以这些事为自己辩解。我不记得是谁曾经建议过，为了使灵魂宁静，一个人每天要做两件他不喜欢的事。说这句话的人是个聪明人，我也一直在一丝不苟地按照这条格言行事：因为我每天早上都起床，每天也都上床睡觉。但是我这个人生来还有苦行主义的性格，我还一直叫我的肉体每个星期经受一次更大的磨难。《泰晤士报》的文学增刊我一期也没有漏掉。想到有那么多书被辛勤地写出来，作者看着书籍出版，抱着那么殷切的希望，等待着这些书又是什么样的命运，这真是一种有益身心的修养。一本书要能从这汪洋大海中挣扎出来，希望是多么渺茫啊！即使获得成功，那成功又是多么瞬息即逝的事啊！天晓得，作者为他一本书花费了多少心血，经受了多少折磨，尝尽了多少辛酸，只为了给偶然读到这本书的人几小时的休憩，帮助他驱除一下旅途中的疲劳。如果我能根据书评下断语的话，很多书是作者呕心沥血的结晶，作者为它绞尽了脑汁，有的甚至是孜孜终生的成果。我从这件事取得的教训是，作者应该从写作的乐趣中，从郁积在他心头的思想的发泄中取得写书的酬报。对于其他一切都不应该介意，作品成功或失败，受到称誉或是诋毁，他都应该淡然处之。

战争来了，战争也带来了新的生活态度。年轻人求助于我们老一代人过去不了解的一些神祇，已经看得出继我们之后而来的人要向哪个方向活动了。年轻的一代意识到自己的力量，吵吵嚷嚷，早已经不再叩击门扉了。他们已经闯进房子里来，坐到我们的宝座上，空中早已充满了他们喧闹的喊叫声。老一代的人有的也模仿年轻人的滑稽动作，努力叫自己相信他们的日子还没有过去。这些人同那些最活跃的年轻人比赛喉咙，但是他们发出的呐喊听起来却那么空洞，他们犹如一些可怜的浪荡女人，虽然年华已去，却仍然希望靠涂脂抹粉，靠轻狂浮荡来恢复青春的幻影。聪明一点儿的则摆出一副端庄文雅的姿态。他们的莞尔微笑中流露着一种宽容的讥诮。他们记起了自己当初也曾经把一代高踞宝座的人践踏在脚下，也正是这样大喊大叫、傲慢不逊；他们预见到这些高举火把的勇士们有朝一日同样也要让位于他人。谁说的话也不能算最后拍板。当尼尼微城昌盛一时、名震遐迩的时候，新福音书已经老旧了。说这些豪言壮语的人可能还觉得他们在说一些前人未曾道过的真理，但是实际上连他们说话的腔调前人也已经用过一百次，而且丝毫也没有变化。钟摆摆过来又荡过去，这一旅程永远反复循环。

有时候一个人早已活过了他享有一定地位的时期，进入了一个他感到陌生的新世纪，这时候人们便会看到人间喜剧中一幅最奇特的景象。譬如说，今天还有谁想得到乔治·克莱布[①]呢？在他生活的那一时代，他是享有盛名的，当时所有的人一致承认他是个伟大的天才，这在今天更趋复杂的现代生活中是很罕见的事了。他写诗的技巧是从亚历山大·蒲柏[②]派那里学习来的，他用押韵的对句写了很多说教的故事。后来爆发了法国大革命和拿破仑战争，诗人们唱起新的诗歌来。克莱布先生继续写他的押韵对句的道德诗，我想他一

① 乔治·克莱布（1754—1832），英国诗人。

② 亚历山大·蒲柏（1688—1744），英国诗人。

定读过那些年轻人写的风靡一时的新诗，而且我还想象他一定认为这些诗不堪卒读。当然，大多数新诗确实是这样子的。但是像济慈同华兹华斯写的颂歌，柯勒律治的一两首诗，雪莱的更多的几首，确实发现了前人未曾探索过的广阔精神领域。克莱布先生已经陈腐过时了，但是克莱布先生还是孜孜不倦地继续写他的押韵对句诗。我也断断续续读了一些我们这一时代的年轻人的诗作，他们当中可能有一位更炽情的济慈或者更一尘不染的雪莱，而且已经发表了世界将长久记忆的诗章，这我说不定。我赞赏他们的优美词句——尽管他们还年轻，却已才华横溢，因此如果仅仅说他们很有希望，就显得荒唐可笑了，我惊叹他们精巧的文体；但是虽然他们用词丰富（从他们的语汇看，倒仿佛这些人躺在摇篮里就已经翻读过罗杰特的《词汇宝库》了），却没有告诉我们什么新鲜东西。在我看来，他们知道的太多，感觉过于肤浅；对于他们拍我肩膀的那股亲热劲儿同闯进我怀抱时的那种感情，我实在受不了。我觉得他们的热情似乎没有血色，他们的梦想也有些平淡。我不喜欢他们。我已经是过时的老古董了。我仍然要写押韵对句的道德故事。但是如果我对自己写作除了自娱以外还抱有其他目的，我就是个双料的傻瓜了。

三

但是这一切都是题外之言。

我写第一本书的时候非常年轻，但由于偶然的因缘这本书引起了人们的注意，不少人想要同我结识。

我刚刚被引进伦敦文学界的时候，心情又是热切又是羞涩；现在回忆起当时的种种情况，不无凄凉之感。很久我没有到伦敦去了，如果现在出版的小说里面的描写是真，伦敦一定发生了很大变化了。文人聚会的地点已经改变了。柴尔西和布鲁姆斯伯里取代了汉普斯台德、诺廷山门、高街和肯星顿的地位。当时年纪不到四十岁就被看作了不起的人物，如今过了二十五岁就会让人觉得滑稽可笑了。我想在过去的日子里我们都羞于使自己的感情外露，因为怕人嘲笑，所以都约束着自己不给人以傲慢自大的印象。我并不认为当时风雅放浪的诗人作家执身如何端肃，但我却不记得那时候文艺界有今天这么多风流韵事。我们对自己的一些荒诞不经的行为遮上一层保持体面的缄默，并不认为这是虚伪。我们讲话讲究含蓄，并不总是口无遮拦，说什么都直言不讳。女性们那时也还没有完全取得绝对自主的地位。

我住在维多利亚车站附近。我还记得我到一些殷勤好客的文艺家庭中去作客总要乘车在市区兜很大的圈子，因为羞怯的心理作祟，我往往在街上来来回回走好几遍才鼓起勇气去按门铃。然后，我手里捏着一把汗，被让进一间高朋满座、闷得透不过气的屋子。我被介绍给这位名士、那位巨擘，这些人对我的著作所说的恭维话让我感到坐立不安。我知道他们都等着我说几句隽词妙语，可是直到茶会开完了，我仍然想不出什么有风趣的话来。为了遮盖自己的窘态，我就张罗着给客人倒茶送水，把切得不成形的涂着黄油的面包递到人们手里。我希望的是谁都别注意我，让我心神宁静地观察一下这些知名人士，好好听一听他们妙趣横生的言语。

我记得我遇见了不少身材壮硕、腰板挺得笔直的女人。这些女人生着大鼻头，目光炯炯，衣服穿在她们身上好像披着一挂甲胄。我也看到许多像小老鼠似的瘦小枯干的老处女，说话柔声细气，眼睛滴溜溜乱转。我对她们那种总是戴着手套吃黄油吐司的怪毛病常常感到十分好笑。她们认为没有人看见的时候就偷偷在椅子上揩手指头，这让我看着也十分佩服。这对主人的家具肯定不是件好事，但是我想在轮到主人到这些人家里作客的时候，肯定也会在她朋友的家具上进行报复的。这些女人有的衣着入时，她们说她们无论如何也看不出一个人为什么只因为写了一本小说就要穿得邋里邋遢。

如果你的身段苗条，为什么不能尽量把它显示出来呢？俊俏的小脚穿上时髦的鞋子绝不会妨碍编辑采用你的稿件。但是也有一些人认为这样不够庄重，这些人穿的是艺术性的纺织品，戴着具有蛮荒色调的珠宝装饰。男士们的衣着一般却很少有怪里怪气的。他们尽量不让人看出自己是作家，总希望别人把他们当作是老于世故的人。不论到什么地方，人们都会以为他们是一家大公司的高级办事员。这些人总显出有些劳累的样子。我过去同作家从来没有接触，我发现他们挺奇怪，但是我总觉得这些人不像真实的人物。

我还记得，我总觉得他们的谈话富于机智。他们中的一个同行刚一转身，他们就会把他批评得体无完肤。我总是惊讶不已地听着他们那辛辣刻毒的幽默话。艺术家较之其他行业的人有一个有利的地方，他们不仅可以讥笑朋友们的性格和仪表，而且可以嘲弄他们的著作。他们的评论恰到好处，话语滔滔不绝，我实在望尘莫及。在那个时代谈话仍然被看作是一种需要下功夫陶冶的艺术，一句巧妙的对答比锅子底下噼啪爆响的荆棘[①]更受人赏识，格言警句当时还不是痴笨的人利用来冒充聪敏的工具，风雅人物的闲谈中随便使用几句便会使得谈话妙趣横生。遗憾的是，这些妙言隽语我现在都回忆不起来了。我只记得最舒适顺畅的谈话莫过于这些人谈论起他们从事的行业的另一方面——谈起进行交易的一些细节来。在我们品评完毕一本新书的优劣后，自然要猜测一下这本书销售掉多少本，

① 见《圣经》旧约传道书第七章：“愚昧人的笑声，好像锅下烧荆棘的爆声。”

作者得到多少预支稿费，他一共能得到多少钱。以后我们就要谈到这个、那个出版商，比较一下这个人的慷慨和那个人的吝啬。我们还要争辩一下是把稿件交给这一个稿酬优厚的人还是哪一个会做宣传、善于推销的人。有的出版商不善于做广告，有的在这方面非常内行。有些出版商古板，有些能够适应潮流。再以后我们还要谈论一些出版代理人和他们为我们作家搞到的门路。我们还要谈论编辑和他们欢迎哪类作品，一千字付多少稿费，是很快付清呢，还是拖泥带水。这些对我说来都非常富于浪漫气味。它给我一种身为这一神秘的兄弟会的成员的亲密感。

四

在那些日子里，再没有谁像柔斯·瓦特尔芙德那样关心照顾我了。她既有男性的才智又有女人的怪脾气。她写的小说很有特色，读起来叫你心绪不能平静。正是在她家里，有一天我见到了查理斯·思特里克兰德太太。那一天瓦特尔芙德小姐举行了一次茶话会，在她的一间小屋子里，客人比往常来得还多。每个人好像都在和别人交谈，只有我一个人静静地坐在那里，感到很窘。既然客人们都在三三两两地谈他们自己的事，我就很不好意思挤进哪个人堆里去了。瓦特尔芙德小姐是个很体贴的女主人，她注意到我有些尴尬，便走到我身边来。

“我想让你去同思特里克兰德太太谈一谈，”她说，“她对你的书崇拜得不得了。”

“她是干什么的？”我问。

我知道自己孤陋寡闻，如果思特里克兰德是一位名作家，我在

同她谈话以前最好还是把情况弄清楚。

为了使自己的答话给我留下更深的印象，瓦特尔芙德故意把眼皮一低，做出一副一本正经的样子。

“她专门招待人吃午餐。你只要别那么腼腆，多吹嘘自己几句，她准会请你吃饭的。”

柔斯·瓦特尔芙德处世采取的是一种玩世不恭的态度。她把生活看作是给她写小说的一个机会，把世人当作她作品的素材。如果读者中有谁对她的才能非常赏识而且慷慨地宴请过她，她有时也会请他们到自己家招待一番。这些人对作家的崇拜热让她感到又好笑又鄙夷，但是她却同他们周旋应酬，十足表现出一个有名望的女文学家的风度。

我被带到思特里克兰德太太面前，同她谈了十来分钟的话。除了她的声音很悦耳外，我没有发现她有什么特别的地方。她在威斯敏斯特区有一套房子，正对着没有完工的大教堂。因为我也住在那一带，我们两人就觉得亲近了一层。对于所有那些住在泰晤士河同圣杰姆斯公园之间的人来说，陆海军商店好像是一个把他们联结起来的纽带。思特里克兰德太太要了我的住址，又过了几天我收到她一张请吃午饭的请柬。

我的约会并不多，我欣然接受了这个邀请。我到她家的时候稍微晚了一些，因为我害怕去得过早，围着大教堂先兜了三个圈子。进门以后我才发现客人都已经到齐了。瓦特尔芙德是其中之一，另外还有杰伊太太、理查·特维宁和乔治·娄德。在座的人都是作家。这是早春的一天，天气很好，大家兴致都非常高。我们谈东谈西，什么都谈到了。瓦特尔芙德小姐拿不定主意，是照她更年轻时的淡雅装扮，身着灰绿，手拿一支水仙花去赴宴呢，还是表现出一点年事稍高时的丰姿；如果是后者，那就要穿上高跟鞋、披着巴黎式的上衣了。犹豫了半天，结果她只戴了一顶帽子。这顶帽子使她的情绪很高，我还从来没有听过她用这么刻薄的语言议论我们都熟识的朋友呢。杰伊太太知道得很清楚，逾越礼规的言辞是机智的灵魂，因此时不时地用不高于耳语的音调说一些足能使雪白的台布泛上红晕的话语。理查·特维宁则滔滔不绝地发表荒唐离奇的谬论。乔治·娄德知道他的妙语惊人已经尽人皆知，用不着再施展才华，因此每次张口只不过是往嘴里添送菜肴。思特里克兰德太太说话不多，但是她也有一种可爱的本领，能够引导大家的谈话总是环绕着一个共同的话题；一出现冷场，她总能说一句合适的话使谈话继续下去。思特里克兰德太太这一年三十七岁，身材略高，体态丰腴，但又不显得太胖。她生得并不美，但面庞很讨人喜欢，这可能主要归功于她那双棕色的、非常和蔼的眼睛。她的皮肤血色不太好，一头黑发梳理得非常精巧。在三个女性里面，她是唯一没有施用化妆品的，但是同别人比较起来，这样她反而显得更朴素、更自然。

餐室是按照当时的艺术风尚布置的，非常朴素。白色护墙板很高，绿色的糊墙纸上挂着嵌在精致的黑镜框里的惠斯勒[①]的蚀刻画。印着孔雀图案的绿色窗帘线条笔直地高悬着。地毯也是绿颜色的，

① 杰姆斯·艾波特·麦克奈尔·惠斯勒（1834—1903），美国画家和蚀刻画家，长期定居英国。

地毯上白色小兔在浓郁树荫中嬉戏的图画使人想到是受了威廉·莫利斯[①]的影响。壁炉架上摆着白釉蓝彩陶器。当时的伦敦一定有五百间餐厅的装潢同这里一模一样，淡雅，别致，却有些沉闷。

离开思特里克兰德太太家的时候，我是同瓦特尔芙德小姐一同走的。因为天气很好，又加上她这顶新帽子提了兴致，我们决定散一会儿步，从圣杰姆斯公园穿出去。

“刚才的聚会很不错。”我说。

“你觉得菜做得不坏，是不是？我告诉过她，如果她想同作家来往，就得请他们吃好的。”

“你给她出的主意太妙了，”我回答。“可是她为什么要同作家来往呢？”

瓦特尔芙德小姐耸了耸肩膀。

“她觉得作家有意思。她想迎合潮流。我看她头脑有些简单，可怜的人，她认为我们这些作家都是了不起的人。不管怎么说，她喜欢请我们吃饭，我们对吃饭也没有反感。我喜欢她就是喜欢这一点。”

现在回想起来，在那些惯爱结交文人名士的人中，思特里克兰德太太要算心地最单纯的了，这些人为了把猎物捕捉到手，从汉普斯台德的远离尘嚣的象牙塔一直搜寻到柴纳街的寒酸破旧的画室。思特里克兰德太太年轻的时候住在寂静的乡间，从穆迪图书馆借来的书籍不只使她阅读到不少浪漫故事，而且也给她的脑子里装上了伦敦这个大城市的罗曼史。她从心眼里喜欢看书（这在她们这类人

① 威廉·莫利斯（1834—1896），英国诗人和艺术家。

中是少见的，这些人大多数对作家比对作家写的书、对画家比对画家画的画兴趣更大），她为自己创造了一个幻想的小天地，生活于其中，感到日常生活所无从享受到的自由。当她同作家结识以后，她有一种感觉，仿佛过去只能隔着脚灯瞭望的舞台，这回却亲身登上去了。她看着这些人粉墨登场，好像自己的生活也扩大了，因为她不仅设宴招待他们，而且居然闯进这些人的重门深锁的优居里去。对于这些人游戏人生的信条她认为无可厚非，但是她自己却一分钟也不想按照他们的方式调整自己的生活。这些人道德伦理上的奇行怪癖，正如他们奇特的衣着、荒唐悖理的言论一样，使她觉得非常有趣，但是对她自己立身处世的原则却丝毫也没有影响。

“有没有一位思特里克兰德先生啊？”我问。

“怎么没有啊。他在伦敦做事。我想是个证券经纪人吧。没有什么风趣。”

“他们俩感情好吗？”

“两个人互敬互爱。如果你在他们家吃晚饭，你会见到他的。但是她很少请人吃晚饭。他不太爱说话，对文学艺术一点儿也不感兴趣。”

“为什么讨人喜欢的女人总是嫁给蠢物啊？”

“因为有脑子的男人是不娶讨人喜欢的女人的。”

我想不出什么反驳的话来，于是我就把话头转开，打听思特里克兰德太太有没有孩子。

“有，一个男孩和一个女孩。两个人都在上学。”

这个题目已经没有好说的了，我们又扯起别的事来。

五

夏天我同思特里克兰德太太见面的次数不算少。我时不时地到她家里去吃午饭，或是去参加茶会。午饭总是吃得很好，茶点更是非常丰盛。我同思特里克兰德太太很相投。我当时年纪很轻，或许她喜欢的是指引着我幼稚的脚步走上文坛的艰辛道路，而在我这一方面，遇到一些不如意的琐事也乐于找到一个人倾诉一番。我准知道她会专神倾听，也一定能给我一些合乎情理的劝告。思特里克兰德太太是很会同情人的。同情体贴本是一种很难得的本领，但是却常常被那些知道自己有这种本领的人滥用了。他们一看到自己的朋友有什么不幸就恶狠狠地扑到人们身上，把自己的全部才能施展出来，这就未免太可怕了。同情心应该像一口油井一样喷薄自出。惯爱表同情的人让它纵情奔放，反而使那些受难者非常困窘。有的人胸膛上已经沾了那么多泪水，我不忍再把我的洒上了。思特里克兰德太太对自己的长处运用很得体，她让你觉得你接受她的同情是对她做了一件好事。我年轻的时候在一阵热情冲动中，曾同柔斯·瓦特尔芙德谈论这件事，她说："牛奶很好吃，特别是加上几滴白兰地。但是母牛却巴不得赶快让它淌出去。肿胀的乳头是很不舒服的。"

柔斯·瓦特尔芙德的嘴非常刻薄。这种辛辣的话谁也说不出口，但是另一方面，哪个人做事也没有她漂亮。

还有一件事叫我喜欢思特里克兰德太太。她的住所布置得非常优雅。房间总是干干净净，摆着花，叫人感到非常舒服。客厅里的印花布窗帘虽然图案比较古板，可是色彩光艳，淡雅宜人。在雅致的小餐厅里吃饭是一种享受。餐桌式样大方，两个侍女干净利落，菜肴烹调得非常精致。谁都看得出，思特里克兰德太太是一位能干的主妇，另外，毫无疑问她也是一位贤妻良母。客厅里摆着她儿女的照片。儿子——他名叫罗伯特——十六岁，正在罗格贝学校读书；你在照片上看到他穿着一套法兰绒衣服，戴着板球帽，另外一张照片穿的是燕尾服，系着直立的硬领。他同母亲一样，生着宽净的前额和沉思的漂亮的眼睛。他的样子干净整齐，看去又健康，又端正。

"我想他不算太聪明，"有一天我正在看照片的时候，思特里克兰德太太说，"但是我知道他是个好孩子。性格很可爱。"

女儿十四岁，头发同母亲一样，又粗又黑，浓密地披在肩膀上。温顺的脸相，端庄、明净的眼睛也同母亲活脱脱一样。

"他们两个人长得都非常像你，"我说。

"可不是，他们都更随我，不随他们的父亲。"

“你为什么一直不让我同他见面？”

“你愿意见他吗？”

她笑了，她的笑容很甜，脸上微微泛起一层红晕；像她这样年纪的女人竟这么容易脸红，是很少有的。也许她最迷人之处就在于她的纯真。

“你知道，他一点儿也没有文学修养，”她说，“他是个十足的小市民。”

她用这个词一点儿也没有贬抑的意思，相反地，倒是怀着一股深情，好像由她自己说出他最大的缺点就可以保护他不受她朋友们的挖苦似的。

“他在证券交易所干事儿，是一个典型的经纪人。我猜想，他一定会叫你觉得很厌烦的。”

“你对他感到厌烦吗？”

“你知道，我刚好是他的妻子。我很喜欢他。”

她笑了一下，掩盖住自己的羞涩。我想她可能担心我会说一句什么打趣的话，换了柔斯·瓦特尔芙德，听见她这样坦白，肯定会挖苦讽刺几句的。她踌躇了一会儿，眼神变得更加温柔了。

“他不想假充自己有什么才华。就是在证券交易所里他赚的钱也不多。但是他心地非常善良。”

“我想我会非常喜欢他的。”

“等哪天没有外人的时候，我请你来吃晚饭。但是我把话说在前头，你可是自愿冒这个风险。如果这天晚上你过得非常无聊，可千万不要怨我。”

六

但是最后我同查理斯·思特里克兰德见面，并不是在思特里克兰德太太说的那种情况下。她请我吃饭的那天晚上，除了她丈夫以外，我还结识了另外几个人。这天早上，思特里克兰德太太派人给我送来一张条子，告诉我她当天晚上要请客，有一个客人临时有事不能出席。她请我填补这个空缺。条子是这么写的：

> 我要预先声明，你将会厌烦得要命。从一开始我就知道这是一次枯燥乏味的宴客。但是如果你能来的话，我是非常感激的。咱们两个人总还可以谈一谈。

我不能不帮她这个忙，我接受了她的邀请。

当思特里克兰德太太把我介绍给她丈夫的时候，他不冷不热地同我握了握手。思特里克兰德太太的情绪很高，转身对他说了一句开玩笑的话。

“我请他来是要叫他看看我真的是有丈夫的。我想他已经开始怀疑了。”

思特里克兰德很有礼貌地笑了笑，就像那些承认你说了一个笑话而又不觉得有什么可笑的人一样，他并没有说什么。又来了别的客人，需要主人去周旋，我被丢在一边。当最后客人都已到齐，只等着宣布开饭的时候，我一边和一位叫我“陪同”的女客随便闲谈，一边思忖：文明社会这样消磨自己的心智，把短促的生命浪费在无聊的应酬上实在令人费解。拿这一天的宴会来说，你不能不感到奇怪为什么女主人要请这些客人来，而为什么这些客人也会不嫌麻烦，接受邀请。当天一共有十位宾客。这些人见面时冷冷淡淡，分手时更有一种如释重负的感觉。当然了，这只是完成一次社交义务。思特里克兰德夫妇在人家吃过饭，“欠下”许多人情，对这些人他们本来是丝毫不感兴趣的。但是他们还是不得不回请这些人，而这些人也都应邀而来了。为什么这样做？是为了避免吃饭时总是夫妻对坐的厌烦，为了让仆人休息半天，还是因为没有理由谢绝，因为该着吃别人一顿饭？谁也说不清。

餐厅非常拥挤，让人感到很不舒服。这些人中有一位皇家法律顾问和夫人，一位政府官员和夫人，思特里克兰德太太的姐姐和姐夫麦克安德鲁上校，还有一位议员的妻子。正是因为议员发现自己不能离开议院我才临时被请来补缺。这些客人的身份都非常高贵。太太们因为知道自己的气派，所以并不太讲究衣着，而且因为知道自己的地位，也不想去讨人高兴。男人们个个雍容华贵。总之，所有这里的人都带着一种殷实富足、踌躇满志的神色。

每个人都想叫宴会热闹一些，所以谈话的嗓门都比平常高了许多，屋子里一片喧哗。但是从来没有大家共同谈一件事的时候，每个人都在同他的邻座谈话，喝汤、吃鱼和小菜的当儿同右边的人谈，吃烤肉、甜食和开胃小吃的当儿同左边的人谈。他们谈政治形势，谈高尔夫球，谈孩子和新上演的戏，谈皇家艺术学院展出的绘画，谈天气，谈度假的计划。谈话一刻也没有中断过，声音也越来越响。思特里克兰德太太的宴会非常成功，她可以感到庆幸。她的丈夫举止非常得体。也许他没有谈很多话，我觉得饭快吃完的时候，坐在他两边的女客脸容都有些疲惫。她们肯定认为很难同他谈什么。有一两次思特里克兰德太太的目光带着些焦虑地落在他身上。

最后，她站起来，带着一群女客离开屋子。在她们走出去以后，思特里克兰德把门关上，走到桌子的另一头，在皇家法律顾问和那位政府官员中间坐下来。他又一次把红葡萄酒传过来，给客人递雪茄。皇家法律顾问称赞酒很好，思特里克兰德告诉我们他是从什么地方买来的。我们开始谈论起酿酒同烟草来。皇家法律顾问给大家说了他正在审理的一个案件，上校谈起打马球的事。我没有什么事好说，所以只是坐在那里，装作很有礼貌地津津有味地听着别人谈话的样子。因为我知道这些人谁都和我无关，所以就从从容容地仔细打量起思特里克兰德来。他比我想象中的要高大一些；我不知道为什么我以前会认为他比较纤弱，貌不出众。实际上他生得魁梧壮实，大手大脚，晚礼服穿在身上有些笨拙，给人的印象多少同一个装扮起来参加宴会的马车夫差不多。他年纪约四十岁，相貌谈不上漂亮，但也不难看，因为他的五官都很端正，只不过都比一般人大了一号，所以显得有些粗笨。他的胡须刮得很干净，一张大脸光秃秃的让人看着很不舒服。他的头发颜色发红，剪得很短，眼睛比较小，是蓝色或者灰色的。他的相貌很平凡。我不再奇怪为什么思特里克兰德太太谈起他来总是有些不好意思了；对于一个想在文学艺术界取得一个位置的女人来说，他是很难给她增加光彩的。很清楚，他一点儿也没有社交的本领，但这也不一定人人都要有的。他甚至没有什么奇行怪癖，使他免于平凡庸俗之嫌。他只不过是一个忠厚老实、索然无味的普通人。一个人可以钦佩他的为人，却不愿意同他待在一起。他是一个毫不引人注意的人。他可能是一个令人起敬的社会成员，一个诚实的经纪人，一个恪尽职责的丈夫和父亲，但是在他身上你没有任何必要浪费时间。

七

喧嚣纷扰的社交季节逐渐接近尾声，我认识的每一个人都忙着准备离开城里。思特里克兰德太太计划把一家人带到诺佛克海滨去，孩子们可以在那里洗海水浴，丈夫可以打高尔夫球。我们告了别，说好秋天再会面。但是在我留在伦敦的最后一天，刚从陆海军商店里买完东西走出来，却又遇到思特里克兰德太太带着她的一儿一女；同我一样，她也是在离开伦敦之前抓空买最后一批东西。我们都又热又累，我提议一起到公园去吃一点冷食。

我猜想思特里克兰德太太很高兴让我看到她的两个孩子，她一点儿也没有犹豫就接受了我的邀请。孩子们比照片上看到的更招人喜爱，她为他们感到骄傲是很有道理的。我的年纪也很轻，所以他们在我面前一点儿也不拘束，只顾高高兴兴地谈他们自己的事。这两个孩子都十分漂亮，健康活泼。歇息在树荫下，大家都感到非常愉快。

一个钟头以后，这一家人挤上一辆马车回家去了，我也一个人懒散地往俱乐部踱去。我也许感到有一点儿寂寞，回想我刚才瞥见的这种幸福家庭生活，心里不无艳羡之感。这一家人感情似乎非常融洽。他们说一些外人无从理解的小笑话，笑得要命。如果纯粹从善于辞令这一角度衡量一个人的智慧，也许查理斯·思特里克兰德算不得聪明，但是在他自己的那个环境里，他的智慧还是绰绰有余的，这不仅是事业成功的敲门砖，而且是生活幸福的保障。思特里克兰德太太是一个招人喜爱的女人，她很爱她的丈夫。我想象着这一对夫妻的生活，不受任何灾殃祸变的干扰，诚实、体面，两个孩子更是规矩可爱，肯定会继承和发扬这一家人的地位和传统。在不知不觉间，他们俩的年纪越来越老，儿女却逐渐长大成人，到了一定的年龄，就会结婚成家——一个已经出息成美丽的姑娘，将来还会生育活泼健康的孩子；另一个则是仪表堂堂的男子汉，显然会成为一名军人。最后这一对夫妻告老引退，受到子孙敬爱，过着富足、体面的晚年。他们幸福的一生并未虚度，直到年寿已经很高，才告别了人世。

这一定是世间无数对夫妻的故事。这种生活模式给人以安详亲切之感。它使人想到一条平静的小河，蜿蜒流过绿茸茸的牧场，与郁郁的树荫交相掩映，直到最后泻入烟波浩渺的大海中。但是大海却总是那么平静，总是沉默无言、声色不动，你会突然感到一种莫名的不安。也许这只是我自己的一种怪想法（就是在那些日子这种想法也常在我心头作祟），我总觉得大多数人这样度过一生好像欠缺一点什么。我承认这种生活的社会价值，我也看到了它的井然有序的幸福，但是我的血液里却有一种强烈的愿望，渴望一种更狂放不羁的旅途。这种安详宁静的快乐好像有一种叫我惊惧不安的东西。我的心渴望一种更加惊险的生活。只要在我的生活中能有变迁——变迁和无法预见的刺激，我是准备踏上怪石嶙峋的山崖，奔赴暗礁满布的海滩的。

八

回过头来读了读我写的思特里克兰德夫妇的故事，我感到这两个人被我写得太没有血肉了。要使书中人物真实动人，需要把他们的性格特征写出来，而我却没有赋予他们任何特色。我想知道这是不是我的过错，我苦思冥想，希望回忆起一些能使他们性格鲜明的特征。我觉得如果我能够详细写出他们说话的某些习惯或者他们的一些离奇的举止，或许就能够突出他们的特点了。像我现在这样写，这两个人好像是一幅古旧挂毯上的两个人形，同背景很难分辨出来；如果从远处看，那就连轮廓也辨别不出，只剩下一团花花绿绿的颜色了。我只有一种辩解：他们给我的就是这样一个印象。有些人的生活只是社会有机体的一部分，他们只能生活在这个有机体内，也只能依靠它而生活，这种人总是给人以虚幻的感觉；思特里克兰德夫妇正是这样的人。他们有如体内的细胞，是身体所绝不能缺少的，但是只要他们健康存在一天，就被吞没在一个重大的整体里。思特里克兰德这家人是普普通通的一个中产阶级家庭。一个和蔼可亲、殷勤好客的妻子，有着喜欢结交文学界小名人的无害的癖好；一个并不很聪明的丈夫，在慈悲的上帝安排给他的那种生活中兢兢业业、恪尽职责；两个漂亮、健康的孩子。没有什么比这一家人更为平凡的了。我不知道这一家人有什么能够引起好奇的人注意的。

当我想到后来发生的种种事情时，不禁自问：是不是当初我过于迟钝，没有看出查理斯·思特里克兰德身上与常人不同的地方啊？也许是这样的。从那个时候起到现在已经过了这么多年，在此期间我对人情世故知道了不少东西，但是即使当初我认识他们夫妇时就已经有了今天的阅历，我也不认为我对他们的判断就有所不同。只不过有一点会和当年不一样：在我了解到人是多么玄妙莫测之后，我今天绝不会像那年初秋我刚刚回到伦敦时那样，在听到那个消息以后会那样大吃一惊了。

回到伦敦还不到二十四小时，我就在杰尔敏大街上遇见了柔斯·瓦特尔芙德。

“看你今天这么喜气洋洋的样子，”我说，“有什么开心的事啊？”

她笑了起来，眼睛流露出一道我早已熟悉的幸灾乐祸的闪光。这意味着她又听到她的某个朋友的一件丑闻，这位女作家的直觉已经处于极度警觉状态。

“你看见过查理斯·思特里克兰德，是不是？”

不仅她的面孔，就连她的全身都变得非常紧张。我点了点头。我怀疑这个倒霉鬼是不是在证券交易所蚀了老本儿，要不就是让公共汽车轧伤了。

“你说，是不是太可怕了？他把他老婆扔了，跑掉了。”

瓦特尔芙德小姐肯定觉得，在杰尔敏大街马路边上讲这个故事太辱没这样一个好题目，所以她只是像个艺术家似的把主题抛出来，宣称她并不知道细节。而我却不能埋没她的口才，认为根本无须介意的环境竟会妨碍她给我讲述故事。但是她还是执拗地不肯讲。

“我告诉你我什么也不知道，”她回答我激动的问题说，接着，很俏皮地耸了耸肩膀，又加了一句：“我相信伦敦哪家茶点店准有一位年轻姑娘把活儿辞了。”

她朝我笑了一下，道歉说同牙医生约定了时间，便神气十足地扬长而去。这个消息与其说叫我难过，不如说使我很感兴趣。在那些日子里我的见闻还很少是亲身经历的第一手材料，因此在我碰到这样一件我在书本里阅读到的故事时，觉得非常兴奋。我承认，现在时间和阅历已经使我习惯于在我相识的人中遇到这类事情了。但是我当时还有一种惊骇的感觉。思特里克兰德那一年一定已经有四十岁了，我认为像他这样年纪的人再牵扯到这种爱情瓜葛中未免令人作呕。在我当时年幼无知，睥睨一切的目光中，一个人陷入爱情而又不使自己成为笑柄，三十五岁是最大的年限。除此以外，这个新闻也给我个人添了点儿小麻烦。原来我在乡下就给思特里克兰德太太写了信，通知她我回伦敦的日期，并且在信中说好如果她不回信另作安排的话，我将在某月某日到她家去吃茶。我遇见瓦特尔芙德小姐正是在这一天，可是思特里克兰德太太并没有给我捎什么信来。她到底想不想见我呢？非常可能，她在心绪烦乱中把我信里订的约会忘到脑后了。也许我应该有自知之明，不去打扰她。可是另一方面，她也可能想把这件事瞒着我，如果我叫她猜出来自己已经听到这件奇怪的消息，那就太不慎重了。我既怕伤害这位夫人的感情，又怕去她家作客惹她心烦，心里非常矛盾。我知道她这时一定痛苦不堪，我不愿意看到别人受苦，自己无力替她分忧；但另一方面我又很想看一看思特里克兰德太太对这件事有何反应，尽管我对这个想法自己也觉得不好意思。我真不知道该怎么办好了。

最后我想了个主意：我应该像什么事也没发生那样到她家去，先叫使女进去问一声，思特里克兰德太太方便不方便会客。如果她不想见我，就可以把我打发走了。尽管如此，在我对使女讲起我事前准备的一套话时，我还是窘得要命。当我在幽暗的过道里等着回话的当儿，我不得不鼓起全部勇气才没有中途溜掉。使女从里面走出来。也可能是我过于激动，胡乱猜想，我觉得从那使女的神情看，好像她已经完全知道这家人遭遇的不幸了。

“请您跟我来，先生。”她说。

我跟在她后面走进客厅。为了使室内光线暗淡，窗帘没有完全拉开。思特里克兰德太太的姐夫麦克安德鲁上校正站在壁炉前面，在没有燃旺的火炉前边烤自己的脊背。我觉得我闯进来是一件极其尴尬的事。我猜想我到这里来一定很出乎他们意料之外，思特里克兰德太太只是忘记同我约会的日子才不得不让我进来。我还想，上校一定为我打扰了他们非常生气。

“我不太清楚，你是不是等着我来。”我说，故意装作一副若无其事的样子。

“当然我在等着你。安妮马上就把茶拿来。”

尽管屋子里光线很暗，我也看出来思特里克兰德太太的眼睛已经哭肿了。她的面色本来就不太好，现在更是变成土灰色了。

“你还记得我的姐夫吧？度假以前，你在这里吃饭的那天和他见过面。”

我们握了握手。我感到忐忑不安，想不出一句好说的话来。但是思特里克兰德太太解救了我；她问起我怎样消夏的事。有她提了这个头，我多少也找到些话说，直挨到使女端上茶点来。上校要了一杯苏打威士忌。

“你最好也喝一杯，阿美。”他说。

“不，我还是喝茶吧。”

这是暗示发生了一件不幸事件的第一句话。我故意不作理会，尽量同思特里克兰德太太东拉西扯。上校仍然站在壁炉前面一句话也不说。我很想知道什么时候我才能不失礼仪地向主人告别，我奇怪地问我自己，思特里克兰德太太让我进来究竟是为了什么。屋子里没有摆花，度夏以前收拾起的一些摆设也没有重新摆上。一向舒适愉快的房间显得一片寂寥清冷，给人一种感觉，倒仿佛墙壁的另一边停着一个死人似的。我把茶喝完。

“要不要吸一支烟？”思特里克兰德太太问我道。

她四处看了看，要找烟盒，但是却没有找到。

“我怕已经没有了。”

一下子，她的眼泪扑簌簌地落下来，匆匆跑出了客厅。

我吃了一惊。我想到纸烟过去一向是由她丈夫添置的，现在突然发现找不到纸烟，这件小事显然勾起了她的记忆，她伸手就能拿到的东西竟然丢三短四的这种新感觉仿佛在她胸口上突然刺了一刀，她意识到旧日的生活已经一去不复返了，过去那种光荣体面不可能再维持下去了。

“我看我该走了吧。”我对上校说，站起身来。

“我想你已经听说那个流氓把她甩了的事吧。”他一下子爆发出来。

我踌躇了一会儿。

“你知道人们怎样爱扯闲话，”我说，“有人闪烁其词地对我说，这里出了点儿事。”

“他逃跑了。他同一个女人跑到巴黎去了。他把阿美扔了，一个便士也没留下。”

“我感到很难过。”我说，我实在找不到别的什么话了。

上校一口气把威士忌灌下去。他是一个五十岁左右的高大、消瘦的汉子，胡须向下垂着，头发已经灰白。他的眼睛是浅蓝色的，嘴唇的轮廓很不鲜明。我从上一次见到他就记得他长着一副傻里傻气的面孔，并且自夸他离开军队以前每星期打三次马球，十年没有间断过。

“我想现在我不必再打搅思特里克兰德太太了，”我说，“好不好请你告诉她，我非常为她难过？如果有什么我能做的事，我很愿意为她效劳。”

他没有理会我的话。

“我不知道她以后怎么办。而且还有孩子。难道让他们靠空气过活？十六年啊！”

“什么十六年？”

“他们结婚十六年了，”他没好气儿地说，“我从来就不喜欢他。当然了，他是我的连襟，我尽量容忍着。你以为他是个绅士吗？她根本就不应该嫁给他。”

“就没有挽回的余地了吗？”

“她只有一件事好做：同他离婚。这就是你刚进来的时候我对她说的。‘把离婚申请书递上去，亲爱的阿美，’我说，‘为了你自己，为了你的孩子，你都该这么做。’他最好还是别叫我遇见。我不把他打得灵魂出窍才怪。”

我禁不住想，麦克安德鲁上校做这件事并不很容易，因为思特里克兰德身强力壮，给我留下的印象很深，但是我并没有说什么。如果一个人受到侮辱损害而又没有力量对罪人直接施行惩罚，这实在是一件痛苦不堪的事。我正准备再作一次努力向他告辞，这时思特里克兰德太太又回到屋子里来了。她已经把眼泪揩干，在鼻子上扑了点儿粉。

“真是对不起，我的感情太脆弱了，”她说，“我很高兴你没有走。”

她坐了下来。我一点儿也不知道该说什么。我不太好意思谈论同自己毫不相干的事。那时候我还不懂女人的一种无法摆脱的恶习——热衷于同任何一个愿意倾听的人讨论自己的私事。思特里克兰德太太似乎在努力克制着自己。

“人们是不是都在议论这件事啊？”她问。我非常吃惊，她竟认为我知道她家的这件不幸是想当然的事。

“我刚刚回来。我就见到了柔斯·瓦特尔芙德一个人。”

思特里克兰德太太拍了一下巴掌。

“她是怎么说的，把她的原话一个字不差地告诉我。”我有点儿踌躇，她却坚持叫我讲。“我特别想知道她怎么谈论这件事。”

“你知道别人怎么谈论。她这个人说话靠不住，对不对？她说你的丈夫把你丢开了。”

“就说了这些吗？”

我不想告诉她柔斯·瓦特尔芙德分手时讲到茶点店女侍的那句话。我对她扯了个谎。

“她说没说他是跟一个什么人一块走的？”

“没有。”

“我想知道的就是这件事。”

我有一些困惑不解，但是不管怎么说我知道现在我可以告辞了。当我同思特里克兰德太太握手告别的时候我对她说，如果有什么事需要我做，我一定为她尽力。她的脸上掠过一丝笑影。

“非常感谢你。我不知道有谁能替我做什么。”

我不好意思向她表示我的同情，便转过身去同上校告别。上校并没有同我握手。

“我也要走。如果你从维多利亚路走，我跟你同路。”

“好吧，”我说，“咱们一起走。”

九

“真太可怕了。”我们刚刚走到大街上，他马上开口说。

我看出来，他同我一起出来目的就是想同我继续谈论这件他已经同他的小姨子谈了好几小时的事。

“我们根本弄不清是哪个女人，你知道，”他说，“我们只知道那个流氓跑到巴黎去了。”

“我一直以为他们俩感情挺不错。”

“是不错。哼，你来以前，阿美还说他们结婚这么多年就没有吵过一次嘴。你知道阿美是怎样一个人。世界上没有比她更好的女人了。”

既然他主动把这家人的秘密都告诉我，我觉得我不妨继续提出几个问题来。

“你的意思是说她什么也没有猜到？”

“什么也没猜到。八月他是同她和孩子们一起在诺佛克度过的。他同平常日子一模一样，一点儿也没有反常的地方。我和我妻子到他们乡下过了两三天，我还同他玩过高尔夫球。九月，他回到城里来，为了让他的合股人去度假。阿美仍然待在乡下。他们在乡下房子租了六个星期，房子快满期以前她给他写了封信，告诉他自己哪一天回伦敦来。他的回信是从巴黎发的，说他已经打定主意不同她一起生活了。”

“他怎样解释呢？”

“他根本没有解释，小朋友。那封信我看了。还不到十行字。”

“真是奇怪了。”

说到这里我们正好过马路，过往车辆把我们的谈话打断了。麦克安德鲁告诉我的事听起来很难令人相信，我怀疑思特里克兰德太太根据她自己的理由把一部分事实隐瞒着没对他说。非常清楚，一个人结婚十七年不会平白无故地离家出走的，这里面一定有一些事会使她猜想两人的夫妻生活并不美满。我正在思忖这件事，上校又从后面赶上来。

“当然了，除了坦白承认自己是同另外一个女人私奔之外，他是无法解释这件事的。据我看，他认为早晚她会自己弄清楚的。他就是这样一个人。”

“思特里克兰德太太打算怎么办？”

“哈，第一件事是抓到证据。我准备自己到巴黎去一趟。”

“他的买卖怎么办？”

“这正是他狡诈的地方。一年来他一直把摊子越缩越小。”

“他告诉没告诉他的合股人他不想干了？”

“一句也没透露。”

麦克安德鲁上校对证券交易的事不太内行，我更是一窍不通，因此我不太清楚思特里克兰德是在什么情况下退出了他经营的交易。我得到的印象是，被他中途甩开的合股人气得要命，威胁说要提出诉讼。看来一切都安排妥善后，这个人的腰包要损失四五百镑钱。

“幸而住房的全套家具都是写在阿美名下的。不管怎么说这些东西她还都能落下。”

“刚才你说她一个便士也没有是真实情况吗？”

“当然是真的。她手头就只有两三百镑钱和那些家具。”

“那她怎样生活呢？”

“天晓得。”

事情变得更加复杂了，再加上上校火冒三丈，骂骂咧咧，不但不能把事情讲清楚，反而叫我越听越糊涂。我很高兴，在他看到陆海军商店上面的大钟的时候，突然记起他要到俱乐部玩牌的约会来。他同我分了手，穿过圣杰姆斯公园往另一个方向走去了。

十

没过一两天，思特里克兰德太太给我寄来一封短信，叫我当天晚上到她家去一趟。我发现只有她一个人在家。她穿着一身黑衣服，朴素得近乎严肃，使人想到她遭遇的不幸。尽管她悲痛的感情是真实的，却没忘记使自己的衣着合乎她脑子里的礼规叫她扮演的角色。我当时不谙世故，感到非常吃惊。

“你说过，要是我有事求你，你乐于帮忙。”她开口说。

“一点儿不错。”

“那么你愿意不愿意到巴黎去看看思特里克兰德是怎么个情况？”

“我？”

我吓了一跳。我想到自己只见过思特里克兰德一面。我不知道她想叫我去办什么事。

“弗雷德决心要去。”弗雷德就是麦克安德鲁上校。“但是我知道他肯定不是办这种事的人。他只会把事弄得更糟。我不知道该求谁去。”

她的声音有些颤抖，我觉得哪怕我稍微犹豫一下，也显得太没有心肝了。

“可是我同你丈夫说过不到十句话。他不认识我。没准儿他一句话就把我打发走了。”

“这对你也没有损害。”思特里克兰德太太笑着说。

“你究竟想叫我去做什么事？”

她并没有直接回答我的问话。

“我认为他不认识你反而有利。你知道，他从来也不喜欢弗雷德。他认为弗雷德是个傻瓜。他不了解军人。弗雷德会大发雷霆。两个人大吵一顿，事情不但办不好，反而会更糟。如果你对他说你是代表我去的，他不会拒绝你同他谈谈的。”

“我同你们认识的时间不长，”我回答说。“除非了解全部详细情况，这种事是很难处理的。我不愿意打探同我自己没有关系的事。为什么你不自己去看看他呢？”

“你忘记了，他在那里不是一个人。”

我没有说什么。我想到我去拜访查理斯·思特里克兰德，递上我的名片，我想到他走进屋子里来，用两个指头捏着我的名片。

“您有何贵干？”

“我来同您谈谈您太太的事。”

“是吗？当您年纪再长几岁的时候，肯定就会懂得不该管别人的闲事了。如果您把头稍微向左转一转，您会看到那里有一扇门。再见。”

可以预见，走出来的时候我很难保持尊严体面。我真希望晚回伦敦几天，等到思特里克兰德太太料理好这件事以后再回来。我偷偷地看了她一眼。她正陷入沉思。但是她马上就把头抬起来看着我，叹了一口气，笑了一下。

“这么突如其来，”她说，“我们结婚十六年了，我做梦也没想到查理斯是这样一个人，会迷上了什么人。我们相处得一直很好。当然了，我有许多兴趣爱好与他不同。”

“你发现没发现是什么人，”我不知道该怎样措辞，“那人是谁，同他一起走的？”

“没有。好像谁都不知道。太奇怪了。在一般情况下，男人如果同什么人有了爱情的事，总会被人看到，出去吃饭啊什么的。做妻子的总有几个朋友来把这些事告诉她。我却没有接到警告——没有任何警告。他的信对我好像是晴天霹雳。我还以为他一直生活得很幸福呢。”

她开始哭起来，可怜的女人，我很替她难过。但是没有过一会儿她又逐渐平静下来。

“不该让人家拿我当笑话看，”她擦了擦眼睛说，“唯一要做的事是从速决定到底该怎么办。”

她继续说下去，有些语无伦次；一会儿说刚过去不久的事，一会儿又说起他们初次相遇和结婚的事。但是这样一来他俩的生活在我的脑子里倒逐渐形成了一幅相当清晰的画面。我觉得我过去的臆测还是正确的，思特里克兰德太太的父亲在印度当过文职官吏，退休以后定居到英国偏远的乡间，但每年八月他总要带着一家老小到伊思特堡恩去换一换环境。她就是在那里认识了查理斯·思特里克兰德的。那一年她二十岁，思特里克兰德二十三岁。他们一起打网球，在滨海大路上散步，听黑人流浪歌手唱歌。在他正式提出以前一个星期她已经决心接受他的求婚了。他们在伦敦定居下来，开始时住在汉普斯台德区，后来他们的生活逐渐富裕起来，便搬到市区里来。他们有两个孩子。

“他好像一直很喜欢这两个孩子。即使他对我厌倦了，我不理解他怎么会忍心把孩子也抛弃了。这一切简直令人不能置信。到了今天我也不能相信这会是真事。”

最后她把他写来的信拿出来给我看。我本来就有些好奇，可是一直没敢大胆提出来。

亲爱的阿美：

我想你会发现家中一切都已安排好。你嘱咐安妮的事我都已转告她。你同孩子到家以后晚饭会给你们准备好。我将不能迎接你们了。我已决心同你分居另过，明晨我就去巴黎。这封信我等到巴黎后再发出。我不回来了。我的决定不能更改了。

永远是你的，查理斯·思特里克兰德

“没有一句解释的话，也丝毫没有表示歉疚不安。你是不是觉得这人太没有人性了？”

“在这种情况下这封信是很奇怪。”我回答。

“只有一个解释，那就是他人已经变了。我不知道是哪个女人把他抓在手掌里，但是她肯定把他变成另外一个人了。事情非常清楚，这件事已经进行了很长一段时间了。”

“你这么想有什么根据？”

“弗雷德已经发现了。我丈夫总是说每星期他要去俱乐部打三四个晚上桥牌。弗雷德认识那个俱乐部的一个会员，有一次同他说起查理斯喜欢打桥牌的事。这个人非常惊讶，他说他从来没有在玩牌的屋子看见过查理斯。这就非常清楚了，我以为查理斯在俱乐部的时间，实际上他是在同那个女人厮混。”

我半晌儿没有言语。后来我又想起了孩子们。

“这件事一定很难向罗伯特解释。”我说。

“啊，他们俩我谁也没告诉，一个字也没有说。你知道，我们回城的第二天他们就回学校了。我没有张皇失措，我对他们说父亲有事到外地去了。”

心里怀着这样大的一个秘密，要使自己举止得体、装作一副坦然无事的样子，实在很不容易。再说，为了打发孩子上学，还必须花费精力把样样东西打点齐全，也使她煞费苦心。思特里克兰德太太的声音哽住了。

“他们以后可怎么办啊，可怜的宝贝？我这一家人以后怎么活下去啊？”

她拼命克制着自己的感情，我注意到她的两手一会儿握紧，一会儿又松开。那种痛苦简直太可怕了。

“如果你认为我到巴黎去有好处，我当然会去的，但是你一定

要同我说清楚，你要叫我去做什么。”

“我要叫他回来。”

“我听麦克安德鲁上校的意思，你已经决心同他离婚了。”

“我永远也不会同他离婚。”她突然气狠狠地说，“把我的话告诉他，他永远也别想同那个女人结婚。我同他一样，是个拗性子，我永远也不同他离婚。我要为我的孩子着想。”

我想她最后加添的话是为了向我解释她为什么要采取这种态度，但是我却认为她这样做与其说出于母爱不如说由于极其自然的嫉妒心理。

“你还爱他吗？”

“我不知道。我要他回来。如果他回来了，我可以既往不咎。不管怎么说，我们已经是十七年的夫妻了。我不是一个心胸狭小的女人。过去我一直蒙在鼓里，只要我不知道，我也就不会介意这件事。他应该知道这种迷恋是长不了的。如果他现在就回来，事情会很容易过去，谁也发现不了。”

思特里克兰德太太对流言蜚语这样介意，叫我心里有些发凉，因为当时我还不知道旁人的意见对于女人的生活竟有这么大的关系。我认为这种态度对她们深切的情感投掷上了一层不真挚的暗影。

思特里克兰德住的地方家里人是知道的。他的合股人曾通过思特里克兰德存款的银行给他写过一封措辞严厉的信，责骂他隐匿自己行踪；思特里克兰德在一封冷嘲热讽的回信里告诉这位合股人在什么地方可以找到他。看来他正住在一家旅馆里。

“我没听说过这个地方，”思特里克兰德太太说，“但是弗雷德对这家旅馆非常熟悉。他说这是很昂贵的一家。”

她的脸涨得通红。我猜想她似乎看到自己的丈夫正住在一套豪华的房间里，在一家又一家的讲究的饭店吃饭。她想象他正过着花天酒地的生活，天天去赛马厅，夜夜去剧场。

“像他这样的年龄，不能老过这种生活，”她说，“他到底是四十岁的人了。如果是一个年轻人，我是能够理解的。可是他这种年纪就太可怕了，他的孩子都快长大成人了。再说他的身体也受不住。”

愤怒同痛苦在她胸中搏斗着。

“告诉他，他的家在召唤他回来。家里什么都同过去一样，但是也都同过去不一样了。没有他我无法生活下去。我宁可杀死自己。同他谈谈往事，谈谈我们的共同经历。如果孩子们问起来，我该对他们说什么呢？他的屋子还同他走的时候一模一样。他的屋子在等着他呢。我们都在等着他呢。”

我到那里该谈什么，她句句都告诉我了。她甚至想到思特里克兰德可能说什么话。教给我怎样答对。

“你会尽一切力量替我把这件事办好吧？”她可怜巴巴地说，“把我现在的处境告诉他。”

我看出来，她希望我施展一切手段打动他的怜悯心。她的眼泪一个劲儿地往下落。我心里难过极了。我对思特里克兰德的冷酷、残忍非常气愤，我答应她我要尽一切力量把他弄回来。我同意再过一天就启程，不把事情办出个眉目决不回来。这时天色已晚，我们两人也都由于感情激动而疲惫不堪，于是，我就向她告辞了。

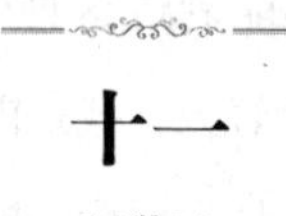

十一

旅途中，我仔细考虑了一下这次去巴黎的差事，不觉又有些疑虑。现在我的眼睛已经看不到思特里克兰德太太一副痛楚不堪的样子，好像能够更冷静地考虑这件事了。我在思特里克兰德太太的举动里发现一些矛盾，感到疑惑不解。她非常不幸，但是为了激起我的同情心，她也很会把她的不幸表演给我看。她显然准备要大哭一场，因为她预备好大量的手帕；她这种深思远虑虽然使我佩服，可是如今回想起来，她的眼泪的感人力量却不免减低了。我看不透她要自己丈夫回来是因为爱他呢，还是因为怕别人议论是非；我还怀疑使她肠断心伤的失恋之痛是否也掺杂着虚荣心受到损害的悲伤（这对我年轻的心灵是一件龌龊的事）；这种疑心也使我很惶惑。我那时还不了解人性有多么矛盾，我不知道真挚中还有多少做作，高尚中蕴藏着多少卑鄙，或者，即使在邪恶里也找得着美德。

但是我这次到巴黎去是带着一定冒险成分的，当我离目的地越来越近的时候，我的情绪也逐渐高起来。我也从做戏的角度看待自己，对我扮演的这个角色——一个受人衷心相托的朋友把误入歧途的丈夫带回给宽恕的妻子——非常欣赏。我决定第二天晚上再去找思特里克兰德，因为我本能地觉得，必须细致盘算，并选定这一时间。如果想从感情上说动一个人，在午饭以前是很少会成功的。在那些年代里，我自己就常常遐想一些爱情的事，但是只有吃过晚茶后我才能幻想美好婚姻的幸福。

我在自己落脚的旅馆打听到了一个查理斯·思特里克兰德住的地方。他住的那家旅馆名叫比利时旅馆。我很奇怪，看门人竟没听说过这个地方。我从思特里克兰德太太那里听说，这家旅馆很大、很阔气，坐落在利渥里路后边。我们查了一下旅馆商号指南。叫这个名字的旅馆只有一家，在摩纳路。这不是有钱人居住的地区，甚至不是一个体面的地方。我摇了摇头。

“绝对不是这一家。”我说。

看门人耸了耸肩膀。巴黎再没有另一家叫这个名字的旅馆了。我想起来，思特里克兰德本来是不想叫别人知道他行踪的。他给他的合股人这个地址也许是在同他开玩笑。不知道为什么，我暗想这很合思特里克兰德的幽默感，把一个怒气冲冲的证券交易人骗到巴黎一条下流街道上的很不知名的房子里去，出尽洋相。虽然如此，我觉得我还是得去看一看。第二天六点钟左右我叫了一辆马车，到了摩纳街。我在街角上把车打发掉，我想我还是步行到旅馆，先在外面看看再进去。这一条街两旁都是为穷人开设的小店铺，路走了一半，在我拐进来的左面，就是比利时旅馆。我自己住的是一家普普通通的旅馆，可是同这家旅馆比起来简直宏伟极了。这是一座破烂的小楼，多年没有粉刷过，龌龌龊龊，相形之下，两边的房子倒显得又干净又整齐。肮脏的窗子全部关着。查理斯·思特里克兰德同那位勾引他丢弃了名誉和职责的美女显然不会在这样一个地方寻欢作乐，享受他们罪恶而豪华的生活。我非常恼火，觉得自己分明是被耍弄了。我差一点儿连问都不问就扭头而去。我走进去只是为了事后好向思特里克兰德太太交代，告诉她我已经尽了最大的努力。

旅馆的入口在一家店铺的旁边，门开着，一进门便有一块牌子：账房在二楼[①]。我沿着狭窄的楼梯走上去，在楼梯平台上看到一间用玻璃门窗隔起来的小阁子，里面摆着一张办公桌和两三把椅子。阁子外面有一条长凳，晚上守门人多半就在这里过夜。附近没有一个人影，但是我在一个电铃按钮下面看到有侍者[②]字样。我按了一下，马上从什么地方钻出一个人来。这人很年轻，贼眉鼠眼，满脸丧气，身上只穿一件衬衫，趿拉着一双毡子拖鞋。

我自己不知道为什么我向他打听思特里克兰德时要装出一副漫不经心的样子。

“这里住没住着一位思特里克兰德先生？”我问。

“三十二号，六楼。”

我大吃一惊，一时没有答出话来。

---

① 原文为法语。

② 原文为法语。

“他在家吗？”

侍者看了看账房里的一块木板。

“他的钥匙不在这里。自己上去看看吧。”

我想不妨再问他一个问题。

“太太也在这里吗[①]？”

“只有先生一个人[②]。”

当我走上楼梯的时候，侍者一直怀疑地打量着我。楼梯又闷又暗，一股污浊的霉味扑鼻而来。三层楼梯上面有一扇门开了，我经过的时候，一个披着睡衣、头发蓬松的女人一声不吭地盯着我。最后，我走到六楼，在三十二号房门上敲了敲。屋里响动了一下，房门开了一条缝。查理斯·思特里克兰德出现在我面前。他一语不发地站在那里，显然没有认出我是谁来。

我通报了姓名。我尽量摆出一副大大咧咧的样子。

“你不记得我了。今年六月我荣幸地在你家吃过饭。”

“进来吧，”他兴致很高地说，“很高兴见到你。坐下。”

我走进去。这是一间很小的房间，几件法国人称之为路易·菲力浦式样的家具把屋子挤得转不过身来。有一张大木床，上面堆放着一床鼓鼓囊囊的大红鸭绒被，一张大衣柜，一张圆桌，一个很小的脸盆架，两把软座椅子，包着红色棱纹平布。没有一件东西不是肮脏、破烂的。麦克安德鲁上校煞有介事地描述的那种浪荡浮华这

① 原文为法语。

② 原文为法语。

里连一点儿影子也看不到。思特里克兰德把乱堆在一把椅子上的衣服扔到地上，叫我坐下。

“你来找我有事吗？”他问。

在这间小屋子里他好像比我记忆中的更加高大。他穿着一件诺弗克式的旧上衣，胡须有很多天没有刮了。我上次见到他，他修饰得整齐干净，可是看上去却很不自在；现在他邋里邋遢，神态却非常自然。我不知道他听了我准备好的一番话以后会有什么反应。

“我是受你妻子的嘱托来看你的。”

“我正预备在吃晚饭以前到外边去喝点什么。你最好同我一起去。你喜欢喝苦艾酒？”

“可以喝一点儿。”

“那咱们就走吧。”

他戴上一顶圆顶礼帽，帽子也早就该刷洗了。

“我们可以一起吃饭。你还欠我一顿饭呢，你知道。”

“当然了。你就一个人吗？”

我很得意，这样重要的一个问题我竟极其自然地提了出来。

“啊，是的。说实在的，我已经有三天没有同人讲话了。我的法文很不高明。”

当我领先走下楼梯的时候，我想起茶点店的那位女郎来，我很想知道她出了什么事了。是他们已经吵架了呢，还是他迷恋的热劲儿已经过去了？从我见到的光景看，很难相信他策划了一年只是为了这样没头没脑地窜到巴黎来。我们步行到克里舍林荫路，在一家大咖啡馆摆在人行道上的许多台子中拣了一张坐下。

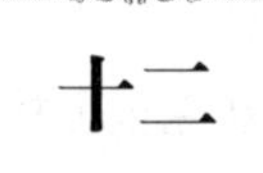

十二

这会儿正是克里舍林荫路最热闹的时刻，只需要发挥一点儿想象力，就能够在过往行人中发现不少庸俗罗曼司中的人物。小职员和女售货员，宛如从巴尔扎克的小说中走出来的老古董，靠着人性的弱点赚钱糊口的一些行当的男女成员。在巴黎的一些贫穷地区，街道上总是人群熙攘，充满无限生机，使你血流激动，随时准备为你演一出意想不到的好戏。

“你对巴黎熟悉不熟悉？”我问。

“不熟悉。我们度蜜月的时候来过。以后我从来没有再来。”

“那你怎么会找到这家旅馆的？”

“别人介绍的。我要找一家便宜的。”

苦艾酒端上来了，我们一本正经地把水浇在溶化的糖上。

“我想我还是坦白对你讲我为什么来找你吧，”我有一些窘困地说。

他的眼睛闪闪发亮。

“我早就想迟早会有个人来的。阿美已经给我写了一大堆信来了。”

“那么我要对你讲的，不用我说你也知道得很清楚了。”

“她那些信我都没有看。”

我点了一支烟，为了给自己一些思索的时间。我这时候真不知道该怎样办理我承担下的这件差事了。我准备好的一套绝妙辞令，哀婉的也罢、愤激的也罢，在克里舍林荫道上似乎都不合拍了。突然，思特里克兰德咯咯地笑起来。

“交给你办的事很叫你头疼，对不对？”

“啊，我不知道。”我回答。

“听我说，你赶快把肚子里的事说出来，以后咱们可以痛快地玩一个晚上。”

我犹豫不定。

“你想到过没有，你的妻子痛苦极了？”

“事情会过去的。”

他说这句话的那种冷漠无情我简直无法描摹。我被他这种态度搞得心慌意乱，但是我尽量掩盖着自己。我采用了我的一位亨利叔叔说话的语调；亨利叔叔是个牧师，每逢他请求哪位亲戚给候补副牧师协会捐款的时候总是用这种语调。

“我说话不同你转弯抹角，你不介意吧？”

他笑着摇了摇头。

“你这样对待她说得过去吗？”

“说不过去。”

“你有什么不满意她的地方吗？”

“没有。”

“那么，你们结婚十七年，你又挑不出她任何毛病，你这样离开了她不是太岂有此理了吗？”

“是太岂有此理了。”

我感到非常惊奇，看了他一眼。不管我说什么，他都从心眼里赞同，这就把我的口预先箝住了。他使我的处境变得非常复杂，且不说滑稽可笑了。本来我预备说服他、打动他、规劝他、训诫他、同他讲道理，如果需要的话还要斥责他，要发一通脾气，要把他冷嘲热讽个够；但是如果罪人对自己犯的罪直认不讳，规劝的人还有什么事情好做呢？我对他这种人一点儿也没有经验，因为我自己如果做错了事总是矢口否认。

“你还要说什么？”思特里克兰德说。

我对他撇了撇嘴。

“没什么了，如果你都承认了，好像也没有什么要多说的了。”

“我想也是。”

我觉得我这次执行任务手腕太不高明。我显然有些冒火了。

“别的都不要说了，你总不能一个铜板也不留就把你女人甩了啊！”

“为什么不能？”

“她怎么活下去呢？”

“我已经养活她十七年了。为什么她不能换换样，自己养活自己呢？”

“她养活不了。”

“她不妨试一试。”

我当然有许多话可以答辩。我可以谈妇女的经济地位，谈男人结婚以后公开或默认地承担的义务，还有许许多多别的道理，但是我认为真正重要的只有一点。

“你还爱不爱她？”

“一点儿也不爱了。”他回答。

不论对哪方面讲，这都是一件极端严肃的事，可是他的答话却带着那么一种幸灾乐祸、厚颜无耻的劲儿。为了不笑出声来，我拼命咬住嘴唇。我一再提醒自己他的行为是可恶的。我终于激起自己的义愤来。

“他妈的，你得想想自己的孩子啊。他们从来没有做过对不起你的事。他们不是自己要求到这个世界上来的。如果你这样把一家人都扔了，他们就只好流浪街头了。”

“他们已经过了不少年舒服日子了。大多数孩子都没有享过这么大的福。再说，总有人养活他们。必要的时候，麦克安德鲁夫妇可以供他们上学的。”

“可是，你难道不喜欢他们吗？你的两个孩子多么可爱啊！你的意思是，你不想再同他们有任何关系了吗？”

“孩子小的时候我确实喜欢他们，可是现在他们都长大了，我对他们没有什么特殊的感情了。”

“你简直太没有人性了。”

“我看就是这样的。”

“你一点儿也不觉得害臊。”

“我不害臊。”

我想再变换一个手法。

“谁都会认为你是个没有人性的坏蛋。”

“让他们这样想去吧。”

“所有的人都讨厌你、鄙视你，这对你一点儿都无所谓吗？”

“无所谓。”

他那短得不能再短的回答使得我提出的问题（尽管我的问题提得很有道理）显得非常荒谬。我想了一两分钟。

“我怀疑，如果一个人知道自己的亲戚朋友都责骂自己，他能不能心安理得地活下去。你准知道你就一点儿也无动于衷吗？谁都不能没有一点儿良心，早晚你会受到良心谴责的。假如你的妻子死了，你难道一点儿也不悔恨吗？”

他并没有回答我的问题，我等了一会儿，看他是不是开口。最后我不得不自己打破沉寂。

“你有什么要说的？”

“我要说的只有一句：你是个大傻蛋。”

“不管怎么说，法律可以强迫你扶养你的妻子儿女，”我有些生气地驳斥说，“我想法律会提出对他们的保障的。”

“法律能够从石头里榨出油来吗？我没有钱，只有百十来镑。”

我比以前更糊涂了。当然，从他住的旅馆看，他的经济情况是非常窘迫的。

“把这笔钱花完了你怎么办？”

“再去挣一点儿。”

他冷静得要命，眼睛里始终闪露着讪笑，倒仿佛我在说一些愚不可及的蠢话似的。我停了一会儿，考虑下面该怎么说。但是这回他倒先开口了。

“为什么阿美不重新嫁人呢？她年纪并不老，也还有吸引人的地方。我还可以推荐一下：她是个贤妻。如果她想同我离婚，我完全可以给她制造她需要的借口。”

现在该轮到我发笑了。他很狡猾，但是他谁也瞒不过，这才是他的真正目的呢。由于某种原因，他必须把自己同另外一个女人私奔的事隐瞒着，他采取了一切预防措施把那个女人的行踪隐藏起来。我斩钉截铁地说：

“你的妻子说，不论你用什么手段她也不同你离婚。她已经打定主意了。我劝你还是死了这条心吧。”

他非常惊讶地紧紧盯着我，显然不是在装假。笑容从他嘴角上消失了，他一本正经地说：

“但是，亲爱的朋友，我才不管她怎么做呢。她同我离婚也好，不离婚也好，我都无所谓。”

我笑了起来。

“噢，算了吧！你别把我们当成那样的傻瓜了。我们凑巧知道你是同一个女人一起走的。”

他愣了一下，但是马上就哈哈大笑起来。他笑的声音那么响，连坐在我们旁边的人都好奇地转过头来，甚至还有几个人也跟着笑起来。

“我看不出这有什么可笑的。”

“可怜的阿美，”他笑容未消地说。

接着，他的面容一变而为鄙夷不屑的样子。

“女人的脑子太可怜了！爱情。她们就知道爱情。她们认为如果男人离开了她们就是因为又有了新宠。你是不是认为我是这么一个傻瓜，还要再做一遍我已经为一个女人做过了的那些事？”

“你是说你不是因为另外一个女人才离开你妻子？”

“当然不是。”

“你敢发誓？”

我不知道为什么我这样要求他。我问这句话完全没有动脑子。

“我发誓。”

“那么你到底是为什么离开她的？”

“我要画画儿。”

我半天半天目不转睛地盯着他。我一点儿也不理解。我想这个人准是疯了。读者应该记住，我那时还很年轻，我把他看作是一个中年人。我除了感到自己的惊诧外什么都不记得了。

“可是你已经四十了。”

“正是因为这个我才想，如果现在再不开始就太晚了。”

“你过去画过画儿吗？”

“我小的时候很想做个画家，可是我父亲叫我去做生意，因为他认为学艺术赚不了钱。一年以前我开始画了点儿画。去年我一直在夜校上课。”

“思特里克兰德太太以为你在俱乐部玩桥牌的时间你都是去上课吗？”

“对了。”

“你为什么不告诉她？”

“我觉得还是别让她知道好。”

“你能够画了吗？”

“还不成。但是我将来能够学会的。正是为了这个我才到巴黎来。在伦敦我得不到我要求的东西。也许在这里我会得到的。”

“你认为像你这样年纪的人开始学画还能够学得好吗？大多数人都是十八岁开始学。”

“如果我十八岁学，会比现在学得快一些。”

“你怎么会认为自己还有一些绘画的才能？”

他并没有马上回答我的问题。他的目光停在过往的人群上，但是我认为他什么也没有看见。最后他回答我的话根本算不上是回答。

“我必须画画儿。”

“你这样做是不是完全在碰运气？”

这时他把目光转到我身上。他的眼睛里有一种奇怪的神情，叫我觉得不太舒服。

“你多大年纪？二十三岁？”

我觉得他提这个问题与我们谈的事毫不相干。如果我想碰碰运气做一件什么事的话，这是极其自然的事；但是他的青年时代早已过去了，他是一个有身份有地位的证券经纪人，家里有一个老婆、两个孩子。对我说来是自然的道路在他那里就成为荒谬悖理的了。但是我还是想尽量对他公道一些。

“当然了，也许会发生奇迹，你也许会成为一个大画家。但你必须承认，这种可能性是微乎其微的。假如到头来你不得不承认把事情搞得一塌糊涂，你就后悔莫及了。”

“我必须画画儿，”他又重复了一句。

“假如你最多只能成为一个三流画家，你是不是还认为值得把一切都抛弃掉呢？不管怎么说，其他各行各业，假如你才不出众，并没有多大关系。只要还能过得去，你就能够舒舒服服地过日子。但是当一个艺术家完全是另一码事。”

“你他妈的真是个傻瓜。”他说。

“我不知道你为什么这么说，除非我这样把最明显的道理说出来是在干傻事。”

“我告诉你我必须画画儿。我由不了我自己。一个人要是跌进水里，他游泳游得好不好是无关紧要的，反正他得挣扎出去，不然就得淹死。”

他的语音里流露着一片热诚，我不由自主地被他感动了。我好像感觉到一种猛烈的力量正在他身体里面奋力挣扎。我觉得这种力量非常强大，压倒一切，仿佛违拗着他自己的意志，并把他紧紧抓在手中。我理解不了。他似乎真的让魔鬼附体了，我觉得他可能一下子被那东西撕得粉碎。但是从表面上看，他却平平常常。我的眼睛好奇地盯着他，他却一点儿也不感到难为情。他坐在那里，穿着一件破旧的诺弗克上衣，戴着顶早就该拂拭的圆顶帽，我真不知道一个陌生人会把他当作什么人。他的裤腿像两只口袋，手并不很干净，下巴上全是红胡子茬，一对小眼睛，撅起的大鼻头，面相又笨拙又粗野。他的嘴很大，厚厚的嘴唇给人以耽于色欲的感觉。不成，我无法判定他是怎样的一类人。

“你不准备回到你妻子那里去了？”最后我开口说。

“永远不回去了。”

“她可是愿意把发生的这些事全都忘掉，一切从头开始。她一句话也不责备你。”

“让她见鬼去吧！”

“你不在乎别人把你当作一个彻头彻尾的坏蛋吗？你不在乎你的妻子儿女去讨饭吗？”

“一点儿也不在乎。”

我沉默了一会儿，为了使我接下来的这句话有更大的力量。我故意把一个个的字吐得真真切切。

“你是个不折不扣的混蛋。”

“成了，你现在把压在心上的话已经说出来了，咱们可以去吃饭了。”

十三

我知道更合体的做法是拒绝他的邀请。我想也许我该把我真正感到的气愤显示一番，如果我回去以后能够向他们汇报，我如何一口拒绝了同这种品行的人共进晚餐的邀请，起码麦克安德鲁上校会对我表示好感的。但是我总是害怕这出戏自己演得不像，而且不能一直演到底，这就妨碍了我装出一副道貌岸然的样子。再说，我肯定知道，我的表演在思特里克兰德身上不会引起任何反响，这就更加使我难以把辞谢的话说出口了。只有诗人同圣徒才能坚信，在沥青路面上辛勤浇水会培植出百合花来。

我付了酒账，同他走到一家廉价的餐馆去。我们在这家顾客拥挤的热闹的餐馆里痛痛快快吃了一顿晚餐。我们俩胃口都很好，我是因为年轻，他是因为良心已经麻木。这以后我们到一家酒店去喝咖啡和甜酒。

关于这件使我来到巴黎的公事，该说的话我都已经说了，虽然我觉得就这样半半拉拉地把这件事放下对思特里克兰德太太似乎有背叛之嫌，我却实在无法再同思特里克兰德的冷漠抗争了。只有女性才能以不息的热情把同一件事重复三遍。我自我安慰地想，尽力了解一下思特里克兰德的心境对我还是有用的。再说，我对这个也更感兴趣。但这并不是一件容易事，因为思特里克兰德不是一个能说会道的人。他表白自己似乎非常困难，倒好像言语并不是他的心灵能运用自如的工具似的。你必须通过他的那些早被人们用得陈腐不堪的词句、那些粗陋的俚语、那些既模糊又不完全的手势才能猜测他的灵魂的意图。但是虽然他说不出什么有意义的话来，他的性格中却有一种东西使你觉得他这人一点儿也不乏味。或许这是由于他非常真挚。他对于第一次见到的巴黎（我没有算他同他妻子来度蜜月的那一次）好像并不怎样好奇，对于那些对他说来肯定是非常新奇的景象并不感到惊异。我自己来巴黎少说有一百次了，可是哪次来都免不了兴奋得心头飘忽忽的，走在巴黎街头我总觉得随时都会经历到一场奇遇。思特里克兰德却始终不动声色。现在回想这件事，我认为他当时根本什么也看不到，他看到的只是搅动着他灵魂的一些幻景。

这时发生了一件有些荒唐的事。酒馆里有几个妓女；有的同男人坐在一起，有的独自坐在那里。我们没进去多久，我就注意到其中的一个总是瞟着我们。当她的眼睛同思特里克兰德的目光相遇以后，她向他做了个笑脸。我想思特里克兰德根本没有注意她。过了一会儿她从酒馆里走了出去，但是马上又走进来。在经过我们座位的时候，她很有礼貌地请我们给她买一点儿什么喝的。她坐下来，我同她闲聊起来，但是她的目标显然是思特里克兰德。我对她讲，他法文只懂几个字。她试着同他讲了几句，一半用手势，一半用外国人说的蹩脚法语，不知为什么，她认为这种话他更容易懂，另外，她倒也会说五六句英国话。有的话她只能用法国话说，她就叫我给她翻译，而且热切地向我打听他回话的意思。思特里克兰德脾气很好，甚至还觉得这件事有些好笑，但是显然根本没有把她看在眼里。

“我想你把一颗心征服了。”我笑着说。

“我并不感到得意。”

如果我换在他的地位上，我会感到很困窘，也不会像他这样心平气静。这个女人生着一双笑眼，一张很可爱的嘴。她很年轻。我奇怪她在思特里克兰德身上发现了什么吸引她的地方。她一点儿也不想隐瞒自己的要求，她叫我把她说的都翻译出来。

“她要你把她带回家去。”

“我用不着女人。”他回答。

我尽量把他的回答说得很婉转。我觉得拒绝这种邀请有些太不礼貌了。我向她解释，他是因为没有钱才拒绝的。

“但是我喜欢他，”她说，“告诉他是为了爱情。”

当我把她的话翻译出以后，思特里克兰德不耐烦地耸了耸肩膀。

“告诉她叫她快点儿滚蛋。”他说。

他的神色清楚地表明了他的意思，女孩子一下子把头向后一扬。也许在她涂抹的脂粉下脸也红起来。她站起身来。

“这位先生太不懂礼貌[1]。”她说。

她走出酒馆，我觉得有些生气。

“我看不出你有什么必要这样侮辱她，”我说，“不管怎么说，她这样做还是看得起你啊。”

“这种事叫我恶心。”他没好气地说。

我好奇地打量了他一会儿。他的脸上确实有一种厌恶的神情，然而这却是一张粗野的、显现着肉欲的脸。我猜想吸引了那个女孩子的正是他脸上的这种粗野。

“我在伦敦想要什么女人都可以弄到手，我不是为这个到巴黎来的。”

① 原文为法语。

十四

在回伦敦的旅途上，关于思特里克兰德我又想了很多。我试着把要告诉他妻子的事理出一个头绪来。事情办得并不妙，我想象得出，她不会对我感到满意的，我对自己也不满意。思特里克兰德叫我迷惑不解。我不明白他行事的动机。当我问他，他最初为什么想起要学绘画的时候，他没能给我说清楚，也许他根本就不愿意告诉我。我一点儿也搞不清楚。我企图这样解释这件事：在他的迟钝的心灵中逐渐产生了一种朦胧模糊的反叛意识。但是，一件不容置疑的事实却驳斥了上述解释：他对自己过去那种单调的生活从来没有流露出什么厌烦不耐啊。如果他只是无法忍受无聊的生活而决心当一个画家，以图挣脱烦闷的枷锁，这是可以理解的，也是极其平常的事；但是问题在于，我觉得他绝对不是一个平常的人。最后，也许我有些罗曼蒂克，我想象出一个解释来，尽管这个解释有些牵强，却是唯一能使我感到满意的。那就是：我怀疑是否在他的灵魂中深深埋藏着某种创作的欲望，这种欲望尽管为他的生活环境掩盖着，却一直在毫不留情地膨胀壮大，正像肿瘤在有机组织中不断长大一样，直到最后完全把他控制住，逼得他必须采取行动，毫无反抗能力。杜鹃把蛋下到别的鸟巢里，当雏鸟孵出以后，就把它的异母兄弟们挤出巢外，最后还要把庇护它的巢窝毁掉。

但是奇怪的是，这种创作欲竟会抓住一个头脑有些迟钝的证券经纪人，可能导致他的毁灭，使那些依靠他生活的人陷入不幸。但是如果同上帝的玄旨妙义有时竟也把人们抓住这一点比起来，倒也不足为奇。这些人有钱有势，可是上帝却极其警觉地对他们紧追不舍，直到最后把他们完全征服，这时他们就抛弃掉世俗的欢乐、女人的爱情，甘心到寺院中过着凄苦冷清的生活。皈依能以不同的形态出现，也可以通过不同的途径实现。有一些人通过激变，有如愤怒的激流把石块一下子冲击成齑粉；另一些人则由于日积月累，好像不断的水滴，迟早要把石块磨穿。思特里克兰德有着盲信者的直截了当和使徒的狂热不羁。

但是以我讲求实际的眼睛看来，使他着了迷的这种热情是否能产生出有价值的作品来，还有待时间证明。等我问起他在伦敦学画时夜校的同学对他的绘画如何评价的时候，他笑了笑说：

“他们觉得我是在闹着玩。”

“你到了这里以后，开始进哪个绘画学校了吗？”

“进了。今天早晨那个笨蛋还到我住的地方来过——我是说那个老师，你知道；他看了我的画以后，只是把眉毛一挑，连话也没说就走了。”

思特里克兰德咯咯地笑起来。他似乎一点儿也没有灰心丧气。别人的意见对他是毫无影响的。

在我同他打交道的时候，正是这一点使我狼狈不堪。有人也说他不在乎别人对他的看法，但这多半是自欺欺人。一般说来，他们能够自行其是是因为相信别人都看不出来他们的怪异的想法；最甚者也是因为有几个近邻知交表示支持，才敢违背大多数人的意见行事。如果一个人违反传统实际上是他这一阶层人的常规，那他在世人面前做出违反传统的事倒也不困难。相反地，他还会为此洋洋自得。他既可以标榜自己的勇气又不致冒什么风险。但是我总觉得事事要获别人批准，或许是文明人类最根深蒂固的一种天性。一个标新立异的女人一旦冒犯了礼规，招致了唇枪舌剑的物议，再没有谁会像她那样飞快地跑去寻找尊严体面的庇护了。那些告诉我他们毫不在乎别人对他们的看法的人，我是绝不相信的。这只不过是一种无知的虚张声势。他们的意思是：他们相信别人根本不会发现自己的微疵小瑕，因此更不怕别人对这些小过失加以谴责了。

但是这里却有一个真正不计较别人如何看待他的人，因而传统礼规对他一点儿也奈何不得。他像是一个身上涂了油的角力者，你根本抓不住他。这就给了他一种自由，叫你感到火冒三丈。我还记得我对他说：

“你听我说，如果每个人都像你这样，地球就运转不下去了。”

“你说这样的话实在是太蠢了。并不是每个人都要像我这样的。绝大多数人对于他们做的那些平平常常的事是心满意足的。”

我想挖苦他一句。

“有一句格言你显然并不相信：凡人立身行事，务使每一行为堪为万人楷模。”

“我从来没听说过，但这是胡说八道。”

“你不知道，这是康德说的。”

“随便是谁说的，反正是胡说八道。”

对于这样一个人，想要诉诸他的良心也是毫无效果的。这就像不借助镜子而想看到自己的反影一样。我把良心看作是一个人心灵中的卫兵，社会为要存在下去制订出的一套礼规全靠它来监督执行。良心是我们每个人心头的岗哨，它在那里值勤站岗，监视着我们别做出违法的事情来。它是安插在自我的中心堡垒中的暗探。因为人们过于看重别人对他的意见，过于害怕舆论对他的指责，结果自己把敌人引进大门里来；于是它就在那里监视着，高度警觉地卫护着它主人的利益，一个人只要有半分离开大溜儿的想法，就马上受到它严厉的苛责。它逼迫着每一个人把社会利益置于个人之上。它是把个人拘系于整体的一条牢固的链条。人们说服自己，相信某种利益大于个人利益，甘心为它效劳，结果沦为这个主子的奴隶。他把他高举到荣誉的宝座上。最后，正如同宫廷里的弄臣赞颂皇帝按在他肩头的御杖一样，他也为自己有着敏感的良心而异常骄傲。到了这一地步，对那些不肯受良心约束的人，他就会觉得怎样责骂也不过分，因为他已经是社会的一名成员，他知道得很清楚，绝对没有力量造自己的反了。当我看到思特里克兰德对他的行为肯定会引起的斥责真的无动于衷的时候，我就像见到一个奇异的怪物一样，吓得毛骨悚然，赶快缩了回去。

那天晚上在我向他告别的时候，他最后对我说的话是：

“告诉阿美，到这儿来找我是没有用的。反正我要搬家了，她是不会找到我的。”

“我的看法是，她能摆脱你未尝不是件好事。”我说。

“亲爱的朋友，我就希望你能够叫她看清这一点。可惜女人都是没有脑子的。”

十五

我回到伦敦家里，发现有一封急信在等着我，叫我一吃过晚饭就到思特里克兰德太太那里去。我在她家里也看到了麦克安德鲁上校同他的妻子。思特里克兰德太太的姐姐比思特里克兰德太太年纪大几岁，样子同她差不多，只是更衰老一些。这个女人显出一副精明能干的样子，仿佛整个大英帝国都揣在她口袋里似的。一些高级官员的太太深知自己属于优越的阶层，总是带着这种神气的。麦克安德鲁太太精神抖擞，言谈举止表现得很有教养，但却很难掩饰她那根深蒂固的偏见：如果你不是军人，就连站柜台的小职员还不如。她讨厌近卫队军官，认为这些人傲气；不屑于谈论这些官员的老婆，认为她们出身低微。麦克安德鲁上校太太的衣服不是时兴的样式，价钱却很昂贵。

思特里克兰德太太显得十分紧张。

“好了，给我们讲讲你的新闻吧。”她说。

“我见到你丈夫了。我担心他已经拿定主意不再回来了。”我停了一会儿，“他想画画儿。”

“你说什么？”思特里克兰德太太喊叫起来，惊奇得不知所以。

“你一点儿也不知道他喜欢画画儿？”

“这人简直精神失常了。”上校大声说。

思特里克兰德太太皱了皱眉头。她苦苦地搜索她的记忆。

“我记得在我们结婚以前他常常带着个颜料盒到处跑。可是他画的画儿要多难看有多难看。我们常常打趣他。他对这种事可以说一点儿才能也没有。”

“当然没有，这只不过是个借口。”麦克安德鲁太太说。

思特里克兰德太太又仔细思索了一会儿。非常清楚，她对我带来的这个消息完全不理解。这次她已经把客厅略微收拾了一下，不像出了事以后我第一次到这里来时那样冷冷清清、仿佛等待出租的带家具的房间那样了。但是在我同思特里克兰德在巴黎会过面以后，却很难想象他是属于这种环境的人了。我觉得他们这些人也不会没有觉察思特里克兰德有一些怪异的地方。

“但是如果他想当画家，为什么不告诉我呢？”思特里克兰德太太最后开口说，“我想，对于他这种——这种志趣我是绝不会不同情支持的。”

麦克安德鲁太太的嘴唇咬紧了。我猜想，她妹妹喜好结交文人艺术家的脾气，她从来就不赞成。她一说到“文艺”这个词，就露出满脸鄙夷不屑的神情。

思特里克兰德太太又接着说："不管怎么说，要是他有才能，我会第一个出头鼓励他。什么牺牲我都不会计较的。同证券经纪人比起来，我还更愿意嫁给一个画家呢。如果不是为了孩子，我什么也不在乎。住在柴尔西一间破旧的画室里我会像住在这所房子里同样快乐。"

"亲爱的，我可真要生你的气了，"麦克安德鲁太太叫喊起来，"看你的意思，这些鬼话你真相信了？"

"可我认为这是真实情况。"我婉转地表示自己的意见说。

她又好气又好笑地看了我一眼。

"一个四十岁的人是不会为了要当画家而丢弃了工作、扔掉了妻子儿女的，除非这里面掺和着一个女人。我猜想他一定是遇见了你的哪个——艺术界的朋友，被她迷上了。"

思特里克兰德太太苍白的面颊上突然泛上一层红晕。

"她是怎样一个人？"

我没有立刻回答。我知道我给他们准备了一颗炸弹。

"没有女人。"

麦克安德鲁上校和他的妻子都表示不能相信地喊叫起来。思特里克兰德太太甚至从椅子上跳起来。"你是说你一次也没有看见她？"

"根本就没有人，叫我去看谁？他只有一个人。"

"这是世界上没有的事。"麦克安德鲁太太喊道。

"我早就知道我得自己跑一趟，"上校说，"我敢和你们打赌，我一定能马上就把那个女人搜寻出来。"

“我也希望你自己去，”我不很客气地回答，“你就会看到你的那些猜想没有一点是对的。他并没有住在时髦的旅馆里。他住的是一间极其寒酸的小房间。他离开家绝不是去过花天酒地的生活。他简直没有什么钱。”

“你想他会不会做了什么我们都不知道的事，怕警察找他的麻烦，所以躲起来避避风？”

这个提示使每个人心头闪现了一线希望，但是我却认为这纯粹是想入非非。

“如果是这种情况，他就不会做出那种傻事来，把自己的地址告诉他的伙友，”我以尖酸的口吻驳斥说，“不管怎么说，有一件事我绝对敢保证，他并不是同别人一块走的。他没有爱上谁。他的脑子里一点儿也没想到这种事。”

谈话中断了一会儿，他们在思索我这一番话。

“好吧，如果你说的是真的，”麦克安德鲁太太最后开口说，“事情倒不像我想的那么糟。”

思特里克兰德太太看了她一眼，没有吭声。她的脸色这时变得非常苍白，秀丽的眉毛显得很黑，向下低垂着。我不能理解她脸上的这种神情。

“你为什么不找他去啊，阿美？”上校出了个主意，“你完全可以同他一起在巴黎住一年。孩子由我们照管。我敢说他不久就会厌倦了。早晚有一天他会回心转意，准备回伦敦来。一场风波就算过去了。”

“要是我就不那么做，”麦克安德鲁太太说，“他爱怎么样我就让他怎么样。有一天他会夹着尾巴回家来，老老实实地过他的舒服日子。”说到这里，麦克安德鲁太太冷冷地看了她妹妹一眼。“你同他一起生活，也许有些时候太不聪明了。男人都是些奇怪的动物，你该知道怎样驾驭他们。”

麦克安德鲁太太和大多数女性的见解相同，认为男人们都是一些没有心肝的畜类，总想丢开倾心爱着他们的女人，但是一旦他真的做出这种事来，更多的过错是在女人这一方面。感情有理智所根本不能理解的理由[①]。

思特里克兰德太太的眼睛痴痴呆呆地从一个人的脸上移到另一个人脸上。

“他永远也不会回来了。”她说。

“啊，亲爱的，你要记住刚才咱们听到的那些话。他已经过惯了舒适生活，过惯了有人照料他的日子。你想他在那种破烂的小旅馆里，破烂的房间里能待得了多久吗？再说，他没有什么钱。他一定会回来的。”

“只要他是同一个女人跑掉的，我总认为他还有回来的可能。我不相信这类事能闹出什么名堂来的。不出三个月他对她就会讨厌死了。但是如果他不是因为恋爱跑掉的，一切就都完了。”

“哎，我认为你说的这些太玄虚了，”上校说，这种人性是他的职业传统所不能理解的，他把自己对这种特性的全部蔑视都用

① 原文为法语。

“玄虚”这个词表现出来，“别相信这一套。他会回来的，而且像陶乐赛说的，让他在外头胡闹一阵子我想也不会有什么坏处的。”

“但是我不要他回来了。”她说。

“阿美！”

这时一阵狂怒突然把思特里克兰德太太攫住，她的一张脸气得煞白，一点儿血色也没有。下面的话她说得很快，每说几个字就喘一口气。

“他要是发疯地爱上一个人，同她逃跑，我是能够原谅他的。我会认为这种事是很自然的。我不会太责备他。我会想他是被拐骗走的。男人心肠很软，女人又什么手段都使得出来。但是现在却不是这么回事。我恨他。我现在永远也不会原谅他了。”

麦克安德鲁上校和他的妻子一起劝解她。他们感到很吃惊。他们说她发疯了。他们不理解她。思特里克兰德太太在一阵绝望中向我求援。

“你明白我的意思吗？”她喊道。

“我不敢说。你的意思是：如果他为了一个女人离开你，你是可以宽恕他的；如果他为了一个理想离开你，你就不能了，对不对？你认为你是前者的对手，可是同后者较量起来，就无能为力了，是不是这样？”

思特里克兰德太太狠狠地盯了我一眼，没有说什么。也许我的话说中了她的要害。她继续用低沉的、颤抖的声音说：

“我还从来没有像这样恨过一个人呢。你知道，我一直宽慰自己说，不管这件事继续多久，最终他还是要我的。我想在他临终的时候他会叫我去，我也准备去。我会像一个母亲那样看护他，最后我还会告诉他，过去的事我不记在心里，我一直爱他，他做的任何事我都原谅他。”

女人们总是喜欢在她们所爱的人临终前表现得宽宏大量，她们的这种偏好叫我实在难以忍受。有时候我甚至觉得她们不愿意男人寿命太长，就是怕把演出这幕好戏的机会拖得太晚。

“但是现在——现在什么都完了。我对他就像对一个路人似的什么感情也没有了。我真希望他死的时候贫困潦倒、饥寒交迫，一个亲人也不在身边。我真希望他染上恶疮，浑身腐烂。我同他的关系算完了。”

我想我不妨趁这个时候把思特里克兰德的建议说出来。

“如果你想同他离婚，他很愿意给你制造任何离婚所需要的口实。”

“为什么我要给他自由呢？”

“我认为他不需要这种自由。他不过想这样做可能对你更方便一些。”

思特里克兰德太太不耐烦地耸了耸肩膀。我觉得我对她有些失望。当时我还同今天不一样，总认为人的性格是单纯统一的；当我发现这样一个温柔可爱的女性报复心居然这么重的时候，我感到很丧气。那时我还没认识到一个人的性格是极其复杂的。今天我已经认识到这一点了：卑鄙与伟大、恶毒与善良、仇恨与热爱是可以互不排斥地并存在同一颗心里的。

我不知道我能否说几句什么，减轻一些当时正在折磨着思特里克兰德太太的屈辱。我想我还是该试一试。

“你知道，我不敢肯定你丈夫的行动是不是要由他自己负责。我觉得他已经不是他自己了。他好像被一种什么力量抓住了，正在被利用来完成这种势力所追逐的目标。他像是被捕捉到蛛网里的一只苍蝇，已经失去挣扎的能力。他像被符咒逮住了一样。这使我想起人们常常说的那种奇怪的故事：另一个人的精神走进一个人的躯体里，把他自己的赶了出去。人的灵魂在躯体内很不稳定，常常会发生神秘的变化。如果在过去，人们就会说查理斯·思特里克兰德是魔鬼附体了。

麦克安德鲁太太把她衣服的下摆理平，臂上的金钏滑落到手腕上。

“你说的这些话我觉得太离奇了点儿，”她尖酸地说，“我不否认，也许阿美对她丈夫过于放任了。如果她不是只顾埋头于自己的事，我想她一定会发觉思特里克兰德的行为有些异样的。如果阿莱克有什么心事，我不相信事过一年多还不被我看得清清楚楚的。”

上校眼睛茫然望着空中，我很想知道有谁的样子能像他这样胸襟坦荡、心地清白。

“但这丝毫也改变不了查理斯·思特里克兰德心肠冷酷的事实。”她面孔板得紧紧的，看了我一眼。“我可以告诉你为什么他抛弃了自己的妻子——纯粹是出于自私，再也没有其他理由了。”

“这肯定是最易于为人们所接受的解释了，”我说。但是我心里却想：“这等于什么也没有解释。”最后我说身体有些劳累，便起身告辞了。思特里克兰德太太也并没有留我多坐一会儿的意思。

十六

以后发生的事说明思特里克兰德太太是一个性格坚强的女人。不论她心里委屈多大，她都没有显露出来。她很聪明，知道老是诉说自己的不幸，人们很快就会厌烦，总是摆着一副可怜相也不会讨人喜欢。每逢她外出做客的时候——因为同情她的遭遇，很多朋友有意地邀请她——她的举止总是十分得体。她表现得很勇敢，但又不露骨；高高兴兴，但又不惹人生厌；她好像更愿意听别人诉说自己的烦恼而不想议论她自己的不幸。每逢谈到自己丈夫的时候，她总是表示很可怜他。她对他的这种态度最初使我感到困惑。有一天她对我说：

“你知道，你告诉我说查理斯一个人在巴黎，你肯定是弄错了。根据我听到的消息——我不能告诉你这消息的来源——，我知道他不是独自离开英国的。”

“要是这样的话，他真可以说是不露行迹，简直是个天才了。”

思特里克兰德太太的目光避开了我，脸有些发红。

“我的意思是说，如果有人同你谈论这件事，要是说他是同哪个女人私奔的话，你用不着辩驳。”

“当然我不辩驳。”

她改换了话题，好像刚才说的是一件无关紧要的小事。不久我就发现，在她的朋友中间流传着一个奇怪的故事。她们说查理斯·思特里克兰德迷恋上一个法国女舞蹈家，他是在帝国大剧院看芭蕾舞首次见到这个女人的，后来就同她一起去巴黎了。我无法知道这个故事怎么会流传起来，但是奇怪的是，它为思特里克兰德太太赚得了人们的不少同情，同时也使她的名望增加了不少。这对她决定今后从事的行业很有一些好处。麦克安德鲁上校当初说她手头分文不名并没有夸大。她需要尽快地找一条谋生之道。她决定利用一下她认识不少作家这一有利地位，一点儿没耽搁时间就开始学起速记和打字来。她受的教育会使她从事这一行业高于一般打字人员，她的遭遇也能为她招徕不少主顾。朋友们都答应给她拿活儿来，而且还要尽心把她推荐给各自的相识。

麦克安德鲁夫妇没有子女，生活条件又很优裕，就担当下抚养着她子女的事，思特里克兰德太太只需要维持自己一个人的生活就够了。她把住房租了出去，卖掉了家具，在威斯敏斯特附近找了两间小房安置下来。她重新把生活安排好。她非常能干，她决心兴办的这个买卖一定会成功的。

十七

这件事过去大约五年之后，我决定到巴黎去住一个时期。伦敦我实在待腻了。天天做的事几乎一模一样，使我感到厌烦得要命。我的朋友们过着老一套的生活，平淡无奇，再也引不起我的好奇心了。有时候我们见了面，不待他们开口，我就知道他们要说什么话。就连他们的桃色事件也都是枯燥乏味的老一套。我们这些人就像从起点站到终点站往返行驶的有轨电车，连乘客的数目也能估计个八九不离十。生活被安排得太有秩序了。我觉得简直太可怕了。我退掉了我的小住房，卖掉为数不多的几件家具，决定开始另外一种生活。

临行以前我到思特里克兰德太太家去辞行。我有不少日子没同她见面了，我发现她有不少的变化，不仅人变得老了、瘦了，皱纹比以前多了，就连性格我觉得都有些改变。她的事业很兴旺，这时在昌塞里街开了一个事务所。她自己打字不多，时间主要用在校改她雇用的四名女打字员的打字稿上。她想尽办法把稿件打得非常讲究，很多地方使用蓝色和红色的字带，打好的稿件用各种浅颜色的粗纸装订起来，乍一看仿佛是带波纹的绸子。她给人打的稿件以整齐精确闻名，生意很能赚钱。但是尽管如此，她却认为自己谋生糊口有失身份，总有些抬不起头来。同别人谈话的时候，她忘不了向对方表白自己的高贵出身，动不动就提到她认识的一些人物，叫你知道她的社会地位一点儿没有降低。对自己经营打字行业的胆略和见识她不好意思多谈，但是一说起第二天晚上要在一位家住南肯星顿的皇家法律顾问那里吃晚饭，却总是眉飞色舞。她很愿意告诉你她儿子在剑桥大学读书的事；讲起她女儿刚刚步入社交界，一参加舞会就应接不暇时，她总是得意地笑了起来。我觉得我在和她聊天的时候问了一句蠢话。

“她要不要到你开的这个打字所里做点儿事？”

“啊，不，我不让她做这个，”思特里克兰德太太回答，“她长得很漂亮，我认为她一定能结一门好亲事。”

“那对你将会有很大的帮助，我早该想到的。”

“有人建议叫她上舞台，但是我当然不会同意。所有有名的戏剧家我都认识，只要我肯张嘴，马上就能给她在戏里派个角色，但是我不愿意她同杂七杂八的人混在一起。”

思特里克兰德太太这种孤芳自赏的态度叫我心里有点儿发凉。

“你听到过你丈夫的什么消息吗？”

“没有，什么也没有听到过。说不定他已经死了。”

“我在巴黎可能遇见他。如果我知道他什么消息，你要不要我告诉你。”

她犹豫了一会儿。

“如果他的生活真的贫困不堪，我还是准备帮助帮助他。我会给你寄一笔钱去，在他需要的时候，你可以一点一点地给他。”

但是我知道她答应做这件事并不是出于仁慈的心肠。有人说灾难不幸可以使人性高贵，这句话并不对。叫人做出高尚行动的有时候反而是幸福得意，灾难不幸在大多数情况下只能使人们变得心胸狭小、报复心更强。

十八

实际上，我在巴黎住了还不到两个星期就看到思特里克兰德了。

我没有费什么工夫就在达姆路一所房子的五层楼上租到一小间公寓。我花了两三百法郎在一家旧货店购置了几件家具，把屋子布置起来，又同看门的人商量好，叫她每天早晨给我煮咖啡，替我收拾房间。这以后我就去看我的朋友戴尔克·施特略夫。

戴尔克·施特略夫是这样一个人：根据人们不同的性格，有人在想到他的时候鄙夷地一笑，有的则困惑地耸一下肩膀。造物主把他制造成一个滑稽角色。他是一个画家，但他是一个很蹩脚的画家。我是在罗马和他认识的，我始终记得他那时画的画。他衷心拜倒在平凡庸俗的脚下。他的灵魂由于对艺术的热爱而悸动着，他描摹悬在斯巴尼亚广场贝尼尼①式楼梯上的一些画幅，一点儿也不觉得

① 乔凡尼·罗轮索·贝尼尼（1598—1680），意大利巴洛克派雕塑家、建筑家和画家。

这些绘画美得有些失真。他自己画室里的作品画的是蓄着小胡须、生着大眼睛、头戴尖顶帽的农民，衣衫破烂但又整齐得体的街头顽童，和穿着花花绿绿的裙子的女人。这些画中人物有时候在教堂门口台阶上闲立，有时候在一片晴朗无云的碧空下的柏树丛中戏逐，有时候在有文艺复兴时期建筑风格的喷泉边调情，也有时候跟在牛车旁边走过意大利田野。这些人物画得非常细致，色彩过于真切，就是摄影师也不能拍出更加逼真的照片来。住在梅迪其别墅的一位画家管施特略夫叫作巧克力糖盒子的大画师[①]。看了他的画，你会认为莫奈[②]、马奈[③]和所有印象派画家从来不曾出现过。

“我知道自己不是个伟大的画家，”他对我说，“我不是米开朗琪罗，不是的，但是我有自己的东西。我的画有人要买。我把浪漫情调带进各种人的家庭里。你知道，不只在荷兰，就是在挪威、瑞典和丹麦也有人买我的画。买画的主要是商人，有钱的生意人。那些国家里冬天是什么样子你恐怕想象不到，阴沉、寒冷、长得没有尽头。他们喜欢看到我画中的意大利景象。那是他们所希望看到的意大利，也是我没来这里以前想象中的意大利。”

我觉得这是他永远也抛弃不掉的幻景，这种幻景闪得他眼花缭乱，叫他看不到真实情景。他不顾眼前严酷的事实，总用自己幻想的目光凝视着一个到处是浪漫主义的侠盗、美丽如画的废墟的意大

① 原文为法语。

② 克劳德·莫奈（1840—1926），法国画家。

③ 埃多瓦·马奈（1832—1883），法国画家。

利。他画的是他理想中的境界——尽管他的理想很幼稚、很庸俗、很陈旧，但终究是个理想；这就赋予了他的性格一种迷人的色彩。

正因为我有这种感觉，所以戴尔克·施特略夫在我的眼睛里不像在别人眼睛里那样，只是一个受人嘲弄挖苦的对象。他的一些同行毫不掩饰他们对他作品的鄙视，但是施特略夫却很能赚钱，而这些人把他的钱包就看作是自己的一样，动用时是从来没有什么顾虑的。他很大方。那些手头拮据的人一方面嘲笑他那么天真地轻信他们编造的不幸故事，一方面厚颜无耻地伸手向他借钱。他非常重感情，但是在他那很容易就被打动的感情里面却含有某种愚蠢的东西，让你接受了他好心肠的帮助却丝毫没有感激之情。向他借钱就好像从小孩儿手里抢东西一样，因为他太好欺侮，你反而有点儿看不起他。我猜想，一个以手快自豪的扒手对一个把装满贵重首饰的皮包丢在车上的粗心大意的女人一定会感到有些恼火的。讲到施特略夫，一方面造物主把他制造成一个笑料，另一方面又拒绝给他迟钝的感觉。人们不停地拿他开玩笑，不论是善意的嘲讽或是恶作剧的挖苦都叫他痛苦不堪，但是他又从来不停止给人制造嘲弄的机会，倒好像他有意这样做似的。他不断地受人伤害，可是他的性格又是那么善良，从来不肯怀恨人，即便挨了毒蛇咬，也不懂得吸取经验教训，只要疼痛一过，又会心存怜悯地把蛇揣在怀里。他的生活好像是按照那种充满打闹的滑稽剧的格式写的一出悲剧。因为我没有嘲笑过他，所以他很感激我。他常常把自己的一连串烦恼倾注到我富于同情的耳朵里。最悲惨之点在于他受的这些委屈总是滑稽

可笑的，这些事他讲得越悲惨，你就越忍不住要笑出来。

但是施特略夫虽然是一个不高明的画家，对艺术却有敏锐的鉴赏力，同他一起参观画廊是一种很难得的享受。他的热情是真实的，评论是深刻的。施特略夫是个天主教徒，他不仅对古典派的绘画大师由衷赞赏，对于现代派画家也颇表同情。他善于发掘有才能的新人，从不吝惜自己的赞誉。我认为在我见到的人中，再没有谁比他的判断更为中肯的了。他比大多数画家都更有修养，也不像他们那样对其他艺术那样无知。他对音乐和文学的鉴赏力使他对绘画的理解既深刻又不拘于一格。对于像我这样的年轻人，他的诱导是极其可贵的。

我离开罗马后同他继续有书信往来，每两个月左右我就接到他用怪里怪气的英语写的一封长信。他谈话时那种又急切又热情、双手挥舞的神情总是跃然纸上。在我去巴黎前不久，他同一个英国女人结了婚，在蒙特玛特尔区一间画室里安了家。我已经有四年没有同他见面了，他的妻子我还从来没见过。

十九

事先我没有告诉施特略夫我要到巴黎来。我按了门铃，开门的是施特略夫本人，一下子他没有认出我是谁来。但是马上他就又惊又喜地喊叫起来，赶忙把我拉进屋子里去。受到这样热情的欢迎真是一件叫人高兴的事。他的妻子正坐在炉边做针线活，看见我进来她站起身来。施特略夫把我介绍给她。

“你还记得吗？”他对她说，“我常常同你谈到他。”接着他又对我说：“可是你到巴黎来干吗不告诉我一声啊？你到巴黎多少天了？你准备待多久？为什么你不早来一个小时，咱们一起吃晚饭？”

他劈头盖脸地问了我一大堆问题。他让我坐在一把椅子上，把我当靠垫似的拍打着，又是叫我吸雪茄，又是让我吃蛋糕，喝酒。他一分钟也不叫我停闲。因为家里没有威士忌，他简直伤心极了。他要给我煮咖啡，绞尽脑汁地想还能招待我些什么。他乐得脸上开了花，每一个汗毛孔都往外冒汗珠。

“你还是老样子。”我一面打量着他，一面笑着说。

他的样子同我记忆中的一样，还是那么惹人发笑。他的身材又矮又胖，一双小短腿。他还很年轻——最多也不过三十岁——，可是却已经秃顶了。他生着一张滚圆的脸，面色红润，皮肤很白，两颊同嘴唇却总是红通通的。他的一双蓝眼睛也生得滚圆，戴着一副金边大眼镜，眉毛很淡，几乎看不出来。看到他，你不由会想到鲁宾斯画的那些一团和气的胖商人。

当我告诉他我准备在巴黎住一段日子，而且寓所已经租好的时候，他使劲儿责备我没有事前同他商量。他会替我找到一处合适的住处，会借给我家具——难道我真的花了一笔冤枉钱去买吗？——，而且他还可以帮我搬家。我没有给他这个替我服务的机会在他看来是太不够朋友了，他说的是真心话。在他同我谈话的当儿，施特略夫太太一直安安静静地坐在那里补袜子。她自己什么也没说，只是听着她丈夫在谈话，嘴角上挂着一抹安详的笑容。

“你看到了，我已经结婚了。”他突然说，“你看我的妻子怎么样？”

他笑容满面地看着她，把眼镜在鼻梁上架好。汗水不断地使他的眼镜滑落下来。

“你叫我怎么回答这个问题呢？”我笑了起来。

“可不是嘛，戴尔克。”施特略夫太太插了一句说，也微笑起来。

“可是你不觉得她太好了吗？我告诉你，老朋友，不要耽搁时间了，赶快结婚吧。我现在是世界上最幸福的人。你看看她坐在那儿，不是一幅绝妙的图画吗？像不像夏尔丹[①]的画啊？世界上最漂亮的女人我都见过了，可是我还没有看见过有比戴尔克·施特略夫夫人更美的呢。”

“要是你再不住口，戴尔克，我就出去了。”

“我的小宝贝[②]。”他说。

她的脸泛上一层红晕，他语调中流露出的热情让她感到有些不好意思。施特略夫在给我的信里谈到过他非常爱他的妻子，现在我看到，他的眼睛几乎一刻也舍不得从她身上离开。我说不上她是不是爱他。这个可怜的傻瓜，他不是一个能引起女人爱情的人物。但施特略夫太太眼睛里的笑容是含着爱怜的，在她的缄默后面也可能隐藏着深挚的感情。她并不是他那相思倾慕的幻觉中的令人神驰目眩的美女，但是却另有一种端庄秀丽的风姿。她的个子比较高，一身剪裁得体的朴素衣衫掩盖不住她美丽的身段。她的这种体型可能对雕塑家比对服装商更有吸引力。她的一头棕色的浓发式样很简单，面色白净，五官秀丽，但并不美艳。她只差一点儿就称得起是个美人，但是正因为差这一点儿，却连漂亮也算不上了。施特略夫谈到夏尔丹的画并不是随口一说的，她的样子令人奇怪地想到这位大画家的不朽之笔——那个戴着头巾式女帽、系着围裙的可爱的主妇。闭上眼睛我可以想象她在锅碗中间安详地忙碌着，像奉行仪式般地操持着一些家务事，赋予这些日常琐事一种崇高意义。我并不

① 让·巴蒂斯·西麦翁·夏尔丹（1699—1779），法国画家。

② 原文为法语。

认为她脑筋如何聪明或者有什么风趣，但她那种严肃、专注的神情却很使人感到兴趣。她的稳重沉默里似乎蕴藏着某种神秘。我不知道为什么她要嫁给戴尔克·施特略夫。虽然她和我是同乡，我却猜不透她是怎样一个人。我看不出她出身于什么社会阶层，受过什么教育，也说不出她结婚前干的是什么职业。她说话不多，但是她的声音很悦耳，举止也非常自然。

我问施特略夫他最近画没画过什么东西。

“画画？我现在比过去任何时候画得都好了。”

我们当时坐在他的画室里；他朝着画架上一幅没有完成的作品挥了挥手。我吃了一惊。他画的是一群意大利农民，身穿罗马近郊服装，正在一个罗马大教堂的台阶上闲荡。

“这就是你现在画的画吗？”

“是啊。我在这里也能像在罗马一样找到模特儿。”

“你不认为他画得很美吗？”施特略夫太太问道。

“我这个傻妻子总认为我是个大画家，”他说。

他的表示歉意的笑声掩盖不住内心的喜悦。他的目光仍然滞留在自己的画上。在评论别人的绘画时他的眼光是那样准确，不落俗套，但是对他自己的那些平凡陈腐、俗不可耐的画却那样自鸣得意，真是一桩怪事。

“让他看看你别的画。”她说。

“人家要看吗？”

虽然戴尔克·施特略夫不断受到朋友们的嘲笑，却从来克制不了自己，总是要把自己的画拿给人家看，满心希望听到别人的夸奖，而且他的虚荣心很容易得到满足。他先给我看了一张两个鬈头发的意大利穷孩子玩玻璃球的画。

“多好玩儿的两个孩子，”施特略夫太太称赞说。

接着他又拿出更多的画来。我发现他在巴黎画的还是他在罗马画了很多年的那些陈腐不堪、花里胡哨的画。这些画画得一点儿也不真实、毫无艺术价值，然而世界上却再没有谁比这些画的作者、比戴尔克·施特略夫更心地笃实、更真挚坦白的了。这种矛盾谁解释得了呢？

我不知道自己为什么会突然问他道：

“我问你一下，不知道你遇见过一个叫查理斯·思特里克兰德的画家没有？”

“你是说你也认识他？”施特略夫叫喊起来。

“这人太没教养了。”他的妻子说。

施特略夫笑了起来。

“我的可怜的宝贝[①]。”他走到她前面，吻了吻她的两只手。“她不喜欢他。真奇怪，你居然也认识思特里克兰德。”

“我不喜欢不懂礼貌的人，”施特略夫太太说。

戴尔克的笑声一直没有停止，转过身来给我解释。

“你知道，有一次我请他来看看我的画。他来了，我把我的画都拿给他看了。”说到这里，施特略夫有些不好意思，踌躇了一会

① 原文为法语。

儿。我不理解为什么他开始讲这样一个于他脸面并不光彩的故事；他不知道该怎样把这个故事说完。“他看着我的画，一句话也不说。我本来以为他等着把画都看完了再发表意见。最后我说：‘就是这些了！’他说：‘我来是为了向你借二十法郎。’”

“戴尔克居然把钱给他了。”他的妻子气愤地说。

“我听了他这话吓了一跳。我不想拒绝他。他把钱放在口袋里，朝我点了点头，说了声‘谢谢’，扭头就走了。”

说这个故事的时候，戴尔克·施特略夫的一张傻里傻气的胖脸蛋上流露着那么一种惊诧莫解的神情，不由得你看了不发笑。

“如果他说我画得不好我一点也不在乎，可是他什么都没说——一句话也没说。”

“你还挺得意地把这个故事讲给人家听，戴尔克。”他的妻子说。

可悲的是，不论是谁听了这个故事，首先会被这位荷兰人扮演的滑稽角色逗得发笑，而并不会为思特里克兰德这种粗鲁行为感到生气。

“我再也不想看到这个人了。”施特略夫太太说。

施特略夫笑起来，耸了耸肩膀。他的好性子已经恢复了。

“实际上，他是一个了不起的画家，非常了不起。”

“思特里克兰德？”我喊起来，“咱们说的不是一个人。”

“就是那个身材高大、生着一把红胡子的人——查理斯·思特里克兰德，一个英国人。”

“我认识他的时候他没留胡子。但是如果留起胡子来，很可能是红色的。我说的这个人五年以前才开始学画。”

“就是这个人。他是个伟大的画家。”

“不可能。”

“我哪一次看走过眼？”戴尔克问我。“我告诉你他有天赋。我有绝对把握。一百年以后，如果还有人记得咱们两个人，那是因为我们沾了认识查理斯·思特里克兰德的光。”

我非常吃惊，但与此同时我也非常兴奋。我忽然想起我最后一次同他谈话。

“在什么地方可以看到他的作品？”我问，“他有了点儿名气没有？他现在住在什么地方？”

“没有名气。我想他没有卖出过一幅画。你要是和人谈起他的画来，没有一个不笑他的。但是我知道他是个了不起的画家。他们还不是笑过马奈？柯罗也是一张画都没有卖出去过。我不知道他住在什么地方，但是我可以带你去找到他。每天晚上七点钟他都到克利舍路一家咖啡馆去。你要是愿意的话，咱们明天就可以去。”

“我不知道他是不是愿意看到我。我怕我会使他想起一段他宁愿忘掉的日子。但是我想我还是得去一趟。有没有可能看到他的什么作品？”

“从他那里看不到。他什么也不给你看。我认识一个小画商，手里有两三张他的画。但是你要是去，一定得让我陪着你，你不会看懂的。我一定要亲自指点给你看。”

“戴尔克，你简直叫我失去耐性了，”施特略夫太太说。“他那样对待你，你怎么还能这样谈论他的画？”她转过身来对我说：“你知道，有一些人到这里来买戴尔克的画，他却劝他们买思特里克兰德的。他非让思特里克兰德把画拿到这里给他们看不可。”

“你觉得思特里克兰德的画怎么样？”我笑着问她。

“糟糕极了。”

“啊，亲爱的，你不懂。”

“哼，你的那些荷兰老乡简直气坏了。他们认为你是在同他们开玩笑。”

戴尔克·施特略夫摘下眼镜来，擦了擦。他的一张通红的面孔因为兴奋而闪着亮光。

“为什么你认为美——世界上最宝贵的财富——会同沙滩上的石头一样，一个漫不经心的过路人随随便便地就能够捡起来？美是一种美妙、奇异的东西，艺术家只有通过灵魂的痛苦折磨才能从宇宙的混沌中塑造出来。在美被创造出来以后，它也不是为了叫每个人都能认出来的。要想认识它，一个人必须重复艺术家经历过的一番冒险。他唱给你的是一个美的旋律，要是想在自己心里重新听一遍就必须有知识、有敏锐的感觉和想象力。”

“为什么我总觉得你的画很美呢，戴尔克？你的画我第一次看到就觉得好得不得了。”

施特略夫的嘴唇颤抖了一会儿。

“去睡觉吧，宝贝儿。我要陪我的朋友走几步路，一会儿就回来。”

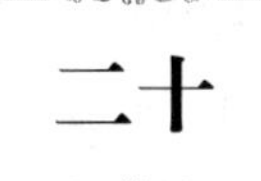

二十

戴尔克·施特略夫答应第二天晚上来找我，带我到一家多半会找到思特里克兰德的咖啡馆去。我觉得非常有趣，因为我发现这正是上次我来巴黎看思特里克兰德时我们一起在那里饮苦艾酒的地方。这么多年，他连晚上消闲的地方也没有更换，这说明他习性不易改变，据我看来，这也正是他的一种个性。

“他就在那里。”当我们走到这家咖啡馆的时候，施特略夫说。

虽然季节已是十月，晚饭后还很暖和，摆在人行道上的咖啡台子坐满了人。我在人群里张望了一会儿，并没有看到思特里克兰德。

“看哪，他就坐在那边，在一个角落里。他在同人下棋呢。”

我看见一个人俯身在棋盘上，我只能看到一顶大毡帽和一捧红胡须。我们从桌子中间穿过去，走到他跟前。

“思特里克兰德。”

他抬头看了看。

“哈喽，胖子。你有什么事？”

“我给你带来一位老朋友，他想见你。”

思特里克兰德看了我一个眼，显然没有认出我是谁来。他的眼睛又回到棋盘上。

“坐下，别出声音。”他说。

他走了一步棋，马上就全神贯注到面前的一局棋上。可怜的施特略夫心怀焦虑地望了我一眼，但是我却没有觉得有任何不自在。我要了一点喝的东西，静静地坐在那里等着思特里克兰德下完棋。对于这样一个可以从容地观察他的机会，我毋宁说是欢迎的。如果是我一个人来，我肯定认不出他了。首先，我发觉他的大半张脸都遮在乱蓬蓬的胡须底下，他的头发也非常长；但是最令人吃惊的变化还是他的极度消瘦，这就使得他的大鼻子更加傲慢地翘起来，颧骨也更加突出，眼睛显得比从前更大了。在他的太阳穴下面出现了两个深坑。他的身体瘦得只剩下皮包骨头，穿的仍然是五年前我见到的那身衣服，只不过已经破破烂烂，油迹斑斑，而且穿在身上晃晃荡荡，仿佛原来是给别人做的似的。我注意到他的两只手不很干净，指甲很长，除了筋就是骨头，显得大而有力，但是我却不记得过去他的手形曾经这么完美过。他坐在那里专心致志地下棋，给我一种很奇特的印象——仿佛他身体里蕴藏着一股无比奇异的力量。我不知道为什么，他的消瘦使这一点更加突出了。

他走过一步棋后，马上把身体往后一靠，凝视着他的对手，目光里带着一种令人奇怪的心不在焉的神情。与他对棋的人是一个蓄着长胡须的肥胖的法国人。这个法国人察看了一下自己的棋势，突然笑呵呵地破口骂了几句，气恼地把棋子收在一起，扔到棋盒里去。他一点儿也不留情面地咒骂着思特里克兰德，接着就把侍者叫来，付了两人的酒账，离开了。施特略夫把椅子往桌边挪了挪。

“我想现在咱可以谈话了。”他说。

思特里克兰德的目光落到他身上，那里面闪现着某种恶意的讥嘲。我敢说他正在寻找一句什么挖苦话，因为找不到合适的，所以只好不开口。

“我给你带来一位老朋友，他要见你。”施特略夫满脸堆笑地又把见面时的话重复了一遍。

思特里克兰德沉思地把我端详了几乎有一分钟。我始终没说话。

“我一生中也没见过这个人。”他说。

我不知道为什么他要这样说，因为从他眼神里我敢肯定他是认识我的。我不像几年以前那样动不动就感到难为情了。

“我前几天见到你妻子了，”我说，“我想你一定愿意听听她最近的消息。”

他干笑了一声，眼睛里闪着亮。

“咱们曾一起度过一个快活的晚上，”他说，“那是多久以前了？”

“五年了。”

他又要了一杯苦艾酒。施特略夫滔滔不绝地解释，他和我如何会面，如何无意中发现都认识思特里克兰德的事。我不知道这些话思特里克兰德是否听进去了。因为除了有一两次他好像回忆起什么而看了我一眼以外，大部分时间他似乎都在沉思自己的事。如果不是施特略夫唠唠叨叨地说个没完没了，这场谈话肯定要冷场的。半个钟头以后这位荷兰人看了看表，声称他必须回去了。他问我要不要同他一起走。我想剩下我一个人也许还能从思特里克兰德嘴里打听到些什么，所以回答他说我还要坐一会儿。

当这个胖子走了以后，我开口说：

“戴尔克·施特略夫说你是个了不起的画家。”

“我才他妈的不在乎他怎么说呢！”

“你可不可以让我看看你的画？”

“为什么我要给你看？”

“说不定我想买一两幅。”

“说不定我还不想卖呢。”

“你过得不错吧？”我笑着说。

他咯咯地笑了两声。

“我像过得不错的吗？”

“你像连肚皮也吃不饱的样子。”

“我就是连饭也吃不饱。”

“那咱们去吃点什么吧。”

“你干吗请我吃饭？”

“不是出于慈善心肠，”我冷冷地说，“你吃得饱吃不饱才不干我的事呢。”

他的眼睛又闪起亮来。

“那就走吧，”他说，站了起来，“我倒是想好好地吃它一顿。”

二十一

我让他带我到一家他选定的餐馆，但是在路上走的时候我买了一份报纸。叫了菜以后，我就把报纸支在一瓶圣·卡尔密酒上，开始读报。我们一言不发地吃着饭。我发现他不时地看我一眼，但是我根本不理睬他。我准备逼着他自己讲话。

“报纸上有什么消息？”在我们这顿沉默无语的晚餐将近尾声时，他开口说。

也许这只是我的幻觉吧，从他的声音里我好像听出来他已经有些沉不住气了。

“我喜欢读评论戏剧的杂文。”我说。

我把报纸叠起来，放在一边。

“这顿饭吃得很不错。”他说。

“我看咱们就在这里喝咖啡好不好？”

“好吧。”

我们点起了雪茄。我一言不发地抽着烟。我发现他的目光时不时地停在我身上，隐约闪现着笑意。我耐心地等待着。

“从上次见面以后你都做什么了？”最后他开口说。

我没有太多的事好说。我的生活只不过是每日辛勤工作，没有什么奇闻艳遇。我在不同方向进行了摸索试验；我逐渐积累了不少书本知识和人情世故。在谈话中，对他这几年的生活我有意闭口不问，装作丝毫也不感兴趣的样子。最后，我的这个策略生效了。他主动谈起他的生活来。但是由于他太无口才，对他自己这一段时间的经历讲得支离破碎，许多空白都需要我用自己的想象去填补。对于这样一个我深感兴趣的人只能了解个大概，这真是一件吊人胃口的事，简直像读一部残缺不全的稿本。我对他的总体印象是：这个人一直在同各式各样的困难艰苦做斗争。但是我发现对于大多数人说来似乎是根本无法忍受的事，他却丝毫不以为苦。思特里克兰德与多数英国人不同的地方在于他完全不关心生活上的安乐舒适。叫他一辈子住在一间破破烂烂的屋子里他也不会感到不舒服，他不需要身边有什么漂亮的陈设。我猜想他从来没有注意到我第一次拜访他时屋子的糊墙纸是多么肮脏。他不需要有一张安乐椅，坐在硬靠背椅上他倒觉得更舒服自在。他的胃口很好，但对于究竟吃什么却漠不关心。对他说来他吞咽下去的只是为了解饥果腹的食物，有的时候断了顿儿，他好像还有挨饿的本领。从他的谈话中我知道他有六个月之久每天只靠一顿面包、一瓶牛奶过活。他是一个耽于饮食声色的人，但对这些事物又毫不在意。他不把忍饥受冻当作什么苦难。他这样完完全全地过着一种精神生活，不由你不被感动。

当他把从伦敦带来的一点儿钱花完以后，他也没有沮丧气馁。他没有出卖自己的画作，我想他在这方面并没有怎么努力。他开始寻找一些挣钱的门径。他用自我解嘲的语气告诉我，有一段日子他曾经给那些想领略巴黎夜生活的伦敦人当向导。由于他惯爱嘲讽挖苦，这倒是一个投合他脾气的职业。他对这座城市的那些不体面的地区逐渐都熟悉起来。他告诉我他如何在马德莲大马路走来走去，希望遇到个想看看法律所不允许的事物的英国老乡，最好是个带有几分醉意的人。如果运气好他就能赚一笔钱。但是后来他那身破烂衣服把想观光的人都吓跑了，他找不到敢于把自己交到他手里的冒险家了。这时由于偶然的机会他找到了一个翻译专卖药广告的工作，这些药要在英国医药界推销，需要英语说明。有一次赶上罢工，他甚至还当过粉刷房屋的油漆匠。

在所有这些日子里，他的艺术活动一直没有停止过。但是不久他就没有兴致到画室去了；他只关在屋子里一个人埋头苦干。因为一文不名，有时他连画布和颜料都买不起，而这两样东西恰好是他最需要的。从他的谈话里我了解到，他在绘画上遇到的困难很大，因为他不愿意接受别人指点，不得不浪费许多时间摸索一些技巧上的问题，其实这些问题过去的画家早已逐一解决了。他在追求一种我不太清楚的东西，或许连他自己也知道得并不清楚。过去我有过的那种印象这一次变得更加强烈了：他像是一个被什么迷住了的人，他的心智好像不很正常。他不肯把自己的画拿给别人看，我觉得这是因为他对这些画实在不感兴趣。他生活在幻梦里，现实对他一点儿意义也没有。我有一种感觉，他好像把自己的强烈个性全部倾注在一张画布上，在奋力创造自己心灵所见到的景象时，他把周围的一切事物全都忘记了。而一旦绘画的过程结束——或许并不是画幅本身，因为据我猜想，他是很少把一张画画完的，我是说他把一阵燃烧着他心灵的激情发泄完毕以后，他对自己画出来的东西就再也不关心了。他对自己的画儿从来也不满意。同缠住他心灵的幻景相比，他觉得这些画实在太没有意义了。

“为什么你不把自己的画送到展览会上去呢？”我问他说，“我想你会愿意听听别人的意见的。”

“你愿意听吗？”

他说这句话时的那种鄙夷不屑的神情我简直无法形容。

“你不想成名吗？大多数画家对这一点还是不能无动于衷的。”

“真幼稚。如果你不在乎某一个人对你的看法，一群人对你有什么意见又有什么关系？”

“我们并不是人人都是理性动物啊！”我笑着说。

“成名的是哪些人？是评论家、作家、证券经纪人、女人。”

“想到那些你从来不认识、从来没见过的人被你的画笔打动，或者泛起种种遐思，或者感情激荡，难道你不感到欣慰吗？每个人都喜爱权力。如果你能打动人们的灵魂，或者叫他们凄怆哀悯，或者叫他们惊惧恐慌，这不也是一种奇妙的行使权力的方法吗？”

“滑稽戏。”

“那么你为什么对于画得好或不好还是很介意呢？”

“我并不介意。我只不过想把我所见到的画下来。”

“如果我置身于一个荒岛上，确切地知道除了我自己的眼睛以外再没有别人能看到我写出来的东西，我很怀疑我还能不能写作下去。”

思特里克兰德很久很久没有作声。但是他的眼睛却闪着一种奇异的光辉，仿佛看到了某种能点燃他的灵魂、使他心醉神驰的东西。

“有些时候我就想到一个包围在无边无际的大海中的小岛，我可以住在岛上一个幽僻的山谷里，四周都是不知名的树木，我寂静安闲地生活在那里。我想在那样一个地方，我就能找到我需要的东西了。”

这不是他的原话。他用的是手势而不是形容的辞藻，而且结结巴巴没有一句话说得完整。我现在是用自己的话把我认为他想要表达的重新说出来。

“回顾一下过去的五年，你认为你这样做值得吗？”我问他道。

他看着我，我知道他没有明白我的意思，就解释说：“你丢掉了舒适的家庭，放弃一般人过的那种幸福生活。你本来过得很不错。可是你现在在巴黎大概连饭都吃不饱。再叫你从头选择，你还愿意走这条路吗？”

“还是这样。”

“你知道，你根本没有打听过你的老婆和孩子。难道你从来没有想过他们吗？”

“没有。”

“我希望你别他妈的老说一个字。你给他们带来这么多不幸，难道你就一分钟也没有后悔过？”

他咧开嘴笑了，摇了摇头。

“我能想象得出，有时候你还是会不由自主地想起过去的。我不是说想起六七年以前的事，我是说更早以前，你和你妻子刚刚认识的时候，你爱她，同她结了婚。你难道就忘了第一次把她抱在怀里的时候你感到的喜悦？”

“我不想过去。对我说来，最重要的是永恒的现在。”

我想了想他这句答话的意思。也许他的语义很隐晦，但是我想我还是懂得他大概指的是什么了。

“你快活吗？”我问。

“当然了。”

我没有说什么。我沉思地凝视着他。他也目不转睛地望着我，没过一会儿他的眼睛又闪烁起讥笑的光芒。

“我想你对我有点儿意见吧？”

“你这话问得没意义，”我马上接口说，“我对蟒蛇的习性并不反对，相反地我对它的心理活动倒很感兴趣。”

“这么说来，你纯粹是从职业的角度对我发生兴趣？”

“纯粹是这样。”

“你不反对我是理所当然的，你的性格也实在讨厌。”

“也许这正是你同我在一起感到很自然的缘故。”我反唇相讥说。

他只干笑了一下，没说什么。我真希望我能形容一下儿他笑的样子。我不敢说他的笑容多么好看，但是他一笑起来，脸就泛起光彩，使他平时总是阴沉着的面容改了样子，平添了某种刁钻刻薄的神情。他的笑容来得很慢，常常是从眼睛开始也从眼睛结束。另外，他的微笑给人以一种色欲感，既不是残忍的，也不是仁慈的，令人想到森林之神的那种兽性的喜悦。正是他的这种笑容使我提出一个问题。

“从你到巴黎以后谈过恋爱吗？”

“我没有时间干这种无聊的事。生命太短促了，没有时间既谈恋爱又搞艺术。”

“你可不像过隐士生活的样子。”

“这种事叫我作呕。”

“人性是个讨厌的累赘，对不对？”我说。

“你为什么对我傻笑？”

“因为我不相信你。”

“那你就是个大傻瓜。”

我没有马上答话，而是用探索的目光盯着他。

“你骗我有什么用？”我说。

“我不知道你是什么意思。”

我笑了。

“叫我来说吧。我猜想你是这样一种情况。一连几个月你脑子里一直不想这件事，你甚至可以使自己相信，你同这件事已经彻底绝缘了。你为自己获得了自由而高兴，你觉得终于成为自己灵魂的主人了。你好像昂首于星斗中漫步。但是突然间，你忍受不住了。你发觉你的双脚从来就没有从污泥里拔出过。你现在想索性全身躺在烂泥塘里翻滚。于是你就去找一个女人，一个粗野、低贱、俗不可耐的女人，一个性感毕露令人嫌恶的畜类般的女人。你像一个野兽似的扑到她身上。你拼命往肚里灌酒，你憎恨自己，简直快要发疯了。”

他凝视着我，身子一动也不动。我也目不转睛地盯着他的眼睛。我说得很慢。

“我现在要告诉你一件看来一定是很奇怪的事：等到那件事过去以后，你会感到自己出奇地洁净。你有一种灵魂把肉体甩脱掉的感觉，一种脱离形体的感觉。你好像一伸手就能触摸到美，倒仿佛‘美’是一件抚摸得到的实体一样。你好像同飒飒的微风、同绽露嫩叶的树木、同波光变幻的流水息息相通。你觉得自己就是上帝。你能给我解释这是怎么回事吗？”

他一直盯着我的眼睛，直到我把话讲完。这以后他才转过脸去。他的脸上有一种奇怪的神情，我觉得一个死于酷刑折磨下的人可能会有这种神情的。他沉默不语。我知道我们这次谈话已经结束了。

二十二

我在巴黎定居下来，开始写一个剧本。我的生活很有规律：早上工作，下午在卢森堡公园或者在大街上漫步。我把很多时间消磨在卢佛尔宫里，这是巴黎所有画廊中我感到最亲切的一个，也是最适于我冥想的地方。再不然我就在塞纳河边悠闲地打发时间，翻弄一些我从来不想买的旧书。我东读两页、西读两页，就这样熟悉了不少作家。对这些作家我有这种零星的知识也就完全够用了。晚饭后我去看朋友。我常常到施特略夫家去，有时候在他家吃一顿简便的晚饭。施特略夫认为做意大利菜他最拿手，我也承认他做的意大利通心粉远比他画的画高明。当他端上来一大盘香喷喷的通心粉，配着西红柿，我们一边喝红葡萄酒，一边就着通心粉吃他家自己烘烤的面包的时候，这一顿饭简直抵得上皇上的御餐了。我同勃朗什·施特略夫逐渐熟起来。我想，可能因为我是英国人，而她在这里认识的英国人不多，所以她很高兴看到我。她心地单纯，人总是快快活活，但是她一般不太爱说话。不知道为什么，她给我一个印象，仿佛心里藏着什么东西似的。但是我也想过，这也许只是因为她生性拘谨，再加上她丈夫心直口快、过于饶舌的缘故。戴尔克心里有什么话都憋不住，就是最隐秘的事也毫无避讳地公开和你讨论。他的这种态度有时候叫他妻子感到很尴尬。我见到她恼羞成怒只有一次。那次施特略夫非要告诉我他服泻药的事不可，而且说得绘声绘色。在他给我描述这件灾祸时，他的脸色一本正经，结果我差点儿笑破了肚皮，而施特略夫太太则窘得无地自容，终于冒起火来。

“你好像愿意把自己当个傻瓜似的。”她说。

当他看到自己的老婆真的生起气来的时候，他的一对圆眼睛瞪得更圆了，眉毛也不知所措地皱了起来。

“亲爱的，你生我的气了吗？我再也不吃泻药了。这都是因为我肝火太旺的缘故。我整天坐着不动。我的运动不够。我有三天没有……”

“老天啊，你还不闭嘴！”她打断了他的话，因为气恼而迸出眼泪来。

他的脸耷拉下来，像是个挨了训的孩子似的撅起嘴来。他向我递了个恳求的眼色，希望我替他打个圆场，可是我却无法控制自己，笑得直不起腰来。

有一天我们一起到一个画商那里去，施特略夫认为他至少可以让我看到两三张思特里克兰德的画。但是在我们到了那里以后，画商却告诉我们，思特里克兰德已经把画取走了。画商也不知道他为什么要这样做。

“不要认为我为这件事感到恼火。我接受他的画都是看在施特略夫先生的面上。我告诉他我尽量替他卖。但是说真的——”他耸了耸肩膀，“我对年轻人是有兴趣的，可是施特略夫先生，你自己也知道，你也并不认为他们中有什么天才。”

“我拿名誉向你担保，在所有这些画家里，再没有谁比他更有天分了。你相信我的话吧，一笔赚钱的买卖叫你白白糟蹋了。迟早有一天他的这几张画会比你铺子里所有的画加在一起还值钱。你还记得莫奈吗？当时他的一张画一百法郎都没人要。现在值多少钱了？”

“不错。但是当时还有一百个画家，一点儿也不次于莫奈，同样也卖不掉自己的画。现在这些人的画还是不值钱。谁知道这是怎么回事？是不是画家只要画得好就能成名呢？千万别相信这个。再说[①]，你的这位朋友究竟画得好不好也还没有证实。只有你施特略夫先生一个人夸奖他，我还没听见别人说他好呢。”

“那么你说说，怎样才知道一个人画得好不好？”戴尔克问道，脸都气红了。

“只有一个办法——出了名画得就好。”

“市侩。”戴尔克喊道。

“不妨想想过去的大艺术家——拉斐尔、米开朗琪罗、安格尔[②]以及德拉克洛瓦[③]，都是出了名的。”

“咱们走吧，”施特略夫对我说，“再不走的话我非把这个人宰了不可。”

---

① 原文为法语。

② 让·奥古斯特·多米尼克·安格尔（1780—1867），法国画家。

③ 费迪南·维克多·欧仁·德拉克洛瓦（1798—1863），法国画家。

二十三

我常常见到思特里克兰德，有时候同他下下棋。他的脾气时好时坏。有些时候他神思不定地坐在那里，一言不发，任何人都不理；另一些时候他的兴致比较好，就磕磕巴巴地同你闲扯。他说不出什么寓意深长的话来，但是他惯用恶毒的语言挖苦讽刺，不由你不被打动；此外，他总是把心里想的如实说出来，一点儿也不隐讳。他丝毫也不理会别人是否经受得住；如果他把别人刺伤了，就感到非常得意。他总是不断刻薄戴尔克·施特略夫，弄得施特略夫气冲冲地走开，发誓再也不同他谈话了。但是在思特里克兰德身上却有一股强大的力量，这位肥胖的荷兰人身不由己地被它吸引着，最终还是跑了回来，像只笨拙的小狗一样向他摇尾巴，尽管他心里一清二楚，迎接他的将是他非常害怕的当头一棒。

我不知道为什么思特里克兰德对我始终保留着情面。我们两人的关系有些特殊。有一天他开口向我借五十法郎。

“这真是我连做梦也没想到的事。”我回答说。

“为什么没有？”

“这不是一件使我感到有趣的事。”

“我已经穷得叮当响了，知道吧？”

“我管不着。”

“我饿死你也管不着吗？”

“我为什么要管呢？”我反问道。

他盯着我看了一两分钟，一面揪着他那乱蓬蓬的胡子。我对他笑了笑。

“你有什么好笑的？”他说，眼睛里闪现出一丝恼怒的神色。

“你这人太没心眼了。你从来不懂欠人家的情，谁也不欠你的情。”

“如果我因为交不起房租被撵了出来，逼得去上了吊，你不觉得心里不安吗？”

“一点儿也不觉得。”

他咯咯地笑起来。

“你在说大话。如果我真的上了吊你会后悔一辈子的。”

“你不妨试一试，就知道我后悔不后悔了。”

他的眼睛里露出一丝笑意，默默地搅和着他的苦艾酒。

“想不想下棋？”我问他说。

“我不反对。”

我们开始摆棋子，摆好以后，他注视着面前的棋盘，带着一副自得其乐的样子。当你看到自己兵马都已进入阵地，就要开始一场

大厮杀，总禁不住有一种快慰的感觉。

“你真的以为我会借钱给你吗？”我问他。

“我想不出来为什么你会不借给我。”

“你使我感到吃惊。”

“为什么？”

“发现你心里还是人情味十足让我失望。如果你不那么天真，想利用我的同情心来打动我，我会更喜欢你一些。”

“如果你被我打动，我会鄙视你的。”他回答说。

“那就好了。”我笑起来。

我们开始走棋。两个人的精神都被当前的一局棋吸引住。一盘棋下完以后，我对他说：

“你听我说，如果你缺钱花，让我去看看你的画怎么样？如果有我喜欢的，我会买你一幅。”

“你见鬼去吧！”他说。

他站起来准备走，我把他拦住了。

“你还没有付酒账呢。”我笑着说。

他骂了我一句，把钱往桌上一扔就走了。

这件事过去以后，我有几天没有看见他，但是有一天晚上我正坐在咖啡馆里看报纸的时候，思特里克兰德走了过来，在我旁边坐下。

“你原来并没有上吊啊。”我说。

“没有。有人请我画一幅画。我现在正给一个退休的铅管工画像，可以拿到两百法郎。”[①]

“卖我面包的那个女人把我介绍去的。他同她说过，要找一个人给他画像。我得给她二十法郎介绍费。”

“是怎样一个人？”

“太了不起了。一张大红脸像条羊腿。右脸上有一颗大痣，上面还长着大长毛。”

思特里克兰德这天情绪很好，当戴尔克·施特略夫走来同我们坐在一起时，思特里克兰德马上冷嘲热讽地对他大肆攻击起来。他惯会寻找这位不幸的荷兰人的痛处，技巧的高超实在令我钦佩。他这次用的不是讥刺的细剑，而是谩骂的大棒。他的攻击来得非常突然。施特略夫被打得个措手不及，完全失掉防卫能力。像一只受了惊的小羊，没有目的地东跑西窜，张皇失措，晕头转向。最后，泪珠扑簌簌地从他眼睛里滚出来。这件事最糟糕的地方在于，尽管你非常恼恨思特里克兰德，尽管你感到这出戏很可怕，你还是禁不住要笑起来。有一些人很不幸，即使他们流露的是最真挚的感情也令人感到滑稽可笑，戴尔克·施特略夫正是这样一个人。

但是尽管如此，在我回顾我在巴黎度过的这个冬天时，戴尔克·施特略夫还是给我留下了最愉快的回忆。他的小家庭有一种魅力，他同他的妻子是一幅叫你思念不置的图画；他对自己妻子的纯真的爱情使人感到是娴雅而高尚的。尽管他的举止还是那么滑稽，

① 这幅画原来在里尔的一个阔绰的厂商手里，德国人逼近里尔时他逃赴外地。现在这幅画收藏在斯德哥尔摩国家美术馆。瑞典人是很善于这种浑水摸鱼的小把戏的。

但他的感情的真挚却不由你不被感动。我可以理解他的妻子对他的反应，我很高兴她对他也非常温柔体贴。如果她有幽默感的话，看到自己的丈夫这样把她放在宝座上，当作偶像般地顶礼膜拜，她一定也会觉得好笑的；但是尽管她会笑他，一定也会觉得得意，被他感动。他是一个忠贞不渝的爱人，当她老了以后，当她失去了圆润的线条和秀丽的形体以后，她在他的眼睛里仍然会是个美人，美貌一点儿也不减当年。对他说来，她永远是世界上最美丽的女人。他们井然有序的生活安详娴雅，令人非常愉快。他们的住房只有一个画室，一间卧室和一个小厨房。所有家务事都是施特略夫太太自己做。在戴尔克埋头绘画的当儿，她就到市场上去买东西，做午饭，缝衣服，像勤快的蚂蚁一样终日忙碌着。吃过晚饭，她坐在画室里继续做针线活，而戴尔克则演奏一些我猜想她很难听懂的乐曲。他的演奏有一定的艺术水平，但是常常带着过多的感情，他把自己的诚实的、多情的、充满活力的灵魂完全倾注到音乐里去了。

他们的生活从某一方面看像是一曲牧歌，具有一种独特的美。戴尔克·施特略夫的一言一行必然会表现出的荒诞滑稽都给予这首牧歌添上一个奇怪的调子，好像一个无法调整的不谐和音，但是这反而使这首乐曲更加现代化，更富于人情味，像是在严肃的场景中插入一个粗俗的打诨，更加激化了美所具备的犀利的性质。

二十四

圣诞节前不久，戴尔克·施特略夫来邀请我同他们一起过节。圣诞节总是使他有些感伤（这也是他性格的一个特点），他希望能同几个朋友一起按照适宜的礼规庆祝一下这个节日。我们两人都有两三个星期没有见到思特里克兰德了。我是因为忙着陪几个来巴黎短期逗留的朋友，施特略夫则因为上次同他大吵了一顿决心不同他来往了。思特里克兰德这个人太不懂得人情世故，他发誓无论如何也不能再理他了。但是节日来临，施特略夫的心肠又软下来，说什么他也不能让思特里克兰德一个人闷坐在家里。他认为思特里克兰德的心境必然同他的一样，在这样一个人们理应互相恩爱的日子里，叫这位画家在寂寥冷清中度过实在是一件令人无法忍受的事。他在自己的画室里布置好一棵圣诞树，我猜想我们每个人都会在点缀起来的树枝上找到一件可笑的小礼品。但是他有点儿不好意思去找思特里克兰德。这么容易就宽恕了使他丢尽脸面的侮辱未免有失身份，他虽然决心同思特里克兰德和解，却希望主动去拜访他时我也在场。

我们一起步行到克利舍路，但是思特里克兰德并没有在咖啡馆里。天气很冷，不能再坐在室外了。我们走进屋子里，在皮面座椅上坐下。屋子里又热又闷，空气因为烟雾弥漫而变得灰蒙蒙的。思特里克兰德没在屋子里，但是我们很快就发现了偶尔同思特里克兰德一起下棋的那个法国画家。我同他也小有往来，他在我们的桌子旁边坐下。施特略夫问他看见思特里克兰德没有。

“他生病了，”他说，“你没有听说吗？”

“厉害吗？”

“我听说很厉害。”

施特略夫的脸色一下变白了。

“他为什么不写信告诉我？咳，我同他吵嘴做什么？咱们得马上去看看他。没有人照料他。他住在什么地方？”

“我说不清。”那个法国人说。

我们发现谁也不知道该到哪儿去找他。施特略夫越来越难过。

“说不定他已经死了，他的事没有一个人知道。太可怕了。我真是受不了。咱们一定得马上找到他。”

我想叫施特略夫明白，在茫茫大海似的巴黎找一个人是荒谬的。我们必须首先有一个计划。

“是的。但是也许就在我们想办法的时候，他正在咽气呢，等我们找到他的时候，一切就都太晚了。”

“先安安静静地坐一会儿，想想该怎么办。”我不耐烦地说。

我知道的唯一地址是比利时旅馆，但是思特里克兰德早已搬出那个地方了，那里的人肯定不会记得他了。他行踪诡秘，不愿意让别人知道自己的住址；在搬走的时候，多半没有留下地址。再说，这已是五年前的事了。但是我敢肯定他住的地方不会太远。既然他住在比利时旅馆的时候就到这家咖啡馆来，后来始终没有换地方，一定是因为这里对他很方便。突然我想起来，他经常去买面包的一家店铺曾经介绍他给人画过像，说不定那家面包店会知道他的住址。我叫人拿来一本电话簿，开始翻查这一带的面包店。我一共找到了五家，唯一的办法是挨家去打听一遍。施特略夫心有不甘地跟在我后面。他本来打算在同克利舍路相通的几条街上前后跑一通，只要碰到一家寄宿公寓就进去打听。结果证明，还是我的平凡的计划奏效了。就在我们走进的第二家面包店，柜台后面的一个女人说她认识他。她不太知道他到底住在哪儿，但是肯定是对面三座楼房中的一座。我们的运气不坏，头一幢楼的门房就告诉我们可以在最顶上的一层找到他。

“他可能害病了。”施特略夫说。

“可能是吧，”门房冷冷地说，“事实上[①]，我有几天没看见他了。”

施特略夫在我前面抢先跑上楼梯，当我走到最高的一层时，他已经敲开一个房间的门正在同一个穿着衬衫的工人讲话。这个人指

① 原文为法语。

了指另外一扇门。他相信住在那里的人是个画家。他已经有一个星期没有看见他了。施特略夫刚准备去敲门，但是马上又转过身来对我做了个手势，表示他不知道该怎么办。我发现他害怕得要命。

“要是他已经死了怎么办？”

“他死不了。”我说。

我敲了敲门。没有人应声。我扭了一下门柄，门并没有锁着。我走了进去，施特略夫跟在我后面。屋子很黑，我只能看出来这是一间阁楼，天花板是倾斜的。从天窗上射进一道朦胧的光线，并不比室内的昏暗亮多少。

“思特里克兰德。”我叫了一声。

没有回答。一切都实在令人感到神秘，施特略夫紧靠着我后面站着，我好像觉得他正在颤颤发抖。我犹豫了一会儿，是不是要划一根火柴。朦胧中我看到墙角有一张床，我不知道亮光会不会使我看到床上躺着一具尸体。

“你没有火柴吗，你这笨蛋？”

从黑暗里传来思特里克兰德呵斥的声音，把我吓了一跳。

施特略夫惊叫起来。

“哎呀，上帝，我还以为你死了呢。”

我划了一根火柴，四处看了看有没有蜡烛。忽然间我看到的是一间很小的屋子，半做住房，半做画室，屋子里只有一张床，面对墙放着的是一些画幅，一个画架，一张桌子和一把椅子。地板上光秃秃的没有地毯。室内没有火炉。桌子上乱堆着颜料瓶、调色刀和杂七杂八的东西，在这一堆凌乱的物品中间我找到半截蜡烛头。我把它点上。思特里克兰德正在床上躺着，他躺得很不舒服，因为这张床对他说来显然太小了。为了取暖，他的衣服都在身上盖着。一眼就能看出来，他正在发高烧。施特略夫走到床前，因为感情激动连嗓子都哑了。

“啊，可怜的朋友，你怎么啦？我一点儿也不知道你生病了。为什么你不告诉我一声？你知道为了你我什么事都会做的。你还计较我说的话吗？我不是那个意思。我错了。我生了你的气太不应该了。”

“见鬼去吧！”思特里克兰德说。

“别不讲理，好不好？让我使你舒服一些。没有人照料你么？”

在这间邋里邋遢的小阁楼里四处张望着，不知从何下手。他把思特里克兰德的被子整理了一下。思特里克兰德呼呼地喘着气，忍着怒气一语不发。他气哼哼地看了我一眼。我静静地站在那里，盯着他。

“要是你想替我做点什么事的话，就去给我买点牛奶吧，”最后他开口说，“我已经有两天出不了门了。”

床旁边放着一只装牛奶用的空瓶，一张报纸上还有一些面包屑。

“你吃过什么了？”

“什么也没吃。”

“多久了？”施特略夫喊道。“你是说两天没吃没喝了吗？太可怕了。”

“我还有水喝。”

他的眼睛在一个大水罐上停留了一会儿。这只水罐放在他一伸手就够得到的地方。

“我马上就去，”施特略夫说，“你还想要别的东西吗？”

我建议给他买一只热水瓶，一点儿葡萄和面包。施特略夫很高兴有这个帮忙的机会，噔噔地跑下楼去。

“该死的傻瓜。”思特里克兰德咕噜了一句。

我摸了摸他的脉搏。脉搏很快，很虚弱。我问了他一两个问题，他不回答。我再一逼问，他赌气把脸转过去，对着墙壁。没有其他事可做了，只能一语不发地在屋里等着。过了十分钟，施特略夫气喘吁吁地回来了。除了我提议要他买的东西以外，他还买来了蜡烛、肉汁和一盏酒精灯。他是一个很会办事的人，一分钟也没有耽搁，马上就煮了一杯牛奶，把面包泡在里面。我量了量思特里克兰德的体温，华氏一百零四度，他显然病得很厉害。

二十五

过了一会儿我们便离开那里。戴尔克回家吃晚饭，我自告奋勇去找一位医生，带他来看看思特里克兰德的病。当我们走到街上的时候——从那间闷浊的阁楼出来感到外面的空气特别清新——，荷兰人叫我马上到他的画室去一趟。他有一件什么心事，只是不肯对我讲。他一定要我陪他回家去。我想，即使马上把医生请到，除了我们替思特里克兰德做到的那些事外，暂时也不会有更多的事好做，于是我就同意了。我们发现勃朗什·施特略夫正在摆桌子准备吃晚饭。戴尔克走到她跟前，握住她的两只手。

“亲爱的，我求你做一件事。”他说。

她望着他，欢快中带着某种严肃，这正是她迷人的地方。施特略夫脸上冒着汗珠，闪着亮光，激动不安的神情使他的脸看上去很滑稽，但是在他滚圆的、好像受到惊吓的眼睛里却射出来一道热切的光芒。

“思特里克兰德病得很厉害，可能快要死了。他一个人住在一间肮脏的阁楼里，没有人照料他。我求你答应我把他带到咱们家来。”

她很快地把手缩回来——我从来没有看到过她的动作这么快过，面颊一下子涨红了。

“啊，不成。”

“哎呀，亲爱的，不要拒绝吧。我叫他一个人在那里实在受不了。我会因为惦记着他连觉也睡不着的。”

“你去照顾他我不反对。”

她的声音听起来非常冷漠而遥远。

“但是他会死的。”

“让他死去吧。”

施特略夫倒吸了一口气，抹了抹脸。他转过身来请求我支援，但是我不知道该说什么好。

“他是个了不起的画家。”

“那同我有什么关系？我讨厌这个人。”

“啊，我的亲爱的，我的宝贝，你不是这个意思吧！我求求你，让我把他弄到咱们家里来吧。我们可以叫他过得舒服一些。也许我们能救他一命。他不会给你带来麻烦的。什么事都由我来做。我们可以在画室里给他架一张床。我们不能叫他像一条野狗似地死掉，太不人道了。”

“为什么他不能去医院呢？”

“医院！他需要爱抚的手来照顾，护理他必须要极其体贴才成。”

我发现勃朗什·施特略夫情绪波动得非常厉害，觉得有点儿奇怪。她继续往桌上摆餐具，但是两只手却抖个不停。

“我对你简直失去耐心了。你认为如果你生了病，他会动一根手指头来帮助你吗？”

“那又有什么关系？我有你照顾啊。不需要他来帮忙。再说，我同他不一样。我这人一点儿也不重要。”

“你简直还不如一条杂种小狗有血性呢！你躺在地上叫人往你身上踩。”

施特略夫笑了一下。他以为自己了解他的妻子为什么采取这种态度。

“啊，可怜的宝贝，你还想着那次他来看我画的事呢。如果他认为我的画不好又有什么关系呢？那天我真不应该把画给他看，我敢说我画的画并不很好。”

他懊丧地环顾了一下画室。画架上立着一幅未完成的油画——一个意大利农民笑容满面地拿着一串葡萄，在一个黑眼睛的小女孩头顶上擎着。

“即使他不喜欢你的画也应该有一点儿礼貌啊。他没有必要侮辱你。他的态度很清楚地表现出他对你非常鄙视，可是你却还要舔他的手。啊，我讨厌这个人。”

“亲爱的孩子，他是有天才的。不要认为我相信自己也有天才。我倒希望我有呢。但是别人谁是天才我看得出来，我从心眼里尊重这种人。天才是世界上最奇妙的东西。对于他们本人说来，天才是一个很大的负担。我们对这些人必须非常容忍，非常耐心才行。”

我站在一旁听着，这幕家庭冲突使我有些尴尬。我不了解施特略夫为什么非要我同他一起来不可。我看到他的妻子眼泪已经快要流出来了。

“但是我求你让我把他带来，并不只因为他是个天才。我要这样做是因为他是个人，是因为他害着病，因为他一个钱也没有。”

“我永远也不让他进咱们的家门——永远也不让。”

施特略夫转过身来，面对着我。

“你对她讲一讲吧，这是一件生死攸关的事。无论如何也不能把他扔在那个倒霉的地方不管。”

“事情非常清楚，让他到这里来调养要好得多，”我说，“但是当然了，这对你们是很不方便的。我想得有一个人日夜照看着他。”

“亲爱的，你不是那种怕麻烦不肯伸手帮忙的人。”

“如果他到这里来，我就走，”施特略夫太太气冲冲地说。

“我简直认不出你来了。你不是一向心肠很软吗？”

“啊，看在老天爷的的面上，别逼我了。你快要把我逼疯了。”

最后，她终于落下眼泪来。她瘫在一把椅子上，两手捂着脸，肩膀颤抖着。戴尔克一下子跪在她身边，搂着她，又是亲吻，又是呼叫她各式各样亲昵的名字，廉价的泪水也从他的面颊上淌下来。没有过一会儿，她就从他的怀抱里挣脱出来，揩干了眼泪。

“让我好好地待一会儿吧。”她说，语气平缓多了。接着，她强笑着对我说：“我刚才那样，真不知道你会把我当成怎样个人了。”

施特略夫困惑地望着她，不知怎样才好。他紧皱着眉头，撅着通红的嘴巴。他那副怪样子使我联想到一只慌乱的豚鼠。

“那么你不答应吗，亲爱的？”最后他说。

她有气无力地挥了一下手。她已经筋疲力尽了。

“画室是你的。这个家都是你的。如果你要让他搬到这里来，我怎么拦得住呢？”

施特略夫的一张胖脸马上绽露出笑容。

“这么说你同意了？我知道你不会不答应的。噢，我的亲爱的。”

但是她立刻又克制住自己。她用一对暗淡无神的眼睛望着他，十指交叠着按在胸口，仿佛心跳得叫她受不了似的。

“噢，戴尔克，自从咱们认识以后我还没有求你做过什么事呢。”

“你自己也知道，只要你说一句话，天底下没有一件事我不肯为你做的。”

“我求你别叫思特里克兰德到这里来。你叫谁来都成，不管是小偷，是醉鬼，还是街头的流浪汉，我敢保证，我都服侍他们，尽我的一切力量服侍他们。但是我恳求你，千万别把思特里克兰德带回家里。”

“可是为什么呀？”

“我怕他。我也不知道为什么，他这个人叫我怕得要死。他会给我们带来祸害。我知道得非常清楚。我感觉得出来。如果你把他招来，不会有好结局的。”

“你真是没有道理。”

“不，不，我知道我是对的。咱们家会发生可怕的事的。”

“为什么？因为咱们做了一件好事？”

她的呼吸非常急促，脸上有一种无法解释的恐惧。我不知道她想的是什么。我觉得她好像正被一种无形的恐怖紧紧抓住，完全失去控制自己的能力了。她一向总是沉着稳重，现在这种惊惧不安的样子着实令人吃惊。施特略夫带着困惑、惊愕的神情打量了她一会儿。

“你是我的妻子，对我说来，你比任何事物都宝贵。如果你没有完全同意谁也不会到咱们家来。”

她闭了一会儿眼睛，我以为她或许要晕过去了。我对她有些不耐烦。我没想到她是这样神经质的女人。接着我又听到施特略夫的话语声，沉寂似乎奇怪地被他的声音打破了。

“你自己是不是也一度陷于非常悲惨的境地，恰好有人把援助的手伸给你？你知道那对你是多么重要的事。如果遇到这种情况，你不愿意也帮别人一下吗？”

他这番话一点儿也不新鲜，我甚至觉得这里面还有一些教训的意味；我差点儿笑了出来。但是它对勃朗什·施特略夫的影响却叫我大吃一惊。她身体抖动了一下，好久好久凝视着她的丈夫。施特略夫紧紧盯住地面。我不懂为什么他的样子显得非常困窘。施特略夫太太的脸上泛上一层淡淡的红晕，接着又变白——变得惨白。你会觉得她身上的血液都从表面收缩回去，连两只手也一点儿血色都没有了。她全身颤抖起来。画室寂静无声，好像那寂静已经变成了实体，只要伸出手就摸得到似的。我奇怪得不得了。

“把思特里克兰德带来吧，戴尔克。我会尽量照顾他。”

“我的亲爱的。”他笑了。

他想抱住她，但是她却避开了。

“当着生人的面别这么多情了，戴尔克，”她说，“叫人多下不来台啊。”

她的神情已经完全自然了，没有人敢说几分钟以前她还被一种强烈的感情激动着。

二十六

第二天我们就去给思特里克兰德搬家。劝说他搬到施特略夫家里来需要极大的毅力和更多的耐心，幸而思特里克兰德病得实在太重，对于施特略夫的央求和我的决心都做不出有效的抵抗了。在他的软弱无力的咒骂声中，我们给他穿好衣服，扶着他走下楼梯，安置在一辆马车里，最后终于把他弄到施特略夫的画室里。当我们到达以后，他已经一点儿力气也没有了，只好一言不发地由我们把他放在一张床上。他的病延续了六个星期。有一段日子看上去他连几个钟头也活不过去了，我毫不怀疑，他之所以能够活下来完全要归功于这位荷兰画家任劳任怨的护理。我从来也没有见到过比他更难伺候的病人。倒不是说他挑剔、抱怨。恰恰相反，他从来也不诉苦，从来不提出什么要求，他躺在那里一语不发。但是他似乎非常厌恨你对他的照顾。谁要是问一问他觉得怎么样、有什么需要，他轻则挖苦你一句，重则破口大骂。我发现这个人实在让人厌恶，他刚一脱离危险，我就把我的想法告诉了他。

“见鬼去吧，你！”他一点儿不客气地回敬了我一句。

戴尔克·施特略夫把自己的工作全部撂下，整天服侍病人，又体贴，又关切。他的手脚非常利索，把病人弄得舒舒服服。大夫开了药，他总是连哄带骗地劝病人按时服用，我从来没想到他的手段这么巧妙。无论做什么事他都不嫌麻烦。尽管他的收入一向只够维持夫妻两人的生活，从来就不宽裕，现在他却大手大脚，购买时令已过、价钱昂贵的美味，想方设法叫思特里克兰德多吃一点东西（他的胃口时好时坏，叫人无法捉摸）。我什么时候也忘不了他劝说思特里克兰德增加营养的那种耐心和手腕。不论思特里克兰德对他多么没礼貌，他也从来不动火。如果对方只是郁闷懊丧，他就假装看不到；如果对方顶撞他，他只是一笑置之。当思特里克兰德身体好了一些，情绪高起来，嘲笑他几句开开心，他就做出一些滑稽的举动来，故意给对方更多讥笑的机会。他会高兴地递给我几个眼色，叫我知道病人已经大有起色了。施特略夫实在是个大好人。

但是更使我感到吃惊的还是勃朗什。她证明了自己不仅是一个能干的、而且是一个专心致志的护士。你再也不会想到她曾一度激烈地反对过自己的丈夫，坚决不同意把思特里克兰德带回到家里来。病人需要照料的地方很多，她坚持要尽到自己一部分责任。她整理病人的床铺，尽量做到在撤换床单时不惊扰病人。她给病人洗浴。当我称赞她的能干时，她脸上露出惯有的微笑，告诉我她曾经在一家医院做过一段事。她丝毫不让人看出来，她曾经那样讨厌过思特里克兰德。她同他说话不多，但是不管他有什么需要，她都很快地就能知道。有两个星期思特里克兰德整夜都需要有人看护，她就和她丈夫轮班守夜。我真想知道，在她坐在病床旁边度过漫漫长夜时心里在想些什么。思特里克兰德躺在床上，样子古怪怕人，他的身躯比平常更加消瘦，红色的胡子乱成一团，眼睛兴奋地凝视着半空；因为生病，他的眼睛显得非常大，炯炯发光，但那光亮显得很不自然。

“夜里他跟你说过话吗？”有一次我问她。

“从来没有。”

“你还像过去那样不喜欢他吗？”

“比以前更厉害了。”

她用一双安详的、灰色的眼睛望着我。她的神色非常恬静，我很难相信她居然能像那次我看到的那样大发脾气。

“你替他做了这么多事，他谢过你吗？”

“没有。”她笑了笑说。

“这人真不通人情。”

“简直太可恶了。”

施特略夫对她自然非常满意。她这样把他撂给她的挑子担了过来，而且全心全意地履行自己的职责，他无论怎样做也无法表示对她的感激。但是他对勃朗什同思特里克兰德彼此的关系又有些不解。

“你知道，我看见过他们在一起坐了好几个钟头，谁也一句话不说。”

有一次我和这一家人一同坐在画室里，这时思特里克兰德的身体已经快好了，再过一两天就要起床了。戴尔克同我闲聊。施特略夫太太在缝补什么；她缝的东西我是认得的，那是思特里克兰德的一件衬衣。思特里克兰德仰面躺着，一句话也不说。有一次我看到他的目光停在勃朗什·施特略夫身上，带着一种奇怪的嘲弄神情。勃朗什感到他正在看自己，抬起眼睛，他们俩彼此凝视了一会儿。我不知道为什么她脸上会有这样的表情。她的目光里有一种奇怪的困惑，也许是——但为什么啊？——惊惧的神色。思特里克兰德马上把眼睛移开了，开始悠闲地打量起天花板来；但是她却一直注视着他，脸上的神情更加不可解释了。

几天以后，思特里克兰德就下地了。他瘦得只剩下皮包骨头，衣服穿在身上就像稻草人披着一件破褂子似的。他的胡须凌乱，头发很长，鼻子眼睛本来就生得比一般人大，因为害过这场病，更显得大了一号；他的整个外表非常奇特，因为太古怪了，反而不显得那么丑陋。他的笨拙的形体给人以高大森严之感。我真不知道该如何确切地表达他给我的印象。最触目的一点倒不一定是他的裸露无遗的精神世界（虽然屏蔽着他精神的肉体几乎是透明的），而是他脸上的那种野蛮的欲念。说来也许荒谬，这种肉欲又好像是空灵的，使你感到非常奇异。他身上散发着一种原始性；希腊人曾用半人半兽的形象，像生着马尾的森林之神啊，长着羊角、羊腿的农牧神啊，来表现大自然的这种神秘的力量，思特里克兰德身上就有这样一种力量。他使我想到马尔塞亚斯[①]，因为他居然敢同大神比赛音乐，所以被活剥了皮。思特里克兰德的心里好像怀着奇妙的和弦同未经探索过的画面。我预见到他的结局将是遭受痛苦的折磨和绝望。我心里又产生了一种他被魔鬼附体的感觉；但你却不能说这是邪恶的魔鬼，因为这是在宇宙混沌、善恶未分之前就存在的一种原始的力量。

他身体仍然很弱，不能作画。他沉默不语地坐在画室里，天晓得脑子里在想什么。有时候他也看书。他喜欢看的书都很怪；有时候我发现他在阅读马拉美[②]的诗。他读书的样子就像小孩子一样，动着嘴唇一个字一个字地拼读。我很想知道那些精巧的韵律和晦涩的诗句给他一些什么奇怪的感情。另外一些时候我发现他沉浸在嘉包里奥[③]的侦探小说里。我想，他对书的选择表现出组成他怪诞性格的不可调和的方面。我对自己的这个想法感到很有趣。尽管他的身体很弱，但是仍像往常一样，从不讲求舒适，这真是他奇怪的个性。施特略夫喜欢把起居环境弄得舒服一些，画室里摆着一对非常柔软的扶手椅和一张长沙发椅。思特里克兰德从来不坐这些椅子；他并不是矫揉造作，故意表示甘于艰苦，而是因为不喜欢它们。有一次我来看他，画室里只有他一个人，我发现他正坐在一只三脚凳上。如果叫他选择的话，他会喜欢不带扶手的硬背椅。他的这种习性常常叫我很恼火。我从来没有见过哪个人这么不关心周围的生活环境的。

① 马尔塞亚斯是古代小亚细亚弗里吉亚国的一个吹笛人，同阿波罗比赛吹笛失败，被大神杀死。

② 斯台凡·马拉美（1842—1898），法国象征派诗人。

③ 艾米尔·嘉包里奥（1835—1873），法国最早的侦探小说家。

二十七

又过了两三个星期。一天早晨，我的工作正好告一段落，我觉得可以放自己一天假，便决定到卢佛尔宫去消磨一天。我在画廊里随便走着，一边欣赏那些我早已非常熟悉的名画，一边任凭我的幻想同这些画幅所激起的感情随意嬉戏。我悠闲地走进长画廊，突然一眼就看到了施特略夫。我脸上泛起了笑容，因为他那圆胖的身躯、像受了惊吓似的神情使我每次见到他总是要发笑。但是在我走近他以后，我发现他的神情非常沮丧。他的样子凄苦不堪，但又那么滑稽，好像一个穿得衣冠齐楚而失足落水的人被打捞上来以后仍然心怀余悸，生怕别人拿他当笑话看。他转过身来，两眼瞪着我，但是我知道他并没有看见我。他的一双碧蓝的圆眼睛在眼镜片后面充满了忧伤。

“施特略夫。”我叫了一声。

他吓了一跳，接着就露出笑容来，但是他笑得那么凄惨。

“你怎么这样丢了魂似的在这里游荡？”我用快活的语调问道。

“我很久没有到卢佛尔宫来了。我想得来看看他们展出了什么新东西没有。”

“可是你不是告诉我，这礼拜得画好一幅画吗？”

“思特里克兰德在我画室里画画儿呢。”

“哦？”

“我提议叫他在那里画的。他身体还不够好，还不能回到自己的住处去。我本来想我们可以共用那间画室。在拉丁区很多人都是合伙租用一间画室。我本来以为这是个好办法。一个人画累了的时候，身边有个伴儿可以谈两句，我一直以为这样做会很有趣。”

这些话他说得很慢，每说一句话就非常尴尬地停歇好半晌儿，与此同时，他的一对温柔的、有些傻气的大眼睛却一直紧紧盯着我，只是在那里面已经充满了泪水。

“我不懂你说的话。”我说。

“思特里克兰德身边有人的时候不能工作。”

“去他妈的，那是你的画室啊。他应该自己想办法。”

他凄凄惨惨地看着我，嘴唇抖个不停。

“出了什么事了？”我问，语气很不客气。

他吞吞吐吐地半天没说话，脸涨得通红。他看了看墙上挂的一张画，脸色非常痛苦。

“他不让我画下去。他叫我到外边去。”

“你为什么不叫他滚蛋呢？”

“他把我赶出来了。我不能同他动手打架呀。他把我的帽子随后也扔了出来，把门锁上了。”

思特里克兰德的做法使我气得要命，但是我也挺生自己的气，因为戴尔克·施特略夫扮演了这样一个滑稽角色，我居然憋不住想笑出来。

“你的妻子说什么了？”

“她出去买东西去了。”

“他会不会也不让她进去？”

“我不知道。”

我不解地看着施特略夫。他站在那里，像一个正挨老师训的小学生。

“我去替你把思特里克兰德赶走怎么样？”我问。

他的身体抖动了一下，一张闪闪发光的面孔涨得通红。

“不要。你最好什么也不要做。”

他向我点了点头，便走开了。非常清楚，由于某种原因他不想同我讨论这件事。我不懂他为什么要这样。

二十八

一个星期以后我知道谜底了。这一天我一个人在外面吃了晚饭，饭后回到我的住处。大约十点左右，我正坐在起居间看书，忽然，门铃喑哑地响起来。我走到过道上，打开门，站在我面前的是施特略夫。

“可以进来吗？”他问。

楼梯口光线很暗，我看不清他的样子，但是他说话的声音却使我吃了一惊。我知道他喝酒从来不过量，否则我会以为他喝醉酒了。我把他领进起居间里，叫他坐下。

“谢天谢地，总算找到你了。”他说。

“怎么回事？”我问，他激动不安的样子叫我非常吃惊。

进到屋子里面，我可以清清楚楚地打量他了。平时他总是穿戴得干净整齐，这次却衣冠不整，突然给人以邋里邋遢的感觉。我一点儿也不怀疑了，他一定是喝醉了。我对他笑了笑，准备打趣他两句。

“我不知道该到哪儿去，”他突兀地说了一句，“刚才来了一次，你不在。”

“我今天吃饭晚了。”我说。

我的想法改变了，他显然不是因为喝了酒才这样怅然若失。他的脸平常总是红扑扑的，现在却一块红、一块白，斑斑点点，样子非常奇怪。他的两只手一直在哆嗦。

“出了什么事了吗？”

“我的妻子离开我了。”

他费了很大力气才把这几个字说出来。他抽噎了一下，眼泪沿着胖乎乎的面颊一滴滴地落下来。我不知道该说些什么。我最初的想法是，她丈夫这种晕头晕脑地对思特里克兰德倾心相待，叫她再也忍受不了了，再加上思特里克兰德总是冷嘲热讽，所以她坚决要把他赶走。我知道，虽然勃朗什表面端庄沉静，但是脾气如果上来，却执拗得可以。假如施特略夫仍然拒绝她的请求，一怒之下，她很可能离开家庭，发誓再不回来。但是不管事实真相如何，看到这个小胖子的痛苦不堪的样子，我实在不忍讥笑他了。

“亲爱的朋友，别难过了。她会回来的。女人们一时说的气话，你千万别太认真。”

“你不了解。她爱上思特里克兰德了。”

“什么！”我吓了一跳，但是我还没有来得及仔细琢磨，就已经觉得这件事太荒谬了。“你怎么能这么傻？难道你是说你在吃思特里克兰德的醋？”我差点儿笑了出来。“你也知道，思特里克兰

德这个人简直叫她无法忍受。”

“你不了解。”他声吟道。

“你是头歇斯底里的蠢驴，”我有些不耐烦地说。“让我给你喝一杯威士忌苏打你就会好一些了。”

我猜想，不知为了什么原因——天知道人们如何想尽办法来折磨自己——戴尔克毫无道理地怀疑起自己的妻子爱上了思特里克兰德，因为他最不会处理事情，多半把她惹恼了。而他的妻子为了气他，也就故意想尽方法增加他的疑虑。

“听我说，”我对他说，“咱们一起回你的画室去吧。如果你自己把事办糟了，现在只好去负荆请罪。我认为你的妻子不是那种爱记仇的女人。”

“我怎么能回画室呢？”他有气无力地说，“他们在那里呢。我把屋子让给他们了。”

“这么一说不是你妻子离开了你，是你把她丢了。”

“看在老天的面上，别跟我说这种话吧。”

我仍然不能把他的话当真。我一点儿也不相信他告诉我的事，但是他的痛苦却是真真实实的。

“好吧，既然你到这里来是要同我谈这件事，你就从头到尾给我说说吧。”

“今天下午我再也无法忍受了。我走到思特里克兰德跟前，对他讲，我觉得他身体已经完全恢复了，可以回自己的住处去了。我自己要用我的画室。”

“只有思特里克兰德才需要人家明明白白告诉他，”我说。“他怎么说的？”

“他笑了笑。你知道他笑起来是什么样子，让人看起来不像是他觉得有什么事情好笑，而是叫你觉得自己是个大傻瓜。他说他马上就走，说着，就开始收拾东西。你还记得我从他的住处拿来一些我认为他用得着的东西。他叫勃朗什替他找一张纸，一条绳子，准备打一个包。”

施特略夫停住了，喘着气，我以为他要晕倒了。这根本不是我要他讲给我听的故事。

“她的脸色煞白，但还是把纸和绳子取来了。思特里克兰德一句话也不说，他一面包东西，一面吹着口哨，根本不理会我们两个人。他的眼角里含着讥诮的笑意。我的心沉重得像一块铅块。我担心一定要发生点什么事，非常懊悔刚才提出叫他走的事。他四处望了望，找自己的帽子。这时候勃朗什开口了：

“我同思特里克兰德一起走，戴尔克，”她说。“我不能同你生活下去了。”

“我想说什么，可是一个字也说不出来。思特里克兰德也一句话不说。他继续吹着口哨，仿佛这一切同他都毫不相干似的。”

施特略夫又停了下来，开始揩汗。我默不作声。我现在相信他了，我感到很吃惊。但是我仍然不能理解。

这时候他满面泪痕、声音哆哆嗦嗦地对我讲，他如何走到她跟前，想把她搂在怀里，她又如何把身体躲开，不叫他碰到自己。他求她不要离开，告诉她自己是多么爱她，叫她想一想自己对她的一片真情。他谈到他们的幸福生活。他一点儿也不生她的气。他丝毫也不责怪她。

“请你让我安安静静地走开吧，戴尔克。”最后她说，“你不知道我爱思特里克兰德吗？他到什么地方，我就跟他到什么地方去。”

“但是你一定得知道他是永远也不会使你幸福的。为了你自己的缘故，还是不要走吧。你不明白等待你的将是什么。”

“这是你的过错，是你坚持叫他来的。”

施特略夫转向思特里克兰德。

“可怜可怜她吧，”他哀求说，“你不能叫她做出这种发疯的事来。”

“她愿意怎么做就怎么做，”思特里克兰德说，“我并没有强迫她跟着我。”

“我已经决定了。”她用呆板的语调说。

思特里克兰德的这种叫人无名起火的冷静叫施特略夫再也控制不住自己了。一阵狂怒把他攫住，他自己也不知道做的是什么，一下子便扑到思特里克兰德身上。思特里克兰德没有料到这一手，吃了一惊，踉跄后退了一步，但是尽管他久病初愈，还是比施特略夫力气大得多。不到一分钟，施特略夫根本没弄清是怎么回事，已经发现自己躺在地上了。

“你这个小丑。”思特里克兰德骂了一句。

施特略夫挣扎着站起来。他发现自己的妻子声色不动地在一旁站着，当着她的面出这种丑更使他感到丢尽脸面。在同思特里克兰德斯打的时候他的眼镜滑落到地上，一时他看不见落在什么地方。勃朗什把它拾起来，一句话不说地递到他手里。他似乎突然意识到自己的不幸了，虽然他也知道这只会更使自己丢脸，他还是呜呜地哭起来。他用手把脸捂了起来。另外两个人一言不发地看着他，站在一旁连脚步都不挪动。

“啊，我的亲爱的，”最后他呻吟着说，“你怎么能这样残忍啊？”

“我也由不得自己，戴尔克。”她回答。

“我崇拜你，世界上再也没有哪个女人受过人们这样的崇拜。如果我做了什么事使你不高兴，为什么你不对我讲？只要你说了，我一定会改过来的。为了你，凡是我能做到的我都做了。”

她并没有回答。她的脸上一点儿表情也没有，他看到自己只不过在惹她生厌。她穿上一件外衣，戴上帽子，向门口走去。他明白再过一分钟他就再也见不到她了，于是很快地走到她前面，跪倒在地上，抓住她的两只手；他什么脸面也不顾了。

“啊，不要走，亲爱的。没有你我就活不下去了，我会自杀的。如果我做了什么事惹恼了你，我求你原谅我。再给我一次机会吧。我会更努力地使你幸福的。”

“站起来，戴尔克。你简直丢尽丑了。”

他摇摇晃晃地站了起来，但是仍然不放她走。

“你到哪儿去啊？”他急急忙忙地问，“你不知道思特里克兰德住在怎样的一个地方。你在那地方是过活不了的，太可怕了。”

“如果我自己都不在乎，与你又有什么相干呢？”

“你再待一会儿，容我把话说完。不管怎么样，这一点你还可以让我做到吧。”

“那又有什么好处？我已经下了决心了。不管你说什么都改变不了我的主意。”

他抽了一口气，把一只手按在胸脯上，因为心脏跳动得简直让他忍受不了了。

“我不是要你改变主意，我只是求你再听我说几句话。这是我要求你的最后一件事了。不要拒绝我吧。”

她站住了，用她那沉思的眼睛打量了他一会儿，她的目光现在变得那么冷漠无情了。她走回到画室里，往桌子上一靠。

“说吧！”

施特略夫费了好大劲才使自己平静了一点儿。

“你一定要冷静一些。你不能靠空气过日子啊。你知道，思特里克兰德手里一个钱也没有。”

“我知道。”

“你吃不够吃，喝不够喝，会吃尽苦头的。你知道他为什么这么久身体才恢复过来？他一直过着半饥不饱的生活啊！”

“我可以挣钱养活他。”

“怎么挣钱？”

“我不知道。我会找到个办法的。”

一个极其恐怖的想法掠过这个荷兰画师的心头，他打了个哆嗦。

“我想你一定是发疯了。我不知道你被什么迷住了。”

她耸了耸肩膀。

“现在我可以走了吗？”

“再等一秒钟。”

他疲惫不堪地环顾了一下自己的画室；他喜爱这间画室，因为她的存在，这间屋子显得那么美好，那么充满了家庭气氛。他把眼睛闭了一刻，接着他的目光在她身上逗留了好一会儿，似乎想把她的图像永远印记在脑中似的。他站起来，拿起了帽子。

“不，叫我走吧。”

“你？”

她吃了一惊。她不明白他是什么意思。

“想到你要生活在那样一间肮脏可怕的阁楼里，我受不了。不管怎么说，这个地方既是我的家，同样也是你的家。你在这里会过得舒服些。至少你用不着受那种最可怕的罪了。”

他走到放钱的抽屉前边，从里面拿出几张钞票来。

“我把我这里的一点钱给你一半吧。”

他把钱放在桌子上。思特里克兰德和他的妻子都没有说什么。

这时他又想起一件事来。

“你把我的衣服理一理，放在下边门房那儿，好不好？我明天再来取。”他苦笑了一下。“再见，亲爱的。你过去给了我那么多幸福，我感谢你。”

他走了出去，随手把门关上。在想象中，我看到思特里克兰德把自己的帽子往桌上一扔，坐下来，开始吸一支纸烟。

二十九

我沉默了一会儿，思索着施特略夫对我讲的事情。我无法忍受他的这种懦弱，他也看出来我对他这个做法不以为然。

“你跟我知道的一样清楚，思特里克兰德过的是什么日子，”他声音颤抖着说，“我不能让她在那种环境里过活——我就是不能。”

“这是你的事。”我回答。

“如果这事叫你遇上，你会怎么做？”他问。

“她是睁着眼睛自己走开的。如果她不得不吃些苦头，也是自找。”

“你说得对，但是，你知道，你并不爱她。”

“你现在还爱她吗？”

“啊！比以前更爱。思特里克兰德不是一个能使女人幸福的人。这件事长不了。我要让她知道，我是永远不会叫她的指望落空的。”

“你的意思是不是说，你还准备收留她呢？”

“我将丝毫也不踌躇。到那时候她就会比过去任何时候都更需要我了。当她被人抛弃，受尽屈辱，身心交瘁，如果她无处可以投奔，那就太可怕了。”

施特略夫似乎一点儿也不生她的气。也许我这人太平凡了，所以对他这种没有骨气竟有一些恼火。他可能猜到我的想法了，因为他这么说：

“我不能希望她像我爱她那样爱我。我是滑稽角色。我不是那种叫女人钟情的男子汉。这一点我早就知道。如果她爱上了思特里克兰德，我不能责怪她。”

“我还从来没见到过有谁像你这样没有自尊心的呢，”我说。

“我爱她远远超过了爱我自己。我觉得，在爱情的事上如果考虑起自尊心来，那只能有一个原因：实际上你还是最爱自己。不管怎么说，一个结了婚的男人又爱上别人并不是什么稀罕事，常常等他的热劲儿过去了，便又回到他妻子的身边，而她也就同他和好如初了。这种事谁都认为是很自然的。如果男人是这样，为什么女人就该是例外呢？”

“我承认你说的很合乎逻辑，”我笑了笑，“但是大多数男人都不是这种心理，要他们这样对待这件事是办不到的。”

在我同施特略夫这样谈话时，我心里一直在想，这件事来得过于突然，叫我迷惑不解。不可能想象，事前他会一直蒙在鼓里。我记起了我曾看到的勃朗什·施特略夫的奇怪眼神，可能她已经模糊地意识到自己的感情，自己也被震骇住了。

“在今天以前难道你一点儿也没有猜疑过他们两人之间有什么

事吗？”我问他道。

他并没有马上回答我的问题。桌子上有一支铅笔，他拿起来在吸墨纸上信手画了一个头像。

“要是你不喜欢我问你这个问题，你就直说吧。”我说。

“我把话说出来心里反而痛快一些。咳，要是你知道我心里有多么痛苦就好了，”他把手里的铅笔往桌上一扔。“是的，我从两个星期以前就知道了。在她自己还不明白是怎么回事以前我就知道了。”

“那你为什么不把思特里克兰德打发走呢？”

“我不相信，我认为这是不可能的。她那么讨厌这个人。这种事根本不可能，简直不能令人相信。我本来以为这是我的嫉妒心在作祟。你知道，我一向是非常嫉妒的，但是我训练了自己，从来不表现出来。她认识的每一个人我都嫉妒，连你我都嫉妒。我知道她不像我爱她那样爱我。这是很自然的，不是吗？但是她允许我爱她，这样我就觉得幸福了。我强逼着自己到外面去，一待就是好几个钟头，让他们两人单独在一起。我认为我这样怀疑她降低了我的人格，我要惩罚自己。可是当我从外面回来以后我发现他们并不需要我——思特里克兰德需要不需要我倒没关系，我在家不在家对他根本无所谓，我是说我发现勃朗什并不需要我。当我走过去吻她的时候，她浑身一颤。最后我对这件事已经知道得千真万确，可是又不知道该怎么办。我知道如果我大吵大闹一场，只能引起他们的嘲笑。我认为如果我假装什么都没看到，并不把这件事挑明，也许事情就过去了。我打定主意悄悄地把他打发走，用不着吵架。咳，要是我能告诉你我心里那个痛苦劲儿就好了！”

接着他把叫思特里克兰德搬出去的事又说了一遍。他很小心地选择了一个时机，他尽量使自己的语气显得很随便，但是他还是无法克制自己。他的声音颤抖起来，本来想说得亲切、逗笑的话语却流露出嫉妒的怒火。他没有想到自己一说，思特里克兰德就同意了，而且马上就收拾起东西来。最出乎他意料的是，他的妻子也要同思特里克兰德一起走。看得出来，他非常懊悔，真希望自己继续隐忍下去。比起分离的痛苦来，他宁愿忍受妒火的煎熬。

“我要杀死他，结果却徒然使自己出丑。”

他沉默了半晌，最后他说出的我知道是郁积在他心里的话。

“要是我多等些日子，也许就不会发生什么事了。我真不应该这么耐不住性子。啊，可怜的孩子，是我把她逼到这一地步的啊！”

我耸了耸肩膀，但是没有说什么。我对勃朗什·施特略夫一点儿也不同情，但是我知道，如果我把实话告诉可怜的戴尔克，只会增加他的痛苦。

这时候他已经疲惫不堪，无力控制自己，所以只顾滔滔不绝地说下去。他把那场风波中每人讲的话又重复了一遍。他一会儿想起一件忘记了告诉我的事，一会儿又同我讨论起他当时该说这句话，而不该说那句话。他为自己看不清问题感到万分痛心，懊悔自己做了某件事，责怪自己没有做哪一件。夜渐渐深了，最后我也同他一样疲劳不堪了。

“你现在准备做什么？”我最后问他说。

“我能够做什么？我只能等着她招呼我回去。”

“为什么你不到外地去走走呢？”

“不，不成。如果她需要，我一定要叫她能够找到我。”

他对于眼前该怎么办似乎一点儿主意也没有。他没有什么计划。最后我建议他该去睡会儿觉，他说他睡不着，他要到外面去走个通宵。当然，在这种情况下我绝不能丢下他不管。我劝他在我这里过夜，我把他安置在我的床上。在起居间里我还有一只长沙发，我可以睡在那上面。他这时已经精疲力竭，所以还是依着我的主意上了床。我给他服了一些佛罗那，叫他可以人事不省地好好睡几个钟头觉。我想这是我能够给他的最大的帮助了。

三十

但是我给自己安设的床铺却很不舒服，整整一夜我也没睡着，只是翻来覆去思索这个不幸的荷兰人对我讲的故事。勃朗什·施特略夫的行为还是容易解释的，我认为她做出那种事来只不过是屈服于肉体的诱惑。她对自己的丈夫从来就没有什么感情，过去我认为她爱施特略夫，实际上只是男人的爱抚和生活的安适在女人身上引起的自然反应。大多数女人都把这种反应当作爱情了。这是一种对任何一个人都可能产生的被动的感情，正像藤蔓可以攀附在随便哪株树上一样。因为这种感情可以叫一个女孩子嫁给任何一个需要她的男人，相信日久天长便会对这个人产生爱情，所以世俗的见解便断定了它的力量。但是说到底，这种感情是什么呢？它只不过是对有保障的生活的满足，对拥有家资的骄傲，对有人需要自己沾沾自喜，和对建立起自己的家庭洋洋得意而已。女人们禀性善良、喜爱虚荣，因此便认为这种感情极富于精神价值。但是在冲动的热情面前，这种感情是毫无防卫能力的。我怀疑勃朗什·施特略夫之所以非常不喜欢思特里克兰德，从一开始便含有性的诱惑因素在内，可是性的问题是极其复杂的，我有什么资格妄图解开这个谜呢？或许施特略夫对她的热情只能刺激起，却未能满足她这一部分天性，她讨厌思特里克兰德是因为她感到他具有满足她这一需求的力量。当她拼命阻拦自己丈夫，不叫他把思特里克兰德带回家来的时候，我认为她还是真诚的。她被这个人吓坏了，尽管她自己也不知道为什么要怕他。我也记得她曾预言过思特里克兰德会带来灾难和不幸。我想，她对思特里克兰德的恐惧是她对自己的恐惧的一种奇怪的移植，因为他叫她迷惑不解，心烦意乱。思特里克兰德生得粗野不驯，眼睛深邃冷漠，嘴型给人以肉欲感，他的身体高大、壮硕，这一些都给人以热情狂放的印象。也许她同我一样，在他身上感到某种邪恶的气质；这种气质使我想到宇宙初辟时的那些半人半兽的生物，那时宇宙万物同大地还保持着原始的联系，尽管是物质，却仿佛仍然具有精神的性质。如果思特里克兰德激发起她的感情来，不是爱就是恨，二者必居其一。当时她对思特里克兰德感到的是恨。

接着我又想象，她日夜同病人厮守，一定逐渐产生了一种奇怪的感情。她托着病人的头喂他食物，他的头沉甸甸地倚在她手上；在他吃过东西以后，她揩抹他的富于肉欲的嘴唇和火红的胡子。她给他揩拭四肢，他的手臂和大腿覆盖着一层浓密的汗毛。当她给他擦手的时候，尽管他病得非常虚弱，她也感觉得出它们如何结实有力。他的手指生得长长的，是艺术家那类能干的、善于塑造的手指。我无法知道它们在她心里引起什么样的慌乱思想。他非常宁静地睡在那里，一动也不动，几乎和死人一样，他像是森林里的一头野兽，在一阵猛烈追猎后躺在那里休息。她在好奇地猜测，他正在经历什么奇异的梦境呢？他是不是梦到了一个林泽的女神正在希腊的森林里飞奔，森林之神塞特尔在后面紧追不舍？她拼命地逃跑，双腿如飞，但是塞特尔还是一步一步地离她越来越近，连他吹在她脖子上的热辣辣的呼吸她都感觉出来了。但是她仍然一声不出地向前飞跑，他也一声不出地紧紧追赶；最后，当她被他抓到手里的时候，使她浑身颤抖的是恐惧呢，还是狂喜呢？

如饥似渴的欲念毫不留情地把勃朗什·施特略夫抓在手里。也许她仍然恨着思特里克兰德，但是她却渴望得到他，在这以前构成她生活的那一切现在都变得一文不值了。她不再是一个女性了，不再是一个性格复杂的女性——既善良又乖戾，既谨慎又轻率；她成了迈那德①，成了欲念的化身。

但是也许这都是我的臆测，可能她不过对自己的丈夫感到厌倦，只是出于好奇心（并无任何热情在内）才去找的思特里克兰德。可能她对他并没有特殊的感情，她之所以屈从于思特里克兰德的欲念只是由于两人日夜厮守、由于她厌烦无聊，而一旦同他接近以后，却发现陷入了自己编织的罗网里。在她那平静的前额和冷冷的灰色的眼睛后面隐匿着什么思想和感情，我怎能知道呢？

然而，尽管在探讨像人这样无从捉摸的生物时，我们什么也不

① 希腊神话中酒神的女祭司。

敢肯定，但对于勃朗什·施特略夫的行为还有一些解释是完全说得通的。另一方面，我对思特里克兰德却一点儿也不了解。他这次的行为与我平日对他的了解格格不入，我苦苦思索，无论如何也无法解释。他毫无心肝地辜负了朋友对他的信任，为了自己一时兴之所至，给别人带来莫大的痛苦，这都不足为奇，因为这都是他性格的一部分。他既不知感恩，也毫无怜悯心肠。我们大多数人所共有的那些感情在他身上都不存在；如果责备他没有这些感情，就像责备老虎凶暴残忍一样荒谬。我所不能解释的是为什么他突然动了施特略夫的念头。

我不能相信思特里克兰德会爱上勃朗什·施特略夫。我根本不相信这个人会爱上一个人。在爱这种感情中主要成分是温柔，但思特里克兰德却不论对自己或对别人都不懂得温柔。爱情中需要有一种软弱无力的感觉，要有体贴爱护的要求，有帮助别人、取悦别人的热情——如果不是无私，起码是巧妙地遮掩起来的自私。爱情包含着某种程度的腼腆怯懦。而这些性格特点都不是我在思特里克兰德身上所能找到的。爱情要占据一个人莫大的精力，它要一个人离开自己的生活专门去做一个爱人。即使头脑最清晰的人，从道理上他可能知道，在实际中却不会承认爱情有一天会走到尽头。爱情赋予他明知是虚幻的事物以实质形体，他明知道这一切不过是镜花水月，爱它却远远超过喜爱真实。它使一个人比原来的自我更丰富了一些，同时又使他比原来的自我更狭小了一些。他不再是一个人，他成了追求某一个他不了解的目的的一件事物、一个工具。爱情从来免不了多愁善感，而思特里克兰德却是我认识的人中最不易犯这种病症的人。我不相信他在任何时候会害那种爱情的通病——如醉如痴、神魂颠倒。他从来不能忍受外界加给他的任何桎梏。如果有任何事物妨碍了他那无人能理解的热望（这种热望无时或无止地刺激着他，叫他奔向一个他自己也不清楚的目标），我相信他会毫不犹疑把它从心头上连根拔去，即使忍受莫大痛苦，弄得遍体鳞伤、鲜血淋漓也在所不惜。如果我写下的我对思特里克兰德的这些复杂印象还算得正确的话，我想下面的断语读者也不会认为悖理。我觉得思特里克兰德这个人既伟大、又渺小，是不会同别人发生爱情的。

但是爱情这个概念，归根结底，因人而异。每个人都根据自己的不同癖性有不同的理解。因此，像思特里克兰德这样一个人一定也有他自己的独特的恋爱方式。要想分析他的感情实在是一件徒然的事。

三十一

第二天，虽然我尽力挽留，施特略夫还是走了。我建议我替他回家去取行李，但是他坚持要自己去。我想他可能希望他们并没有把他的东西收拾起来，这样他就有机会再见自己的妻子一面，说不定还能劝说她回到自己的身边来。但是事实并不像他所料想的那样，他的一些零星用品已经放在门房，等着他取走，而勃朗什，据看门人告诉他，已经出门走了。我想施特略夫如果有机会的话，是不会不把自己的苦恼向她倾诉一番的。我发现他不论碰到哪个相识的人都把自己的不幸遭遇唠叨给人家听；他希望别人同情他，但是却只引起人们的嘲笑。

他的行径很失体统。他知道他的妻子每天什么时候出去买东西，有一天，迫不及待地想见到她，便在街上把她拦住。虽然勃朗什不理他，他还是没完没了地同她讲话。他为自己做的任何一件对不起她的事向她道歉，告诉她自己如何真心爱她，请求她再回到自己身边。勃朗什一句话也不回答，脸扭向一边，飞快地向前赶路，我想象得出施特略夫怎样迈着一双小短退，使劲在后面追赶的样子。他一边跑一边喘气，继续唠叨个没完。他告诉她自己如何痛苦，请求她可怜自己；他发誓赌咒，只要她能原谅他，他什么事都愿意替她做。他答应要带她去旅行。他告诉她思特里克兰德不久就会厌倦了她。当施特略夫对我回述这幕令人作呕的丑戏时，我真是气坏了。这个人真是又没有脑子、又失掉做丈夫的尊严。凡是叫他妻子鄙视的事，他一件没漏地都做出来了。女人对一个仍然爱着她、可是她已经不再爱的男人可以表现得比任何人都残忍；她对他不只不仁慈，而且根本不能容忍，她成了一团毫无理智的怒火。勃朗什·施特略夫倏地站住了，用尽全身力气在她丈夫脸上掴了一掌。趁他张皇失措的当儿，她急忙走开，三步并作两步地登上画室的楼梯。自始至终她一句话也没有说。

他一边给我讲这段故事，一边用手摸着脸，好像那火辣辣的痛劲儿到现在还没有过去似的。他的眼睛流露着痛苦而迷惘的神色，他的痛苦让人看着心酸，而他的迷惘又有些滑稽。他活脱儿是个挨了训的小学生；尽管我觉得他很可怜，却禁不住好笑。

这以后他就在勃朗什到商店买东西的必经之路上往返徘徊，当他见到勃朗什走过的时候，就在街对面墙角一站。他不敢再同她搭话了，只是用一对圆眼睛盯着她，尽量把心里的祈求和哀思用眼神表露出来。我猜想他可能认为勃朗什会被他的一副可怜相打动。但是她却从来没有任何看到他的表示。她甚至连买东西的时间也不改变，也从来不改变一下路线。我估计她这种冷漠含有某种残忍的成分，说不定她感到这样痛苦折磨他是一种乐趣。我真不懂她为什么对他这样恨之入骨。

我劝说施特略夫放聪明一些。他这样没有骨气叫旁观的人都气得要命。

“你这样下去一点儿也没有好处，”我说，“依我看，你更应该做的倒是劈头盖脸地揍她一顿，她就不会照现在这样看不起你了。”

我建议叫他回老家去住些天。他常常同我提到他的老家，荷兰北部某个地方的一个寂静的城镇，他的父母至今仍然住在那里。他们都是穷苦人，他父亲是个木匠。他家住在一幢古老的小红砖房里，干净、整齐，房子旁是一条水流徐缓的运河。那里的街道非常宽阔，寂静无人。两百年来，这个地方日渐荒凉、冷落，但是城镇里房屋却仍然保持着当年的朴实而雄伟的气象。富有的商人把货物发往遥远的东印度群岛去，在这些房子里安静地过着优裕的生活；如今这些人家虽已衰败，但仍然闪烁着往日繁华的余晖。你可以沿着运河徜徉，直到走上一片片宽广的绿色原野，黑白斑驳的牛只懒洋洋地在上面吃草。我想在这样一个充满童年回忆的环境里，戴尔克·施特略夫是可以忘掉他这次的不幸的。但是他却不要回去。

“我一定得留在这儿，她什么时候需要我就可以找到我。”他又重复他已经对我讲过的话，“如果发生了什么不好的事，我又不在她身边，那就太可怕了。”

“你想会发生什么事呢？”我问他。

“我不知道。但是我害怕。”

我耸了耸肩膀。

尽管在这样大的痛苦里，戴尔克·施特略夫的样子仍然让人看着发笑。如果他消瘦了、憔悴了，也许会引起人们同情的。但是他却一点儿也不见瘦。他仍然是肥肥胖胖的，通红的圆脸蛋像两只熟透了的苹果。他一向干净、利落，现在他还是穿着那件整整齐齐的黑外套，一顶略小一些的圆顶硬礼帽非常洒脱地顶在头上。他的肚子正在发胖，也一点儿没受这次伤心事的影响。他比以往任何时候都更像一个生意兴隆的商贩了。有时候一个人的外貌同他的灵魂这么不相称，这实在是一件苦不堪言的事。施特略夫就是这样：他心里有罗密欧的热情，却生就一副托比·培尔契爵士[①]的形体。他的禀性仁慈、慷慨，却不断闹出笑话来：他对美的东西从心眼里喜爱，但自己却只能创造出平庸的东西；他的感情非常细腻，但举止却很粗俗。他在处理别人的事务时很有手腕，但自己的事却弄得一团糟。大自然在创造这个人的时候，在他身上揉捏了这么多相互矛盾的特点，叫他面对着令他迷惑不解的冷酷人世，这是一个多么残忍的玩笑啊。

① 莎士比亚戏剧《第十二夜》中的人物。

三十二

我有好几个星期没有见到思特里克兰德。我非常厌恶他，如果有机会的话，我会当着面把我对他的看法告诉他，但是我也犯不上为了这件事特地到处去找他。我不太愿意摆出一副义愤填膺的架势来，这里面总有某种自鸣得意的成分，会叫一个有幽默感的人觉得你在装腔作势。除非我真的动起火来，我是不肯让别人拿自己当笑话看的。思特里克兰德惯会讽刺挖苦、不讲情面，在他面前我就更要小心戒备，绝不能让他觉得我是在故作姿态。

但是一天晚上，正当我经过克利舍路一家咖啡馆门前的时候（我知道这是思特里克兰德经常来的一家咖啡馆，最近一段时间我总是尽量躲着这个地方），我却和思特里克兰德撞了个满怀。勃朗什·施特略夫同他在一起，两人正在走向思特里克兰德最喜欢坐的一个角落去。

“你这么多天跑到哪儿去了？”他问我说，“我还以为你到外地去了呢。”

他对我这样殷勤正表示他知道得很清楚，我不愿意理他。但是你对思特里克兰德这种人根本不需要讲客套。

“没有，”我直截了当地说，“我没有到外地去。”

“为什么老没到这儿来了？”

“巴黎的咖啡馆不是只此一家，在哪儿不能消磨时间啊？”

勃朗什这时伸出手来同我打招呼。不知道为什么我本来认为她的样子一定会发生一些变化，但是我现在看到她仍然是老样子：穿的是过去经常穿的一件灰衣服，前额光洁明净，眼睛里没有一丝忧虑和烦恼，正像我过去看到她在施特略夫画室里操持家务时一模一样。

“来下盘棋吧。”思特里克兰德说。

我不懂为什么当时我会没想出一个借口回绝了他。我怀着一肚子闷气跟在他们后面，走到思特里克兰德的老座位前边。他叫侍者取来了棋盘和棋子。他们两个人对这次不期而遇一点儿也没有大惊小怪，我自然也只能装出一副若无其事的样子，不然就显得我太不通人情了。施特略夫太太看着我们下棋，从她脸上的表情丝毫也猜不透她心里想的是什么。她什么话也没说，但她根本就不是爱说话的人。我看着她的嘴，希望看到一个能使我猜测出她真实感情的神态；我打量着她的眼睛，寻找某种泄露她内心隐秘的闪光，表示惶惑或者痛苦的眼神；我打量着她的前额，看那上面会不会偶然出现一个皱纹，告诉我她正在衰减的热情。但她的面孔宛如一副面具，我在那上面丝毫也看不出她的真实思想。她的双手一动不动地摆在膝头上，一只手松松地握着另一只。从我所听到的一些事，我知道她的性情很暴烈，戴尔克那么全心全意地爱着她，她却狠狠地打了他一巴掌，这说明了她翻脸无情，心肠非常冷酷。她抛弃了自己丈夫庇护下的安乐窝，抛弃了温饱舒适的优裕生活，甘愿承担她自己也看得非常分明的风险患难。这说明了她喜欢追求冒险，肯于忍饥耐劳；后一种性格从她过去辛勤操理家务、热心家庭主妇的职责看来倒也不足为奇。看来她一定是一个性格非常复杂的女人，这同她那端庄娴静的外表倒构成了极富于戏剧性的对比。

这次与思特里克兰德和勃朗什不期而遇使我非常激动，勾起我无数奇思遐想。但是我还是拼命把精神集中在走棋上，使出全副本领，一定要把思特里克兰德击败。他非常看不起那些败在他手下的人，如果叫他取胜，他那种洋洋自得的样子简直叫你无地自容。但是在另一方面，如果他输了，他倒也从来不发脾气。换言之，思特里克兰德只能输棋，不能赢棋。有人认为只有下棋的时候才能最清楚地观察一个人的性格，这倒是可以从思特里克兰德这人的例子取得一些微妙的推论。

下完棋以后，我把侍者叫来，付了酒账，便离开了他们。这次会面实在没有什么值得记述的地方，没有一句话可以使我追思、玩味，如果我有任何臆测，也毫无事实根据。但这反而更引起了我的好奇心。我实在摸不透这两人的关系。如果灵魂真能出窍的话，不论出什么代价我也得试一次；只有这样我才能在画室里看到他俩私下如何过活，才能听到他们交谈些什么。总之一句话，我没有可以供我的幻想力发挥作用的最小依据。

三十三

两三天以后，戴尔克·施特略夫来找我。

“听说你见到勃朗什了？”他说。

“你怎么会知道的？”

“有人看见你同他们坐在一起，告诉我了。你干吗不告诉我？”

“我怕会使你痛苦。”

“使我痛苦又有什么关系？你必须知道，只要是她的事，哪怕最微不足道的，我也想知道。”

我等着他向我提问。

“她现在是什么样子？”他问。

“一点儿也没改变。”

“你看她的样子幸福吗？”

我耸了耸肩膀。

“我怎么知道？我们是在咖啡馆里，我在同思特里克兰德下

棋。我没有机会同她谈话。”

“啊，但是你从她的面容看不出来吗？”

我摇了摇头。我只能把我想到的给他讲了一遍：她既没用话语也没用手势向我透露她的任何感情。他一定比我更了解，她自我克制的力量多么大。戴尔克感情激动地两手紧握在一起。

“啊，我非常害怕。我知道一定会发生一件事，一件可怕的事，可是我却没有办法阻止它。”

“会发生什么样的事？”我问道。

“啊，我也不知道，”他用两手把头抱住，声吟道，“我预见到一件可怕的灾难。”

施特略夫一向就很容易激动，现在简直有些精神失常了。我根本无法同他讲道理。我认为很可能勃朗什·施特略夫已经发觉不可能再同思特里克兰德继续生活下去，但是人们经常说的那句俗话“自作自受”，实在是最没有道理的。生活的经验让我们看到的是，尽管人们不断地做一些必然招灾惹祸的事，但总能找个机会逃避掉这些蠢事带来的后果。当勃朗什同思特里克兰德吵了架以后，她只有离开他一条路好走，而她丈夫却在低声下气地等着，准备原谅她，把过去的事忘掉。我对勃朗什是不想寄予很大同情的。

“你知道，你是不喜欢她的。”施特略夫说。

“归根结底，现在还没有迹象说明她生活得不幸福。据我们所知道，说不定这两人已经像夫妻一样过起日子来了。”

施特略夫用他那对愁苦的眼睛瞪了我一眼。

“当然了，这对你是无所谓的，可是对我说，这件事很重要，极端重要。”

如果当时我的神色有些不耐烦，或者不够严肃，我是有点儿对不起施特略夫的。

“你愿意不愿意替我做一件事？”施特略夫问我。

“愿意。”

“你能不能替我给勃朗什写一封信？”

“你为什么自己不写呢？”

“我已经写了不知多少封了。我早就想到她不会回信。我猜我写的那些信她根本就不看。”

“你没有把妇女的好奇心考虑在内。你认为她抵拒得了自己的好奇心吗？”

“她没有好奇心——对于我。”

我很快地看了他一眼。他垂下了眼皮。他的这句回答我听着有一种奇怪的自暴自弃的味道。他清楚地意识到她对他冷漠到极点，见到他的笔迹一丝一毫的反响也没有。

“你真的相信有一天她会回到你身边来吗？”我问道。

“我想叫她知道，万一有什么不幸的事情发生，她还是可以指望我的。我要让你写信告诉她的就是这一点。”

我拿出来一张信纸。

“你要说的具体是什么？”

下面是我写的信：

亲爱的施特略夫太太：

戴尔克让我告诉你，不论任何时候如果你要他做什么事，他将会非常感激你给他一个替你效劳的机会。对于已经发生的事，他对你并无嫌怨。他对你的爱情始终如一。你在下列地址随时可以和他取得联系。

三十四

虽然我同施特略夫一样也认为思特里克兰德同勃朗什的关系将以一场灾难收场，我却没有料到这件事会演成这样一出悲剧。夏天来了，天气闷得令人喘不过气来，连夜间也没有一丝凉意，人们疲劳的神经没能够得到一点儿休息。被太阳晒得炙热的街道好像又把白天吸收的热气散发回来；街头行人疲劳不堪地拖着两只脚。我又有好几个星期没有见到思特里克兰德了。因为忙于其他事务，我甚至连这个人同他们那档子事都不去想了。戴尔克一见到我就长吁短叹，开始叫人生厌；我尽量躲着他不同他在一起。我感到整个这件事龌龊不堪，我不想再为它伤脑筋了。

一天早上，我正在工作，身上还披着睡衣。但是我的思绪却游移不定，浮想联翩。我想到布里坦尼阳光灿烂的海滨和清澈的海水。我身边摆着女看门人给我端来的盛咖啡牛奶的空碗和一块吃剩的月牙形小面包。我的胃口很不好，没能吃完。隔壁的屋子里，女看门人正在把我浴盆里的水放掉。突然，门铃叮零零地响起来，我让她去给我开门。不大会儿工夫我就听到施特略夫的声音，打听我在不在家。我大声招呼他进来，而没有离开我的座位。施特略夫慌慌张张地走了进来，一直走到我坐的桌子前面。

“她死了。”他声音嘶哑地说。

“你说什么？”我吃惊地喊叫起来。

他的嘴唇动了动，好像在说什么，但是什么声音也没有发出来。他像个白痴似地胡乱地说了一些没有意义的话。我的一颗心在胸腔里扑腾腾地乱跳，不知为什么，我突然发起火来。

“看在上帝面上，你镇定点儿好不好？”我说，“你究竟在说些什么？”

他的两只手做了几个绝望的姿势，仍然说不出一句整话来。他好像突然受到巨大的惊吓，变成哑巴了。我不知道自己为什么火冒三丈，我抓着他的肩膀拼命地摇晃。我猜想前几夜我一直休息不好，叫我的神经也崩溃了。

“让我坐一会儿。”最后他上气不接下气地说。

我给他倒了一杯圣加米叶酒。我把杯子端到他的嘴边好像在喂一个孩子。他咕咚一声喝了一口，有好些洒在衬衫前襟上。

“谁死了？”

我不懂为什么我还要问这句话，因为我完全知道他说的是谁。他挣扎着想使自己平静下来。

“昨天夜里他们吵嘴了。他离开家了。”

“她已经死了吗？”

“没有，他们把她送到医院去了。”

“那么你说的是什么？”我不耐烦地喊起来。“为什么你说她死了？”

“别生我的气。你要是这样同我讲话，我就什么也告诉不了你了。”

我握紧了拳头，想把心里的怒气压下去。我努力摆出一副笑脸来。

“对不起。你慢慢说吧，不用着急。我不怪罪你。”

他的近视镜片后面的一对又圆又蓝的眼睛因为恐惧叫人看着非常可怕。他戴的放大镜片使这双眼睛变形了。

“今天早晨看门人上楼去给他们送信，按了半天门铃也没有人回答。她听见屋子里有人呻吟。门没有上闩，她就走进去了。勃朗什在床上躺着，情况非常危险。桌子上摆着一瓶草酸。”

施特略夫用手捂着脸，一边前后摇晃着身体，一边呻吟。

“她那时候还有知觉吗？”

“有。啊，如果你知道她多么痛苦就好了。我真受不了。我真受不了。”

他的声音越来越高，成了一种尖叫。

“他妈的，你有什么受不了的，”我失去耐心地喊起来，“她这是自作自受。”

“你怎么能这么残忍呢？”

“你后来做什么了？”

“他们叫了医生，也把我找去，还报告了警察。我以前给过看门人二十法郎，告诉她如果发生了什么事就通知我。”

他沉吟了一会儿，我看出来他下面要告诉我的一番话是很难启齿的。

“我去了以后她不同我讲话。她告诉他们叫我走开。我向她发誓，不管她做过什么事我都原谅她，但是她根本不听我讲话。她把头往墙上撞。医生叫我不要待在她身边。她不住地叫喊：‘叫他走开！’我只好离开她身边，在画室里等着。等救护车来了，他们把她抬上担架的时候，他们叫我躲进厨房去，让她以为我已经离开那里了。”

在我穿衣服的当儿——因为施特略夫要我立刻同他一起到医院去，他告诉我他已经在医院为他的妻子安排了一个单间病室，免得她住在人群混杂、空气污浊的大病房。走在路上的时候他又向我解释，为什么他要我陪他去——如果她仍然拒绝同他见面，也许她愿意见我。他求我转告她，他仍然爱她，他丝毫也不责怪她，只希望能帮她一点儿忙。他对她没有任何要求，在她病好以后决不劝说她回到自己身边，她是绝对自由的。

终于到了医院——一座凄清阴惨的建筑物，一看见就让人心里发凉。我们从一个办公室被支到另一个办公室，爬上数不尽的楼梯，穿过走不到头儿的光秃秃的走廊，最后找到主治医生，但是我们却被告诉说，病人健康状况太坏，这一天不能接见任何探视的人。同我们讲话的这个医生蓄着胡须、身材矮小，穿着一身白衣服，态度一点儿也不客气。他显然只把病人当作病人，把焦急不安的亲属当作惹厌的东西，毫无通融的余地。此外，对他说来，这类事早已司空见惯，这只不过是一个歇斯底里的女人同爱人吵了嘴、赌气服了毒而已，这是经常发生的事。最初他还以为戴尔克是罪魁祸首，毫无必要地顶撞了他几句。在我向他解释了戴尔克是病人的丈夫、渴望宽恕她以后，医生突然用炯炯逼人的好奇目光打量起他来。我好像在医生的目光里看到一丝揶揄的神色；施特略夫的长相一望而知是个受老婆欺骗的窝囊汉子。医生把肩膀微微一耸。“目前没有什么危险，”他回答我们的询问说，“还不知道她吞服了多少。也很可能只是一场虚惊。女人们不断为了爱情而自寻短见，但是一般说来她们总是做得很小心，不让自杀成为事实。通常这只是为了引起她们情人的怜悯或者恐怖而作的一个姿态。”

他的语气里有一种冷漠、轻蔑的味道。对他说来，勃朗什·施特略夫显然不过是即将列入巴黎这一年自杀未遂的统计表中的一个数字。医生非常忙，不可能为了我们浪费自己的时间。他告诉我们，如果我们在第二天某一个时刻来，假如勃朗什好一些，她的丈夫是可以见到她的。

三十五

我几乎说不清这一天我们是怎么过的了。施特略夫没人陪着根本不成，我想尽办法把他的思想岔开，因而弄得自己也疲惫不堪。我带他到卢佛尔宫去，他假装在欣赏图画，但是我看得出来他的思想一刻也没有离开他的妻子。我硬逼着他吃了一点儿东西；午饭以后，我又劝他躺下休息，但是他一丝睡意也没有。我留他在我的公寓住几天，他欣然接受了我的邀请。我找了几本书给他看，他只翻看一两页就把书放下，凄凄惨惨地茫然凝视着半空。吃过晚饭以后我们玩了无数局扑克牌，为了不叫我失望，他强打起精神，装作玩得津津有味的样子。最后我让他喝了一口药水，尽管他睡得并不安宁，总算入了梦乡。

当我们再次去医院的时候，见到了一个女护士。她告诉我们勃朗什看上去好了一些。她走进病房，问她是否愿意见自己的丈夫。我们听到从勃朗什住的屋子里传出来的话语声，没过多久护士便走出来，告诉我们病人拒绝会见任何来探视她的人。我们事前已经同护士讲过，如果病人不愿见戴尔克，护士还可以问她一下愿意不愿意见我，但是病人也同样回绝了。戴尔克的嘴唇抖动起来。

“我不敢过分逼她，”护士说，“她病得很厉害。再过一两天也许她会改变主意的。”

“她想见什么人吗？”戴尔克问，他说话的声音非常低，几乎像是耳语。

“她说她只求不要有人打搅她。”

戴尔克做了个很奇怪的手势，好像他的两只手同身体不发生关系，自己在挥动似的。

“你能不能告诉她，如果她想见什么人的话，我可以把那人带来？我只希望使她快活。”

护士用她那双宁静、慈祥的眼睛望着戴尔克，这双眼睛曾经看到过人世的一切恐怖和痛苦，但是因为那里面装的是一个没有罪恶的世界的幻景，所以她的目光是清澈的。

“等她心情平静一些的时候我会告诉她的。”

戴尔克心头充满了无限悲悯，请求她立刻把这句话说给她听。

“也许这会治好她的病的。我求求你现在就去问她吧。”

护士的脸上泛起一丝怜悯的笑容，走进病室。我们听到她低声说了两句什么，接着就是一个我辨认不出的声音在回答：

“不，不，不。”

护士走出来，摇了摇头。

“刚才是她在说话吗？”我问。“她的嗓音全变了。”

“她的声带似乎被酸液烧坏了。”

戴尔克发出一声痛苦的低声叫喊。我叫他先到外面去，在进门的地方等着我，因为我要同护士说几句话。他并没有问我要说什么，便闷声不响地走开了。他好像失去了全部意志力，像个听话的小孩似地任凭别人支使。

“她对你说过没有，为什么她做出这件事来？”我问护士说。

“没有。她什么话也不说。她安安静静地仰面躺着，有时候一连几个钟头一动也不动。但是她却不停地流眼泪，连枕头都流湿了。她身体非常虚弱，连手帕也不会使用，就让眼泪从脸上往下淌。”

我突然感到心弦一阵绞痛。要是思特里克兰德在我跟前，我真能当时就把他杀死。当我同护士告别的时候，我知道连自己的声音都颤抖起来了。

我发现戴尔克正在门口台阶上等着我。他好像什么都没看见，直到我触到他的胳臂时，他才发觉我已经站到他身边。我们两个默默无言地向回走。我拼命地想象，究竟发生了什么事逼得这个可怜的人儿走上这条绝路。我猜想思特里克兰德已经知道发生的这个不幸事件了，因为警察局一定已经派人找过他，听取了他的证词。我不知道思特里克兰德现在在哪里。说不定他已经回到那间他当作画室的简陋的阁楼去了。她不想同他见面倒是有些奇怪。也许她不肯叫人去找他是因为她知道他绝不会来。我很想知道，她看到了一个什么样的悲惨的无底深渊才恐惧绝望、不想再活下去。

三十六

这以后的一个星期简直是一场噩梦。施特略夫每天去医院两次探听妻子的病况，勃朗什始终不肯见他。头几天他从医院回来心情比较宽慰，而且满怀希望，因为医院的人对他讲，勃朗什似乎日趋好转；但是几天以后，施特略夫便陷入痛苦的绝望中，医生所担心的并发症果然发生了，病人看来没有希望了。护士对施特略夫非常同情，但是却找不到什么安慰他的言词。病人只是一动不动地躺在床上，一句话也不说，两眼凝视着半空，好像在望着死神的降临。看来这个可怜的女人只有一两天的活头儿了。一天晚上，已经很晚了，施特略夫走来看我。不等他开口，我就知道他是来向我报告病人的死讯的。施特略夫身心交瘁到了极点。往日他总是滔滔不绝地同我讲话，这一天却一语不发，一进屋子就疲惫不堪地躺在我的沙发上。我觉得无论说什么安慰的话也无济于事，便索性让他一声不响地躺在那里。我想看点儿书，又怕他认为我太无心肝，于是我只好坐在窗户前默默地抽烟斗，等着他什么时候愿意开口再同他讲话。

“你对我太好了，”最后他说，“没有一个人不对我好的。”

“别胡说了。”我有些尴尬地说。

“刚才在医院里他们对我说我可以等着。他们给我搬来一把椅子，我就在病房外边坐着。等到她已经不省人事的时候他们叫我进去了。她的嘴和下巴都被酸液烧伤了。看到她那可爱的皮肤满是伤痕真叫人心痛极了。她死得非常平静，还是护士告诉了我我才知道她已经死了。”

他累得连哭的力气都没有了。他浑身瘫软地仰面躺着，好像四肢的力量都已枯竭，没过一会儿便昏昏沉沉地睡着了。这是一个星期以来他第一次不靠吃安眠药自己进入了梦乡。自然对人有时候很残忍，有时候又很仁慈。我给他盖上被，把灯熄掉。第二天早晨我醒来的时候他仍然没有睡醒。他一夜连身都没翻，金边眼镜一直架在鼻梁上。

三十七

勃朗什·施特略夫死后因为情况复杂需要一关一关地办理许多道手续，但是最后我们还是取得了殡葬的许可证。跟随柩车到墓地去送葬的只有我同戴尔克两个人。去的时候走得很慢，回来的路上马车却小跑起来，柩车的车夫不断挥鞭抽打辕马，在我心上引起一种奇怪的恐怖感，仿佛是马车夫耸耸肩膀想赶快把死亡甩在后面似的。我坐在后面一辆马车上不时地看到前边摇摇摆摆的柩车；我们的马车夫也不断加鞭，不让自己的车辆落后。我感到我自己也有一种赶快把这件事从心里甩掉的愿望。对这件实际上与我毫不相干的悲剧我已开始厌烦了，我找了另外一些话题同施特略夫谈起来；虽然我这样做是为了解除自己的烦闷，却骗自己说是为了给施特略夫分一分神。

“你是不是觉得还是到别的地方去走一走的好？”我说，“现在再待在巴黎对你来说毫无意义了。”

他没有回答我，我却紧追不舍地问下去：

“你对于今后这一段日子有什么安排吗？”

“没有。”

“你一定得重新振作起来。为什么不到意大利去重新开始画画儿呢？”

他还是没有回答，这时我们的马车夫把我从窘境里解救了出来。他把速度降低了一些，俯过身来同我讲了一句什么。我听不清他说的是什么，只好把头伸出窗口去；他想知道我们在什么地方下车。我叫他稍微等一会儿。

“你还是来同我一起吃午饭吧，”我对戴尔克说，“我告诉马车夫在皮卡尔广场停车好不好？”

“我不想去了。我要回我的画室去。”

我犹豫了一会儿。

“你要我同你一起去吗？”我说。

“不要。我还是愿意独自回去。”

“好吧。”

我告诉车夫应该走的方向，马车继续往前走，我们两人又重新沉默起来。戴尔克自从勃朗什被送进医院那个倒霉的早上起就再也没回画室去。我很高兴他没有叫我陪伴他，我在他家门口同他分了手，如释重负地独自走开。巴黎的街道给了我新的喜悦，我满心欢喜地看着街头匆忙来往的行人。这一天天气很好，阳光灿烂，我感到我的心头洋溢着对生活的欢悦，这种感情比以往任何时候都更加强烈。我一点儿也由不得自己，我把施特略夫同他的烦恼完全抛在脑后。我要享受生活。

三十八

又有将近一个星期我没有再看到他。一天晚上刚过七点他来找我，约我出去吃晚饭。他身服重孝，圆顶硬礼帽上系着一条很宽的黑带子，连使用的手帕也镶着黑边。他的这身丧服说明在一次灾祸中他已经失去了世界上的一切亲属，甚至连姨表远亲也没有了。他的肥胖的身躯、又红又胖的面颊同身上的孝服很不协调。老天也真是残忍，竟让他这种无限凄怆悲惨带上某种滑稽可笑的成分。

他告诉我他已打定主意要到外国去，但并不是去我所建议的意大利，而是荷兰。

“我明天就动身。这也许是我们最后一次见面了。”

我说了一句适当的答话，他勉强地笑了笑。

“我已经有五年没回老家了。我想家里的情况我都忘记了。我好像离开祖传的老屋那么遥远，甚至都不好意思再回去探望它了。但是现在我觉得这是我唯一的栖身之地。”

施特略夫现在遍体鳞伤，他的思想又让他回去寻找慈母的温情抚慰。多少年来他忍受的揶揄嘲笑现在好像已经把他压倒，勃朗什对他的背叛给他带来了最后一次打击，使他失去了以笑脸承受讥嘲的韧性。他不能再同那些嘲笑他的人一起放声大笑了。他已经成了一个摒弃于社会之外的人。他对我讲他在一所整洁有序的砖房子里消磨掉的童年。他的母亲生性爱好整洁，厨房收拾得干干净净、锃光瓦亮，简直是个奇迹。锅碗瓢盆都放得有条不紊，任何地方也找不出一星灰尘。说实在的，他母亲爱好清洁简直有些过头了。我仿佛看到了一个干净利落的小老太太，生着红里透白的面颊，从早到晚手脚不停闲，终生勤劳，把屋子收拾得井井有条，一尘不染。施特略夫的父亲是个瘦削的老人，因为终生劳动，两手骨节扭结，不言不语，诚实耿直。晚饭后他大声读着报纸，妻子和女儿（现在已经嫁给一个小渔船船长了）珍惜时间，埋头做针线活。文明日新月异，这个小城却好像被抛在后面，永远也不会发生什么事情，如此年复一年，直到死亡最后来临，像个老友似地给那些勤苦劳动一生的人带来永久的安息。

“我父亲希望我像他一样做个木匠。我们家五代人都是干的这个行业，总是父一代子一代地传下去。也许这就是生活的智慧——永远踩着父亲的脚印走下去，既不左顾也不右盼。小的时候我对别人说我要同隔壁一家做马具人家的女儿结婚。她是一个蓝眼睛的小女孩，亚麻色的头发梳着一根小辫。要是同这个人结了婚，她也会把我的家收拾得井井有条，还会给我生个孩子接替我的行业。”

施特略夫轻轻叹了一口气，沉默了一会儿。他的思想萦回在可能发生的这些图景上，他自动放弃的这种安全稳定的生活使他无限眷恋。

“世界是无情的、残酷的。我们生到人世间没有人知道为了什么，我们死后没有人知道到何处去。我们必须自甘卑屈。我们必须看到冷清寂寥的美妙。在生活中我们一定不要出风头、露头角，惹起命运对我们注目。让我们去寻求那些淳朴、敦厚的人的爱情吧。他们的愚昧远比我们的知识更为可贵。让我们保持着沉默，满足于自己小小的天地，像他们一样平易温顺吧。这就是生活的智慧。”

这一番话我听着像是他意志消沉的自白，我不同意他这种自暴自弃的态度。但是我也不想同他争辩，宣讲我的处世方针。

“是什么使你想起当画家来呢？”我问他道。

他耸了耸肩膀。

“我凑巧有点儿绘画的才能。在学校读书的时候画图画得过奖。我的可怜的母亲很为我这种本领感到自豪，买了一盒水彩送给我。她还把我的图画拿给牧师、医生和法官去看。后来这些人把我送到阿姆斯特丹，让我试一试能不能考取奖学金入大学。我考取了。可怜的母亲，她骄傲得了不得。尽管同我分开使她非常难过，她还是强颜欢笑，不叫我看出她的伤心来。她非常高兴，自己的儿子能成为个艺术家。他们老两口省吃俭用，好叫我能够维持生活。当我的第一幅绘画参加展出的时候，他们到阿姆斯特丹看来了，我的父亲、母亲和妹妹都来了。我的母亲看见我的图画，眼泪都流出来了。”说到这里，施特略夫自己的眼睛也挂上了泪花。“现在老家的屋子四壁都挂着我的一张张画，镶在漂亮的金框子里。”

他的一张脸因为幸福的骄傲而闪闪发亮。我又想起来他画的那些毫无生气的景物，穿得花花绿绿的农民啊、丝柏树啊、橄榄树啊什么的。这些画镶着很讲究的金框子，挂在一家村舍的墙上是多么不伦不类呀！

“我那可怜的母亲认为她把我培养成一个艺术家是干了一件了不起的事，但是说不定要是父亲的想法得以实现，我如今只不过是个老老实实的木匠，对我说来倒更好一些。”

“现在你已经了解了艺术会给人们带来些什么。你还愿意改变你的生活吗？你肯放弃艺术给予你的所有那些快感吗？”

“艺术是世界上最伟大的东西。”他沉吟了片刻说。

他沉思地看了我一会儿，好像对一件什么事拿不定主意。最后，他开口说：

“你知道我去看思特里克兰德了吗？”

“你？”

我吃了一惊。我本来以为他非常恨他，决不会同他见面的。施特略夫的脸浮起一丝笑容。

“你已经知道我这人是没有自尊心的。”

“这话是什么意思？”

他给我说了一个奇异的故事。

三十九

我们那天埋葬了可怜的勃朗什，分手以后，施特略夫怀着一颗沉重的心走进自己的房子。他被什么驱使着向画室走去，也许是被某种想折磨自己的模糊的愿望，尽管他非常害怕他必将感到的剧烈痛苦。他拖着双脚走上楼梯，他的两只脚好像很不愿意往那地方移动。他在画室外面站了很久很久，拼命鼓起勇气来推门进去。他觉得一阵阵地犯恶心，想要呕吐。他几乎禁不住自己要跑下楼梯去把我追回来，求我陪着一起进去。他有一种感觉，仿佛画室里有人似的。他记得过去气喘吁吁地走上楼梯，总要在楼梯口站一两分钟，让呼吸平静一些再进屋子，可是又由于迫不及待想见到勃朗什（心情那么急切多么可笑！）呼吸总是平静不下来。每次见到勃朗什都使他喜不自禁，哪怕出门还不到一个钟头，一想到同她会面也兴奋得无法自持，就像分别了一月之久似的。突然间他不能相信她已经死了。所发生的事只应是一个梦，一个噩梦；当他转动钥匙打开门以后，他会看到她的身躯微俯在桌子上面，同夏尔丹的名画《饭前祷告》里面那个妇女的身姿一样优美。施特略夫一向觉得这幅画精美绝伦。他急忙从口袋里掏出钥匙，把门打开，走了进去。

房间不像没人住的样子。勃朗什习性整洁，施特略夫非常喜欢她这一点。他小时候的教养使他对别人爱好整洁的习惯极富同感。当他看到勃朗什出于天性样样东西都放得井井有条，他心里有一种热乎乎的感觉。卧室看上去像是她离开没有多久的样子：几把刷子整整齐齐地摆在梳妆台上，每一把放在一只梳子旁边；她在画室里最后一夜睡过的床铺不知有谁整理过，铺得平平整整；她的睡衣放在一个小盒子里，摆在枕头上面。真不能相信，她永远也不会回这间屋子里来了。

他感到口渴，走进厨房去给自己弄一点儿水喝。厨房也整齐有序。她同思特里克兰德吵嘴的那天晚上，晚饭使用的餐具已经摆好在碗架上，而且洗得干干净净。刀叉收好在一只抽屉里。吃剩的一块干酪用一件什么器皿扣起来，一个洋铁盒里放着一块面包。她总是每天上街采购，只买当天最需要的东西，因此从来没有什么东西留到第二天。从进行调查的警察那里施特略夫了解到，那天晚上思特里克兰德一吃过晚饭就离开了这所房子，而勃朗什居然还像通常一样洗碟子刷碗，这真叫人不寒而栗。勃朗什临死以前还这样有条有理地做家务活儿，这说明了她的自杀是周密计划的。她的自制能力让人觉得可怕。突然间，施特略夫感到心如刀绞，两膝发软，几乎跌倒在地上。他回到卧室，一头扎在床上，大声地呼唤着她的名字：

“勃朗什！勃朗什！”

想到她受的那些罪孽，施特略夫简直无法忍受。他的脑子里忽然闪现出她的幻影：她正站在厨房里——一间比柜橱大不了多少的厨房——刷洗盘碗，擦拭刀叉，在刀架上把几把刀子飞快地蹭了几下，然后把餐具一一收拾起来。接着她把污水池擦洗了一下，把抹布挂起来——直到现在这块已经磨破的灰色抹布还在那里挂着。她向四边看了看，是否一切都已收拾整齐。他仿佛看见她把卷起的袖口放下来，摘下了围裙——围裙挂在门后边的一个木栓上，然后拿起了装草酸的瓶子，走进了卧室。

痛苦使他一下子从床上跳起来，冲出了屋子。他走进了画室。屋子里很黑，因为大玻璃窗上还挡着窗帘。他一把把窗帘拉开。但是当他把这间他在里面曾经感到那么幸福的房间飞快地看了一眼以后，不禁呜咽出声来。屋子一点儿也没有变样。思特里克兰德对环境漠不关心，他在别人的这间画室住着的时候从来没有想到把什么东西改换个位置。这间屋子经过施特略夫精心布置很富于艺术趣味，表现出施特略夫心目中艺术家应有的生活环境。墙上悬着几块织锦，钢琴上铺着一块美丽的但光泽已有些暗淡的丝织品，一个墙角摆着美洛斯的维纳斯①的复制品，另一个墙角摆着麦迪琪的维纳斯②复制品。这里立着一个意大利式的小柜橱，柜橱顶上摆着一个

① 一称“断臂的阿芙罗底德”，1820年在希腊美洛斯发现的古希腊云石雕像，现存巴黎卢佛尔宫。

② 十七世纪在意大利发掘出的雕像，因长期收藏在罗马麦迪琪宫，故得名，现收藏于佛罗伦萨乌菲兹画廊。

德尔夫特[①]的陶器；那里挂着一块浮雕美术品。一个很漂亮的金框子里镶着委拉斯凯兹的名画《天真的X》的描本，这是施特略夫在罗马的时候描下来的；另外，还有几张他自己的画作，嵌着精致的镜框，陈列得极富于装饰效果。施特略夫一向对自己的审美感非常自豪，对自己这间具有浪漫情调的画室他总是欣赏不够。虽然在目前这样一个时刻，这间屋子好像在他心头戳了一刀，他还是不由自主地把一张路易十五时代的桌子稍微挪动了一下。这张桌子是他最珍爱的物品之一。突然，他发现有一幅画面朝里地挂在墙上。这幅画的尺寸比他自己通常画的要大得多，他很奇怪为什么屋子里摆着这么一幅画。他走过去把它翻转过来，想看一看上面画的是什么。他发现这是一张裸体的女人像。他的心开始剧烈地跳动起来，因为他马上就猜到这是思特里克兰德的作品。他气呼呼地把它往墙上一摔，思特里克兰德把画留在这里有什么用意？因为用力过猛，画掉了下来，面朝下地落到地上。不管是谁画的，他也不能叫它扔在尘土里；他把它捡了起来。这时他的好奇心占了上风，他想要好好地看一看，于是他把这张画拿到画架上摆好，往后退了两步，准备仔细瞅一瞅。

他倒抽了一口气。画面是一个女人躺在长沙发上，一只胳臂枕在头底下，另一只顺着身躯平摆着，屈着一条退，另一条伸直。这是一个古典的姿势。施特略夫的脑袋嗡的一下胀了起来。画面中的女人是勃朗什。悲痛、忌妒和愤怒一下子把他抓住，他一句完整的

① 德尔夫特系荷兰西部一个小城，以生产蓝白色上釉陶器闻名。

话也说不出，只是嘶哑地喊叫了一声。他握紧了拳头对着看不见的敌人摇晃着。他开始扯直了喉咙尖叫起来。他快要发疯了。他实在忍受不了，这简直太过分了。他向四周看了看，想寻找一件器具，把这幅画砍个粉碎，一分钟也不允许它在这个世界上存在。但是身边并没有任何合手的武器，他在绘画用品里翻寻了一遍，不知为什么还是什么也没有找到。他简直发狂了。最后他终于找到了他需要的东西——一把刮油彩用的大刮刀。他一把把刮刀抄起来，发出一声胜利的喊叫，像擎着一把匕首似地向那幅图画奔去。

施特略夫给我讲这个故事的时候同事情发生的当时一样激动，他把放在我俩中间桌子上的一把餐刀拿起来，拼命挥舞着。他抬起一只胳臂，仿佛要扎下来的样子。接着，突然把手一松，刀子哐啷一声掉在地上。他望着我，声音颤抖地笑了笑，没有再说话。

“快说啊！”我催他道。

“我说不清楚自己是怎么回事，正当我要在画上戳个大洞的时候，当我已经抬起胳臂正准备往下扎的时候，突然间我好像看见它了。”

“看见什么了？”

“那幅画。一件珍贵的艺术品。我不能碰它。我害怕了。”

施特略夫又停顿下来，直勾勾地盯着我，张着嘴，一对又蓝又圆的眼珠似乎都要凸出来了。

“那真是一幅伟大的、奇妙的绘画。我一下子被它震骇住了。我几乎犯了一桩可怕的罪行。我移动了一下身体，想看得更清楚一些，我的脚踢在刮刀上。我打了个冷战。”

激动着施特略夫的那种感情我确实体会到了；他说的这些话奇怪地把我打动了。我好像突然被带进一个全部事物的价值都改变了的世界里。我茫然不知所措地站在一旁，好像一个到了异乡的陌生人，在那里，一个人对于他所熟悉的事物的各种反应都与过去的不同了。施特略夫尽量想把他见到的这幅画描述给我听，但是他说得前言不搭后语，许多意思都只能由我猜测。思特里克兰德已经把那一直束缚着的桎梏打碎了。他并没有像俗话所说的“寻找到自己”，而是寻找到一个新的灵魂，一个具有意料不到的巨大力量的灵魂。这幅画之所以能显示出这样强烈、这样独特的个性，并不只是因为它那极为大胆的简单的线条，不只是因为它的处理方法（尽管那肉体被画得带有一种强烈的、几乎可以说是奇妙的情欲），也不只是因为它给人的实体感，使你几乎奇异地感觉到那肉体的重量，而且还因为它有一种纯精神的性质，一种使你感到不安、感到新奇的精神，把你的幻想引向前所未经的路途，把你带到一个朦胧空虚的境界，那里为探索新奇的神秘只有永恒的星辰在照耀，你感到自己的灵魂了无牵挂，正经历着各种恐怖和冒险。

如果我在这里有些舞文弄墨，使用了不少形象比喻，这是因为施特略夫当时就是这么表达他自己的。（估计大家都知道，一旦感情激动起来，一个人会很自然地玩弄起文学辞藻来的。）施特略夫企图表达的是一种他过去从来没经历过的感觉，如果用一般的言语，他简直不知道该如何说出口来。他像是一个神秘主义者费力地宣讲一个无法言传的道理。但是有一件事我还是清楚的：人们动不动就谈美，实际上对这个词并不理解；这个词已经使用得太滥，失去了原有的力量；因为成千上万的琐屑事物都分享了“美”的称号，这个词已经被剥夺掉它的崇高的含义了。一件衣服，一只狗，一篇布道词，什么东西人们都用“美”来形容，当他们面对面地遇到真正的美时，反而认不出它来了。他们用以遮饰自己毫无价值的思想的虚假夸大使他们的感受力变得迟钝不堪。正如一个假内行有时也会感觉到自己是在无中生有地伪造某件器物的精神价值一样，人们已经失掉了他们用之过滥的赏识能力。但是施特略夫，这位本性无法改变的小丑，对于美却有着真挚的爱和理解，正像他的灵魂也是诚实、真挚的一样。对他说来，美就像虔诚教徒心目中的上帝一样；一旦他见到真正美的事物，他变得恐惧万分。

“你见到思特里克兰德的时候，对他说什么了？”

“我邀他同我一起到荷兰去。”

我愣在那里，一句话也说不出来，目瞪口呆地直勾勾地望着他。

“我们两人都爱勃朗什。在我的老家也有地方给他住。我想叫他同贫寒、淳朴的人们在一起，对他的灵魂是有好处的。我想他也许能从这些人身上学到一些对他有用的东西。”

“他说什么？”

“他笑了笑。我猜想他一定觉得我这个人非常蠢。他说他没有那么多闲工夫。”

我真希望思特里克兰德用另一种措辞拒绝施特略夫的邀请。

“他把勃朗什的这幅画送给我了。”

我很想知道思特里克兰德为什么要这样做，但是我什么也没有说。好大一会儿，我们两人都没有说话。

“你那些东西怎么处置了？”最后我问道。

“我找了一个收旧货的犹太人，他把全部东西都买了去，给了我一笔整钱。我的那些画我准备带回家去。除了画以外，我还有一箱子衣服，几本书，此外，在这个世界上我什么财产也没有了。”

“我很高兴你回老家去。”我说。

我觉得他还是有希望让过去的事成为过去的。我希望随着时间的流逝，现在他觉得无法忍受的悲痛会逐渐减轻，记忆会逐渐淡薄；老天是以慈悲为怀的！他终究会再度挑起生活的担子来的。他年纪还很轻，几年以后再回顾这一段惨痛遭遇，在悲痛中或许不无某种愉悦的感觉。或迟或早，他会同一个朴实的荷兰女人结婚，我相信他会生活得很幸福的。想到他这一辈子还会画出多少幅蹩脚的图画来，我的脸上禁不住浮现出笑容。

第二天我就送他启程回阿姆斯特丹去了。

四十

在施特略夫离开以后的一个月里，我忙于自己的事务，再也没有见到过哪个同这件悲惨事件有关的人，我也不再去想它了。但是有一天，正当我外出办事的时候，却在路上看到了查理斯·思特里克兰德。一见到他，那些我宁肯忘掉的令人气愤的事马上又回到我的脑子里来，我对这个造成这场祸事的人感到一阵嫌恶。但是佯装不见也未免太孩子气，我还是对他点了点头，然后加快了脚步，继续走自己的路。可是马上就有一只手搭在我的肩膀上。

“你挺忙啊。”他热诚地说。

对于任何一个不屑于理他的人他总是非常亲切，这是思特里克兰德的一个特点。从我刚才同他打招呼时的冷淡态度，他清楚地知道我对他的看法。

“挺忙。”我的回答非常简短。

“我同你一起走一段路。”他说。

“干什么？”我问。

“因为高兴同你在一起。”

我没有说什么，他默不作声地伴着我走。我们就这样走了大约四分之一里路。我开始觉得有一点儿滑稽。最后我们走过一家文具店，我突然想到我不妨进去买些纸，这样我就可以把他甩掉了。

“我要进去买点儿东西，”我说，“再见。”

“我等着你。”

我耸了耸肩膀，便走进文具店去。我想到法国纸并不好，既然我原来的打算已经落空，自然也就用不着买一些我不需要的东西增加负担了。于是我问了一两样他们准不会有的东西，一分钟以后就走出来了。

“买到你要买的东西了吗？”他问。

“没有。”

我们又一声不响地往前走，最后走到一处几条路交叉的路口。我在马路边上停下来。

“你往哪边走？”我问他。

“同你走一条路。”

“我回家。”

“我到你那里去抽一斗烟。”

“你总得等人请你吧。”我冷冷地说。

“要是我知道有被邀请的可能我就等着了。”

“你看到前面那堵墙了吗？”我问，向前面指了一下。

“看到了。”

“要是你还有这种眼力，我想你也就会看到我并不欢迎你了。”

“说老实话，我猜到了这一点。”

我扑哧地一声笑了。我不能讨厌一个能惹我发笑的人，这也许是我性格上的一个弱点。但是我马上就绷起脸来。

“我觉得你是一个非常讨厌的人。我怎么会那么倒霉，认识了你这么一个最惹人嫌的东西。你为什么偏偏要缠着一个讨厌你、看不起你的人呢？”

“你以为我很在意你对我的看法吗，老兄？”

“真见鬼！”我说，因为感觉到我的动机一点儿也站不住脚，反而装出一副更加气愤的样子。“我不想认识你。”

“你怕我会把你带坏了吗？”

他的语气让我觉得自己非常可笑。我知道他正斜着眼睛看我，脸上带着讥嘲的笑容。

“我猜想你手头又窘了吧！”我傲慢地说。

“要是我还认为有希望能从你手里借到钱，那我真是个大傻瓜了。”

“要是你硬逼着自己讨别人喜欢，那说明你现在已经穷得没有办法了。”

他咧开嘴笑了笑。

“只要我不时地能叫你开开心，你是永远也不会真正讨厌我的。”

我不能不咬住嘴唇才憋着没有笑出来。他说的话尽管可恶，却有一定的真实性。此外，我的性格还有一个弱点：不论什么人，尽管道德上非常堕落，但只要能够和我唇枪舌剑，针锋相对，我还是愿意同他在一起的。我开始觉得我对思特里克兰德的厌恶只有靠我单方面努力才能维持下去。我认识到我精神上的弱点，看到我对他的态度实在有点儿装腔作势。而且我还知道，如果我自己已经感觉到这点，思特里克兰德的敏锐的观察力是不会看不到的。他肯定正在暗暗地笑我呢。我耸了耸肩膀，没有再说什么，让他在这场舌战中占了上风。

四十一

我们走到我住的房子。我不想对他说什么“请进来坐”这类的客气话，而是一言不发地自己走上了楼梯。他跟在后面，踩着我的脚后跟走进我的住房。他过去从来没到我这地方来过，但对我精心布置的屋子连看也不看一眼。桌子上摆着一铁罐烟草，他拿出烟斗来，装了一斗烟。接着，他坐在一把没有扶手的椅子上，身体往后一靠，跷起椅子的前腿。

“要是你想舒服一下，为什么不坐在安乐椅上？”我愤愤地问道。

“你为什么对我的舒适这么关心？”

“我并不关心，”我反驳说，“我关心的是自己。我看见别人坐在一把不舒服的椅子上自己就觉得不舒服。”

他咯咯地笑了笑，但是没有换地方。他默默地抽着烟斗，不再理睬我；看来他正在沉思自己的事。我很奇怪他为什么到我这地方来。

作家对那些吸引着他的怪异的性格本能地感兴趣，尽管他的道德观不以为然，对此却无能为力；直到习惯已成自然，他的感觉变得迟钝以后，这种本能常常使他非常狼狈。他喜欢观察这种多少使他感到惊异的邪恶的人性，自认这种观察是为了满足艺术的要求，但是他的真挚却迫使他承认：他对于某些行为的反感远不如对这些行为产生原因的好奇心那样强烈。一个恶棍的性格如果刻画得完美而又合乎逻辑，对于创作者是具有一种魅惑的力量的，尽管从法律和秩序的角度看，他绝不该对恶棍有任何欣赏的态度。我猜想莎士比亚在创作埃古[①]时可能比他借助月光和幻想构思苔丝德梦娜[②]怀着更大的兴味。说不定作家在创作恶棍时实际上是在满足他内心深处的一种天性，因为在文明社会中，风俗礼仪迫使这种天性隐匿到潜意识的最隐秘的底层下，给予他虚构的人物以血肉之躯，也就是使他那一部分无法表露的自我有了生命。他得到的满足是一种自由解放的快感。

作家更关心的是了解人性，而不是判断人性。

我的灵魂对思特里克兰德确实感到恐怖，但与恐怖并存的还有一种叫我心寒的好奇心：我想寻找出他行为的动机。他使我困惑不解，他对那些那么关怀他的人制造了一出悲剧，我很想知道他对自己一手制造的这出悲剧究竟抱什么态度。我大胆地挥舞起手术刀来。

“施特略夫对我说，你给他妻子画的那幅画是你的最好的作品。”

---

① 莎士比亚戏剧《奥瑟罗》中的反面人物。

② 《奥瑟罗》主人公奥瑟罗的妻子。

思特里克兰德把烟斗从嘴里拿出来，微笑使他的眼睛发出亮光。

“画那幅画我非常开心。”

“为什么你要给他？”

“我已经画完了。对我没有用了。”

“你知道施特略夫差点儿把它毁掉吗？”

“那幅画一点儿也不令人满意。”

他沉默了一会儿，接着又把烟斗从嘴里拿出来，呵呵地笑出声来。

“你知道那个小胖子来找过我吗？”他说。

“他说的话没有使你感动吗？”

“没有。我觉得他的话软绵绵的，非常傻气。”

“我想你大概忘了，是你把他的生活毁了的。”我说。

他沉思地摩挲着自己长满胡须的下巴。

“他是个很蹩脚的画家。”

“可是他是个很好的人。”

“还是一个手艺高超的厨师，”思特里克兰德嘲弄地加添了一句。

他心肠冷酷到没有人性的地步，我气愤得要命，一点儿也不想给他留情面。

“我想你可以不可以告诉我——我问这个问题只是出于好奇，你对勃朗什·施特略夫的惨死良心上一点儿也不感到内疚吗？”

我瞅着他的脸，看他的面容有没有什么变化，但是他的脸仍然毫无表情。

“为什么我要内疚？”

“让我把事情的经过向你摆一摆。你病得都快死了，戴尔克·施特略夫把你接到自己家里，像你亲生父母一样服侍你。为了你，他牺牲了自己的时间、金钱和安逸的生活。他把你从死神的手里夺了回来。”

思特里克兰德耸了耸肩膀。

“那个滑稽的小胖子喜欢为别人服务。这是他的习性。”

“就说你用不着对他感恩，难道你就该霸占他的老婆？在你出现在他们家以前，人家生活得非常幸福。为什么你非要插进来不可呢？”

“你怎么知道他们生活得幸福？”

“这不是明摆着的事吗？”

“你什么事都看得很透。你认为他为她做了那件事，她会原谅他？”

“你说的是什么事？”

“你不知道他为什么同她结婚吗？”

我摇了摇头。

“她原来是罗马一个贵族家里的家庭教师，这家人的少爷勾引了她。她本以为那个男的会娶她做妻子，没想到却被这家人一脚踢了出来。她快临产了，想要自杀。这时候施特略夫发现了她，同她结了婚。”

“施特略夫正是这样一个人。我从来没有见过哪个人像他那样富于侠义心肠的。”

原先我就一直奇怪，这一对无论从哪一方面讲都不相配的人是怎么凑到一块儿的，但是我从来没有想过竟会是这么一回事。戴尔克对他妻子的爱情与一般夫妻的感情很不相同，原因也许就在这里。我发现他对她的态度有一些超过了热情的东西。我也记得我总是怀疑勃朗什的拘谨沉默可能掩藏着某种我不知道的隐情。现在我明白了，她极力隐藏的远远不止是一个令她感到羞耻的秘密。她的安详沉默就像笼罩着暴风雨侵袭后的岛屿上的凄清宁静。她有时显出了快活的笑脸也是绝望中的强颜欢笑。我的沉思被思特里克兰德的话声打断了，他说了一句非常尖刻的话，使我大吃一惊。

“女人可以原谅男人对她的伤害，”他说，“但是永远不能原谅他对她做出的牺牲。”

“你这人是不会引起同你相识的女人恼恨的，这一点你倒可以放心。”我顶了他一句。

他的嘴角上浮现起一丝笑容。

“你为了反驳别人从来不怕牺牲自己的原则。”他回答说。

“那个孩子后来怎么样了？”

“流产了，在他们结婚三四个月之后。”

这时我提出了最使我迷惑不解的那个问题。

“你可以不可以告诉我为什么你要招惹勃朗什·施特略夫？”

他很久很久没有回答，我几乎想再重复一遍我的问题了。

“我怎么知道？”最后他说，“她非常讨厌我，几乎见不得我的面，所以我觉得很有趣。”

“我懂了。”

他突然一阵怒火上撞。

“去他妈的，我需要她。”

但是他马上就不生气了，望着我，微微一笑。

“开始的时候她简直吓坏了。”

“你对她说明了吗？”

“不需要。她知道。我一直没有说一句。她非常害怕。最后我得到了她。”

在他给我讲这件事的语气里，我不知道有一种什么东西，非常奇特地表示出他当时的强烈的欲望。它令人感到惊措不安，或者甚至可以说非常恐怖。他平日的生活方式很奇特，根本不注意身体的需求。但是有些时候他的肉体却好像要对他的精神进行一次可怕的报复。他内心深处的那个半人半兽的东西把他捉到手里，在这种具有大自然的原始力量的天性的掌心里他完全无能为力。他被牢牢地抓住，什么谨慎啊，感恩啊，在他的灵魂里都一点儿地位也没有了。

“但是你为什么要把她拐走呢？”我问。

“我没有，”他皱了皱眉头说，“当她说她要跟着我的时候，我差不多同施特略夫一样吃惊。我告诉她当我不再需要她的时候，她就非走开不可，她说她愿意冒这个险。”思特里克兰德停了一会儿。“她的身体非常美，我正需要画一幅裸体画。等我把画画完了以后，我对她也就没有兴趣了。”

“她可是全心地爱着你啊。”

他从座位上跳起来，在我的小屋子里走来走去。

“我不需要爱情。我没有时间搞恋爱。这是人性的一个弱点。我是个男人，有时候我需要一个女性。但是一旦我的情欲得到了满足，我就准备做别的事了。我无法克服自己的欲望，我恨它，它囚禁着我的精神。我希望将来能有一天，我会不再受欲望的支配，不再受任何阻碍地全心投入到我的工作中去。因为女人除了谈情说爱不会干别的，所以她们把爱情看得非常重要，简直到了可笑的地步。她们还想说服我们，叫我们也相信人的全部生活就是爱情。实际上爱情是生活中无足轻重的一部分。我只懂得情欲。这是正常的，健康的。爱情是一种疾病。女人是我享乐的工具，我对她们提出什么事业的助手、生活的侣伴这些要求非常讨厌。”

思特里克兰德从来没有对我一次讲这么多话。他说话的时候带着一肚子的怒气。但是不论是这里或是在其他地方，我都不想把我写下来的假充为他的原话。思特里克兰德的词汇量很少，也没有组织句子的能力，所以一定得把他的惊叹词、他的面部表情、他的手势同一些平凡陈腐的词句串联起来才能弄清楚他的意思。

“你应该生活在妇女是奴隶、男人是奴隶主的时代。”我说。

“偏偏我生来是一个完全正常的男人。”

他一本正经地说了这么一句话，不由得又使我笑起来。他却毫不在意地只顾说下去，一边在屋子里走来走去。但是尽管他全神贯注地努力想把自己感觉到的表达出来，却总是词不达意。

“要是一个女人爱上了你，除非连你的灵魂也叫她占有了，她是不会感到满足的。因为女人是软弱的，所以她们具有非常强烈的统治欲，不把你完全控制在手就不甘心。女人的心胸狭窄，对那些她理解不了的抽象东西非常反感。她们满脑子想的都是物质的东西，所以对于精神和理想非常妒忌。男人的灵魂在宇宙的最遥远的地方遨游，女人却想把它禁锢在家庭收支的账簿里。你还记得我的妻子吗？我发觉勃朗什一点一点地施展起我妻子的那些小把戏来。她以无限的耐心准备把我网罗住，捆住我的手脚。她要把我拉到她那个水平上，她对我这个人一点儿也不关心，唯一想的是叫我依附于她。为了我，世界上任何事情她都愿意做，只有一件事除外：不来打搅我。”

我沉默了一会儿。

“你离开她以后想到她要做什么吗？”

“她满可以回到施特略夫身边去的，”他气冲冲地说，“施特略夫巴不得她回去的。”

“你不通人性，”我回答说。“同你谈这些事一点儿用也没有，就像跟瞎子形容颜色一样。”

他在我的椅子前边站住，低下头来望着我。我看出来他脸上的表情满含轻蔑，又充满了惊诧。

“勃朗什·施特略夫活着也好，死了也好，难道你真的那么关心吗？”

我想了想他提出的这个问题，因为我想真实地回答，无论如何一定要是我的真实思想。

“如果说她死了对我一点儿也无所谓，那我也未免太没有人性了。生活能够给她的东西很多，她这样残酷地被剥夺去生命，我认为是一件非常可怕的事。但是我也觉得很惭愧，因为说实在的，我并不太关心。”

“你没有勇气坦白承认你真正的思想。生命并没有什么价值。勃朗什·施特略夫自杀并不是因为我抛弃了她，而是因为她太傻，因为她精神不健全。但是咱们谈论她已经够多的了，她实在是个一点儿也不重要的角色。来吧，我让你看看我的画。”

他说话的样子，倒好像我是个小孩子，需要他把我的精神岔开似的。我气得要命，但与其说是对他倒不如说对我自己。我回想起这一对夫妻——施特略夫同他的妻子，在蒙特玛特尔区一间舒适的画室中过的幸福生活，他们两人淳朴、善良、殷勤好客，这种生活竟由于一件无情的偶然事件被打得粉碎，我觉得这真是非常残忍的。但是最最残忍的还是，这件事对别人并没有什么影响。人们继续生活下去，谁也没有因为这个悲剧而活得更糟。我猜想，就连戴尔克不久也会把这件事遗忘，因为尽管他反应强烈，一时悲恸欲绝，感情却没有深度。至于勃朗什自己，不论她最初步入生活时曾怀有何等美妙的希望与梦想，死了以后，同她根本没有降临人世又有什么两样？一切都是空虚的，没有意义的。

思特里克兰德拿起了帽子，站在那里看着我。

“你来吗？”

“你为什么要同我来往？”我问他，“你知道我讨厌你，鄙视你。”

他咯咯地笑了笑，一点儿也没有恼怒。

“你同我吵嘴，实际上是因为我根本不在乎你对我的看法。”

我感到自己的面颊气得通红。你根本无法使他了解，他的冷酷、自私能叫人气得火冒三丈。我恨不得一下子刺穿了他那副冷漠的甲胄。但是我也知道，归根结底，他的话也不无道理。虽然我们没有明确意识到，说不定我们还是非常重视别人看重不看重我们的意见、我们在别人身上是否有影响力的。如果我们对一个人的看法受到他的重视，我们就沾沾自喜，如果他对这种意见丝毫也不理会，我们就讨厌他。我想这就是自尊心中最厉害的创伤。但是我并不想叫思特里克兰德看出我的这种气恼。

“一个人可能完全不理会别人吗？”我说，与其说是问他还不如说是问我自己，“生活中无论什么事都和别人息息相关，要想只为自己孤零零地一个人活下去是个十分荒谬的想法。早晚有一天你会生病，会变得老态龙钟，到那时候你还得爬着回去找你的同伙。当你感到需要别人的安慰和同情的时候，你不羞愧吗？你现在要做的是一件根本不可能的事。你身上的人性早晚会渴望同其他的人建立联系的。”

“去看看我的画吧！”

“你想到过死吗？”

“何必想到死？死有什么关系？”

我凝望着他。他一动不动地站在我面前，眼睛里闪着讥嘲的笑容。但是尽管他脸上是这种神情，一瞬间我好像还是看到一个受折磨的、炽热的灵魂正在追逐某种远非血肉之躯所能想象的伟大的东西。我瞥见的是对某种无法描述的事物的热烈追求。我凝视着站在我面前的这个人，衣衫褴褛，生着一个大鼻子和炯炯发光的眼睛，火红的胡须，蓬乱的头发。我有一个奇怪的感觉，这一切只不过是个外壳，我真正看到的是一个脱离了躯体的灵魂。

“好吧，去看看你的画吧。”我说。

四十二

我不知道为什么思特里克兰德突然主动提出来要让我看他的画，但是对这样一个机会我是非常欢迎的。作品最能泄露一个人的真实思想和感情。在交际应酬中，一个人只让你看到他希望别人接受他的一些表面现象，你只能借助他无意中做出的一些小动作，借助不知不觉中掠过他脸上的一些表情对他做出正确的了解。有些时候，人们把一副假面装得逼真，时间久了，他们真会变成他们装扮的这样一个人了。但是在他写的书、画的画里面，他却毫无防范地把自己显露出来。如果他作势唬人，那只能暴露出他的空虚。他那些涂了油漆冒充铁板的木条还会看出来只不过是木条。假充具有独特的个性无法掩盖平凡庸俗的性格。对于一个目光敏锐的观察者，即使一个人信笔一挥的作品也完全可以泄露他灵魂深处的隐秘。

我必须承认，当我走上思特里克兰德住处的无穷无尽的楼梯时，我感到有一些兴奋。我似乎马上就要步入一场奇异的冒险。我好奇地环顾了一下他的小屋子。这间屋子好像比我记忆中的更小、家具什物也更少了。我有些朋友总需要宽大的画室，坚持要条件必备才能作画，我倒想知道他们对这间画室做何感想。

“你最好站在这儿。”他指着一块地方说，他可能认为在他把画拿给我看的时候，这是一个最适合观赏的角度。

“我想你不愿意我说话吧。”我说。

“这还用问，他妈的。我要你闭住你的嘴巴。”

他把一幅画放在画架上，叫我看一两分钟，然后取下来再放上另一张。我估计他一共给我看了三十来张。这是他作画以来六年的成绩。他一张也没有出售。画幅小一些的是静物，最大的是风景。有半打左右是人物、肖像。

“就是这些。”最后他说。

我真希望当时我就能看出这些画如何美、具有如何伟大的独创的风格。这些画里面有许多幅我后来又有机会重新欣赏过，另外一些通过复制品我也非常熟悉了；我真有些奇怪，当我初次看画的时候，为什么居然感到非常失望。我当时丝毫也没有感到艺术品本应该给我的那种奇异的激动。我看到思特里克兰德的绘画，只有一种惶惑不安的感觉；实际上，我当时根本没有想到要购买一幅，这是我永远不能原谅自己的。我真是失去了一个大好的机会。这些画大多数后来都被博物院收买去了，其余的则成为有钱的艺术爱好者的珍藏品。我努力给自己找一些辩解。我认为我还是有鉴赏力的，只不过我认识到自己缺少创见。我对于绘画了解得不多，我只是沿着别人替我开辟的路径走下去。当时我最佩服的是印象派画家，渴望弄到一张西斯莱[1]或德加[2]的作品，另外，我对马奈也非常崇拜，他的那幅《奥林庇亚》我觉得是当代最伟大的绘画，《草地上的早餐》也使我非常感动。我认为在当代绘画中再也没有别的作品能超过这几幅画了。

我不准备描写思特里克兰德拿给我看的那些画了。对绘画进行描述是一件枯燥乏味的事，再说，所有热衷此道的人对这些画早已了如指掌了。今天，当思特里克兰德对近代绘画已经产生了这么大的影响，当他同少数几个人首先探索的那块蛮荒之地已经测绘了详细地图之后，再有谁第一次看到他的画，早已有了心理准备了，而我则是破题儿第一遭看见这类作品，这一事实请读者务必记住。首先，我感到震撼的是他画法的笨拙。我看惯了的那些古老画师的作品，并且坚信安格尔是近代最伟大的画家，因此就认为思特里克兰德画得非常拙劣。我根本不了解他所追求的简朴。我还记得他画的一张静物，一只盘子上放着几只橘子，我发现他画的盘子并不圆，橘子两边也不对称，我就感到迷惑不解。他画的头像比真人略大一些，给人以粗笨的感觉。在我的眼睛里，这些头像画得像是一些漫画，他的画法对我说来也完全是新奇的。我更看不懂的是那些风景画。有两三张画的是枫丹白露的树林，另外一些是巴黎市街。我的第一个感觉是，这些画好像是出自一个喝醉酒的马车夫的手笔。我完全被弄糊涂了。他用的色彩我也觉得出奇的粗犷。我当时心想，

① 阿尔弗雷德·西斯莱（1839—1899），法国画家。

② 埃德迦·德加（1834—1917），法国画家。

这些绘画简直是一出没有谁能理解的滑稽戏。现在回想起来，施特略夫当时真称得起独具慧眼了。他从一开始就看到这是绘画史上的一个革命，今天全世界都已承认的伟大天才，他早在最初的那些年代就已辨识出来了。

但是即使说思特里克兰德的画当时使我感到困惑不解，却不能说这些画没有触动我。尽管我对他的技巧懵然无知，我还是感到他的作品有一种努力要表现自己的真正力量。我感到兴奋，也对这些画很感兴趣。我觉得他的画好像要告诉我一件什么事，对我说来，了解这件事是非常重要的，但我又说不出来那究竟是什么。这些画我觉得一点儿不美，但它们却暗示给我——是暗示而不是泄露——一个极端重要的秘密。这些画奇怪地逗弄着我。它们引起我一种我无法分析的感情。它们诉说着一件语言无法表达的事。我猜想，思特里克兰德在有形的事物上模模糊糊地看到某种精神意义，这种意义非常奇异，他只能用很不完善的符号勉强把它表达出来，仿佛是他在宇宙的一片混乱中找到了一个新的图案，正在笨拙地把它描摹下来，因为力不从心，心灵非常痛苦。我看到的是一个奋力寻求表现手段的备受折磨的灵魂。

“我怀疑，你的手段是否选择对了。”我说。

“你说的是什么意思？”

“我想你是在努力表达些什么。虽然我不太清楚你想要表达的是什么，但我很怀疑，绘画对你来说是不是最好的表达方法。”

我曾经幻想，看过他的图画以后，我也许多少能够了解一些他的奇怪的性格，现在我知道我的想法错了。他的画只不过更增加了他已经在我心中引起的惊诧。我比没看画以前更加迷惘了。只有一件事我觉得我是清楚的——也许连这件事也是我的幻想——，那就是，他正竭尽全力想挣脱掉某种束缚着他的力量。但是这究竟是怎样的一种力量，他又将如何寻求解脱，我一直弄不清楚。我们每个人生在世界上都是孤独的。每个人都被囚禁在一座铁塔里，只能靠一些符号同别人传达自己的思想，而这些符号并没有共同的价值，因此它们的意义是模糊的、不确定的。我们非常可怜地想把自己心中的财富传送给别人，但是他们却没有接受这些财富的能力。因此我们只能孤独地行走，尽管身体互相依傍却并不在一起，既不了解别的人也不能为别人所了解。我们好像是住在异国的人。对于这个国家的语言懂得非常少，虽然我们有各种美妙的、深奥的事情要说，却只能局限于会话手册上那几句陈腐、平庸的话。我们的脑子里充满了各种思想，而我们能说的只不过是像“园丁的姑母有一把伞在屋子里”这类话。

他的这些画给我的最后一个印象是他为了表现某一精神境界所做的惊人的努力。我认为，要想解释他的作品为什么使我这样惶惑不解，也必须从这一角度去寻找答案。对于思特里克兰德，色彩和形式显然具有一种独特的意义。他几乎无法忍受地感到必须把自己的某种感受传达给别人，这是他进行创作的唯一意图。只要他觉得能够接近他追寻的事物，采用简单的线条也好，画得歪七扭八也好，他一点儿也不在乎。他根本不考虑真实情况，因为他要在一堆互不相关的偶然的现象下面寻找他自己感到意义重大的事物。他好像已经抓到了宇宙的灵魂，一定要把它表现出来不可。尽管这些画使我困惑、混乱，我却不能不被它们特有的热情所触动。我觉得看过这些画以后心里产生了一种感情，我绝没想到对思特里克兰德会有这样一种感情——我感到非常非常同情他。

“我想我现在懂得了，你为什么屈从于对勃朗什·施特略夫的感情了。”我对他说。

“为什么？”

“我想你失掉勇气了。你肉体的软弱感染了你的灵魂。我不知道是怎样一种无限思慕之情把你攫在手中，逼着你走上一条危险的、孤独的道路，你一直在寻找一个地方，希望到达那里就可以使自己从那折磨着你的精灵手里解放出来。我觉得你很像一个终生跋涉的香客，不停地寻找一座可能根本不存在的神庙。我不知道你寻求的是什么不可思议的路。你自己知道吗？也许你寻找的是真理同自由，在一个短暂的时间里你认为或许能在爱情中获得解脱。我想，你的疲倦的灵魂可能期望在女人的怀抱里求得休憩，当你在那里没能找到的时候，你就开始恨她了。你对她一点儿也不怜悯，因为你对自己就不怜悯。你把她杀死是因为惧怕，因为你还为你刚刚逃脱的危险而瑟瑟发抖呢。”

他揪着自己的胡子干笑了一下。

“你真是个可怕的感伤主义者，可怜的朋友。”

一个星期以后，我偶然听说他已经到马赛去了。我再也没有看见过他。

四十三

回过头来看一下，我发现我写的关于查理斯·思特里克兰德的这些事似乎很难令人满意。我把自己知道的一些事情记载下来，但是我写得并不清楚，因为我不了解它们发生的真实原因。最令人费解的莫过于思特里克兰德为什么决心要做画家这件事，看来简直没有什么道理可寻。尽管从他的生活环境一定找得出原因来，我却一无所知。从他的谈话里我任何线索也没有获得。如果我是在写一部小说，而不是叙述我知道的一个性格怪异的人的真人真事，我就会编造一些原因，解释他生活上的这一突变。我会描写他童年时期就感到绘画是自己的天职，但迫于父亲的严命或者必须为谋生奔走，这个梦想遭到破灭；我也可以描写他如何对生活的桎梏感到痛恨，写他对艺术的热爱与生活的职责间的矛盾冲突，用以唤起读者对他的同情。这样我就可以把思特里克兰德这个人写得更加令人敬畏。或许人们能够在他身上看到另一个普罗米修斯。我也许会塑造一个为了替人类造福甘心忍受痛苦折磨的当代英雄。这永远是一个动人心弦的主题。

另外，我也可以从思特里克兰德的婚姻关系中找到他立志绘画的动机。我可以有十几种方法处理这个故事：因为他妻子喜欢同文艺界人士来往，他也有缘结识一些文人和画家，因而唤醒了那隐伏在他身上的艺术才能，也可能是家庭不和睦使他把精力转到自己身上；再不然也可以归结于爱情，譬如说，我可以写一下他心中早就埋着热爱艺术的火种，因为爱上一个女人，一下子把闷火扇成熊熊的烈焰。我想，如果这样写的话，思特里克兰德太太在我笔下也就要以另一副面貌出现了。我将不得不把事实篡改一下，把她写成一个唠唠叨叨、惹人生厌的女人，再不然就是性格褊狭，根本不了解精神的需求。思特里克兰德婚后生活是一场无尽无休的痛苦煎熬，离家出走将是他的唯一出路。我想我将在思特里克兰德如何委曲求全这件事上多费些笔墨，他如何心存怜悯，不愿贸然甩掉折磨他的枷锁。这样写，我当然就不会提他们的两个孩子了。

如果想把故事写得真实感人，我还可以虚构一个老画家，叫思特里克兰德同他发生关系。这个老画家由于饥寒所迫，也可能是为了追逐虚名，糟蹋了自己青年时代所具有的天才，他后来在思特里克兰德身上看到了自己虚掷的才华，他影响了思特里克兰德，叫他抛弃了人世间的荣华，献身于神圣的艺术。我会着力描写一下这位成功的老人，又阔绰又有名望，但是他知道这不是真正的生活，他自己所无力寻求的，他要在这个年轻人身上体验到，我想这种构思未尝没有讽刺意味。

但是事实却远没有我想象的这么动人。思特里克兰德一出校门就投身于一家经纪人的事务所，他对这种生活并没有什么反感。直到结婚，他过的就是从事这一行业的人那种平凡庸碌的生活，在交易所干几宗输赢不大的投机买卖，关注着达尔贝赛马或者牛津、剑桥比赛的结果，充其量不过一两镑钱的赌注。我猜想思特里克兰德在工作之余可能还练习练习拳击；壁炉架上摆着朗格瑞夫人[①]同玛丽·安德逊[②]的照片；读的是《笨拙》杂志和《体育时代》；到汉普斯台德去参加舞会。

有很长一段时间我没有再见到过他，这一点儿关系也没有。这些年间，他一直在努力奋斗，力图掌握一门极其困难的艺术，生活是非常单调的，有时为了挣钱糊口，他不得不采取一些权宜的手段，我认为这也并没有什么值得大书特书的地方。即使我能够把他这一段生活记载下来，也不过是他所见到的发生在别人身上的各种事件的记录。我不认为他在这一段时间内的经历对他自己的性格有任何影响。如果要写一部以现代巴黎为背景的冒险小说，他倒可能积累了丰富的素材。但是他对周围的事物始终采取一种超然物外的态度，从他的谈话判断，这几年里面并没有发生任何给他留下特别印象的事。很可能在他去巴黎的时候，年纪已经太大，光怪陆离的环境对他已经没有引诱力了。说来也许有些奇怪，我总觉得他这个

① 原名爱米丽·夏洛特·勒·布利顿（1852—1929），英国演员，以美貌著称，后嫁与爱德华·朗格瑞。

② 玛丽·安德逊（1859—1940），美国女演员。

人不仅非常实际，而且简直可以说是木头木脑的。我想他这一段生活是很富于浪漫情调的，但是他自己却绝对没有看到任何浪漫的色彩。或许一个人如果想体会到生活中的浪漫情调就必须在某种程度上是一个演员，而要想跳出自身之外，则必须能够对自己的行动抱着一种既超然物外又沉浸于其中的兴趣。但是思特里克兰德却是个心无二用的人，在这方面谁也比不上他。我不知道哪个人像他那样总是强烈地意识到自己的存在。不幸的是，我无法描写他在取得艺术成就的艰苦征途上勤奋的脚步，因为，如果我能写一下他如何屡经失败毫不气馁，如何满怀勇气奋斗不息，从不悲观失望，如何在艺术家的劲敌——信心发生动摇的时刻，仍然不屈不挠地艰苦斗争，也许我能使读者对这样一个枯燥乏味的人物（这一点我是非常清楚的）产生一些同情。但是我却毫无事实根据进行这一方面的描述。我从来没有看见过思特里克兰德工作的情形，而且我知道不只是我，任何其他人也都没有见过他如何绘画。他的一部斗争史是他个人的秘密。如果在他独处于画室中曾经同上帝的天使进行过剧烈的搏斗，他是从来没让任何人了解到他的痛苦的。

当我开始叙述他同勃朗什·施特略夫的关系时，我也深为自己掌握材料不足所苦。为了把我的故事说得有头有尾，我应该描写一下他们这一悲剧性的结合是如何发展的，但是我对他俩三个月的同居生活却一无所知。我不知道他们如何相处，也不知道他们平常谈一些什么。不管怎么说，一天是有二十四小时的，感情的高峰只是在稀有的时刻才达到的现象。其他的时间是怎么过的，我只能借助自己的想象力。在光线没有暗淡下来以前，只要勃朗什的气力还能支持住，我想思特里克兰德总是不停笔地作画。我想勃朗什对他这样沉溺于自己的绘画中，一定感到非常气恼。整个这段时间，她只是他的模特儿，他根本没有想到她的情妇的角色。此外，就是相对无言的漫长的时刻，对她说来，也一定是件怪可怕的事。思特里克兰德曾对我透露，勃朗什献身给他，带有某种向戴尔克·施特略夫报复的感情在内，因为戴尔克是在她丢尽了脸面的时候把她搭救起来的。思特里克兰德泄露的这个秘密为许多玄妙的臆想打开了门户。我希望思特里克兰德的话并不真实，我觉得这有点儿太可怕了。但是话又说回来，谁能理解人心的奥秘呢？那些只希望从人心里寻到高尚的情操和正常感情的人肯定是不会理解的。当勃朗什发现思特里克兰德除了偶尔迸发出一阵热情以外，总是离她远远的，心里一定非常痛苦。而我猜想，即使在那些短暂的时刻，她也知道得很清楚，思特里克兰德不过只把她当作自己取乐的工具，而不把她当人看待。他始终是一个陌生人，她用一切可怜的手段拼命想把他系牢在自己身边。她试图用舒适的生活网罗住他，殊不知他对安逸的环境丝毫也不介意。她费尽心机给他弄合他口味的东西吃，却看不到他吃什么东西都无所谓。她害怕叫他独自一个人待着，总是不断地对他表示关心、照护，当他的热情酣睡的时候，就想尽各种方法唤醒它，因为这样她至少还可以有一种把他把持在手的假象。也许她的智慧告诉她，她铸造的这些链条只不过刺激起他的天性想把它砸断，正像厚玻璃会使人看着手痒痒，想捡起半块砖来似的。

但是她的心却不听理智的劝告，总是逼着她沿着一条她自己也知道必然通向毁灭的路上滑下去。她一定非常痛苦，但是爱情的盲目性却叫她相信自己的追求是真实的，叫她相信自己的爱情是伟大的，不可能不在他身上唤起同样的爱情来还答她。

但是我对思特里克兰德的性格的分析，除了因为有许多事实我不了解外，却还有另外一个更为严重的缺憾。因为他同女人的关系非常明显，也着实有令人震撼的地方，我就如实地记载下来，但实际上这只是他生活中一个非常微不足道的部分。尽管这种关系惨痛地影响了别的人，那也不过是命运对人生的嘲弄。实际上，思特里克兰德的真正生活既包括了梦想，也充满了极为艰辛的工作。

小说之所以不真实正在这里。一般说来，爱情在男人身上只不过是一个插曲，是日常生活中许多事务中的一件事，但是小说却把爱情夸大了，给予它一个违反生活真实性的重要的地位。尽管也有少数男人把爱情当作世界上的头等大事，但这些人常常是一些索然寡味的人。即便对爱情感到无限兴趣的女人，对这类男子也不太看得起。女人会被这样的男人吸引，会被他们奉承得心花怒放，但是心里却免不了有一种不安的感觉——这些人是一种可怜的生物。男人们即使在恋爱的短暂期间，也不停地干一些别的事来分散自己的心思：赖以维持生计的事务吸引了他们的注意力；他们沉湎于体育活动；他们还可能对艺术感兴趣。在大多数情况下，他们把自己的不同活动分别安排在不同的间隔里，在进行一种活动时，可以暂时把另一种完全排除。他们有本领专心致志进行当时正在从事的活动，如果一种活动受到另一种活动的侵犯，他们会非常恼火。作为坠入情网的人来说，男人同女人的区别是：女人能够整天整夜谈恋爱，而男人却只能有时有晌儿地干这种事。

性的饥渴在思特里克兰德身上占的地位很小，很不重要，或毋宁说，叫他感到很嫌恶。他的灵魂追求的是另外一种东西。他的感情非常强烈，有时候欲念会把他抓住，逼得他纵情狂欢一阵，但是对这种剥夺了他宁静自持的本能他是非常厌恶的。我想他甚至讨厌他在淫逸放纵中那必不可少的伴侣。在他重新控制住自己以后，看到那个他发泄情欲的女人，他甚至会不寒而栗。他的思想这时会平静地飘浮在九天之上，他对那个女人感到又嫌恶又可怕，也许那感觉就像一只翩翩飞舞于花丛中的蝴蝶，见到它胜利地蜕身出来的肮脏的蛹壳一样。我认为艺术也是性本能的一种流露。一个漂亮的女人、金黄的月亮照耀下的那不勒斯海湾，或者提香[①]的名画《墓衲》，在人们心里勾起的是同样的感情。很可能思特里克兰德讨厌通过性行为发泄自己的感情（这本来是很正常的），因为他觉得同通过艺术创造取得的自我满足相比，这是粗野的。在我描写这样一个残忍、自私、粗野、肉欲的人时，竟把他写成是个精神境界极高的人，我自己也觉得奇怪。但是我认为这是事实。

作为一个艺术家，他的生活比任何其他艺术家都更困苦。他工作得比其他艺术家也更艰苦。大多数人认为会把生活装点得更加优雅、美丽的那些东西，思特里克兰德是不屑一顾的。对于名和利他

① 提香（1490—1576），意大利威尼斯派画家。

都无动于衷。我们大多数人经受不住各种引诱，总要对世俗人情做一些让步，你却无法赞扬思特里克兰德抵制住这些诱惑，因为对他说来，这种诱惑是根本不存在的。他的脑子里从来没有想到要做任何妥协、让步。他住在巴黎，比住在底比斯沙漠里的隐士生活还要孤独。对于别的人他没有任何要求，只求人家别打扰他。他一心一意追求自己的目标，为了达到这个目的他不仅甘愿牺牲自己——这一点很多人还是能做到的，而且就是牺牲别人也在所不惜。他自己有一个幻境。

思特里克兰德是个惹人嫌的人，但是尽管如此，我还是认为他是一个伟大的人。

四十四

对于其他大师的绘画艺术看法如何，是一件相当重要的事。我在这里自然要记叙一下思特里克兰德对过去一些伟大艺术家的意见。我怕值得我写下的东西实在不多。思特里克兰德不善讲话，他根本不会把自己想要说的用精辟的言辞讲出来，给听的人留下较深的印象。他说话没有风趣。如果说我多少还成功地记录下他的一些话语，从中可以看出他的某些幽默感，这种幽默也主要表现为冷嘲热讽。他辩驳别人话的时候非常粗野，有时候由于直言不讳，会叫你发笑，但是这些话之所以让你觉得滑稽，只是因为他的话说的不多。如果他一开口就是这样的话，人们也就不觉得有什么好笑的了。

我应该说，思特里克兰德并不是一个智力超群的人，他对于绘画的见解也丝毫没有什么独到之处。我从来没有听他谈论过那些绘画风格与他类似的画家，例如塞尚，凡·高等人，我很怀疑他是否看过这些画家的作品。他对于印象派画家似乎不怎么感兴趣，这些人的技巧留给他一定的印象，但是我猜想他也许认为他们对待艺术的态度是平庸无奇的。有一次施特略夫正仔细评论莫奈的卓越艺术，思特里克兰德突然插口说："我更喜欢温特尔哈尔特[①]。"我敢说他说这句是有意气一气施特略夫，如果他确实有这个意思，他算成功了。

我感到很失望，不能写下他在评论一些老派画家时的谬论。他的性格既然如此怪异，如果他在品评绘画时也有一些奇谈怪论，我笔下的这个形象就更加完美了。我觉得我很需要叫他对过去的一些画家发表些荒诞的理论，但是我还是得讲老实话，他同一般人一样，对这些画家也是赞不绝口，这叫我非常失望。我看他根本不知道谁是埃尔·格列柯。他对委拉斯凯兹相当敬佩，尽管怀有某种厌烦不耐的情绪。他喜欢夏尔丹，伦勃朗则使他感到着迷。他给我讲伦勃朗的绘画给他的印象时，用的语言极其粗鄙，我在这里无法引述。谁也想不到他最喜爱的一位画家竟是老布鲁盖尔[②]。我当时对老布鲁盖尔不太了解，而思特里克兰德也没有能力表达自己。我之所以记得他对布鲁盖尔的评论是因为他这句话实在太词不达意了。

"他的画不错，"思特里克兰德说，"我敢说他发现画画儿是件受罪的事。"

后来我在维也纳看过彼得·布鲁盖尔的几幅画以后，我想我才懂得为什么这位画家引起了思特里克兰德的注意。这是另一个对世界怀着自己独特幻觉的画家。我当时做了大量笔记，准备将来写一本关于布鲁盖尔的书，但是这些材料后来都遗失了，留下来的只

① 弗朗兹·伊可萨维尔·温特尔哈尔特（1805? —1873），德国宫廷画家。

② 彼得·布鲁盖尔（1522? —1569），佛兰德斯画家；其子扬·布鲁盖尔（1568—1625）亦为画家。

是一种感情的回忆。在布鲁盖尔的眼睛里，人们的形象似乎是怪诞的，他对人们这种怪诞的样子非常气愤。生活不过是一片混乱，充满了各种可笑的、龌龊的事情，它只能给人们提供笑料，但是他笑的时候却禁不住满心哀伤。布鲁盖尔给我的印象是，他想用一种手段努力表达只适合于另一种方式表达的感情，思特里克兰德之所以对他同情，说不定正是朦胧中意识到这一点。也许这两个人都在努力用绘画表现出更适合于通过文学表达的意念。

思特里克兰德这时大概已经四十七岁了。

四十五

我在前面已经说过，如果不是由于偶然的机缘到了塔希提，我是肯定不会写这本书的。查理斯·思特里克兰德经过多年浪迹最后流落到的地方正是塔希提，也正是在这里他创作出使他永远名垂画史的画幅。我认为哪个艺术家也不可能把昼夜萦绕在他心头的梦境全部付诸实现，思特里克兰德为掌握绘画的技巧，艰苦奋斗、日夜处于痛苦的煎熬里，但同其他画家比较起来，他表现自己幻想中图景的能力可能更差，只有到了塔希提以后，思特里克兰德才找到顺利的环境。在这里，他在自己周围处处可以看到为使自己的灵感开花结果不可或缺的事物，他晚年的图画至少告诉了我们他终生追寻的是什么，让我们的幻想走入一个新鲜的、奇异的境界。仿佛是，思特里克兰德的精神一直脱离了他的躯体到处漫游，到处寻找寄宿，最后，在这个遥远的土地上，终于进入了一个躯壳。用一句陈腐的话说，他在这里可谓“得其所哉”。

我一踏上这个偏远的岛屿，就应该立刻恢复对思特里克兰德的兴趣，这似乎是一件很自然的事。但事实是，我手头的工作却占据了我的全部精力，根本无暇顾及与此无关的事，直到在塔希提住了几天以后，我才想到这个地方同思特里克兰德的关系。我毕竟同他分手已经十五年了，他逝世也已有九年之久了。现在回想当时的情况，在我到塔希提之后，不论手头的事多么重要，我本来应该立刻把它抛之脑后的，但事实却不是这样，甚至一周以后我仍然无法从冗杂的事务中脱身出来。我还记得头一天早上，我醒得很早。当我走到旅馆的露台上时，周围一点儿动静也没有。我围着厨房转了一圈，厨房的门还上着锁，门外一条长凳上，一个本地人，旅馆的一个侍者，睡得正酣，看来一时我还吃不上早饭。于是我漫步到滨海的街道上。侨居在这里的中国人已经在他们开的店铺里忙碌起来了。天空仍然呈现出黎明时分的苍白，环礁湖上笼罩着死一样的沉寂。十英里之外，莫里阿岛伫立在海面上，像是一座圣杯形状的巍峨要塞，深锁着自己的全部秘密。

我不太敢相信自己的眼睛。自从离开威灵顿以后，日子似乎过得非常奇特。威灵顿整齐有序，富于英国风味，使人想到英国南岸的一座滨海城市。这以后我在海上航行了三天，波浪滔天，乌云在空中互相追逐。三天以后风停了，大海变得非常寂静，一片碧蓝。太平洋看来比别的海洋更加荒凉，烟波浩渺，即使在这个水域上做一次最普通的旅行也带有冒险意味。你吸到胸中的空气像是补身的甘香酒，叫你精神振奋，准备经历一些你从来未料到的事。但是你除了知道已经驶进塔希提，朦胧中感到走进一块黄金的国土外，它绝不向你泄露别的秘密。与塔希提构成姊妹岛的莫里阿岛进入你的视野，危崖高耸，绚烂壮丽，突然从茫茫的海水里神秘地一跃而出，像魔棍召唤出的一幅虚无缥缈的彩锦。莫里阿岛有如蒙特塞拉特岛[①]被移植到太平洋中。面对这幅景象，你会幻想波利尼西亚的武士正在那里进行奇特的宗教仪式，用以阻止世俗凡人了解某些秘密。当距离逐渐缩小，美丽的峰峦形状愈加真切时，莫里阿岛的美丽便完全呈现出来，但是在你的船只从它旁边驶过时，你会发现它仍然重门深锁，把自己闭合为一堆人们无法接近的阴森可怖的巨石，没有人能闯入它那幽森的奥秘中去。谁也不会感到惊奇：只要船只驶到近处，想在珊瑚礁寻觅一个入口，它就会突然从人们的视线里消失，映入你眼帘的仍是太平洋一片茫茫碧波。

塔希提却是另外一番景象，它是一个高耸海面的绿葱葱的岛屿，暗绿色的深褶使你猜到那是一条条寂静的峡谷。这些幽深的沟壑有一种神秘气氛，凄冷的溪流在它深处——鸣溅，你会感到，在这些浓荫郁郁的地方，远自太古以来生活就一直按照古老的习俗绵绵不息地延续到现在。塔希提也存在着某些凄凉、恐怖的东西。但这种印象并没有长久地留在你的脑中，这只能使你更加敏锐地感到当前生活的欢乐。这就像一群兴高采烈的人在听一个小丑打诨，正在捧腹大笑时，会在小丑的眼睛里看到凄凉的眼神一样。小丑的嘴唇在微笑，他的笑话越来越滑稽，因为在他逗人发笑的时候他更加感到自己无法忍受的孤独。因为塔希提正在微笑，它一边微笑一边

① 蒙特塞拉特岛是英属西印度群岛中的一个岛屿。

对你表现出无限的情谊，它像一个美丽的妇人，既娴雅又浪漫地向你展示她的全部美貌和魅力，特别是在船只刚刚进入帕皮提港口的时候，你简直感到心驰神往。泊在码头边的双桅帆船每一艘都那么整齐、干净，海湾环抱着的这座小城洁白、文雅，而法国火焰式的建筑物在蔚蓝的天空下却红得刺目，像激情的呼喊一般，极力炫示自己鲜艳的色彩。它们是肉感的，简直大胆到不顾廉耻的地步，叫你看了目瞪口呆。当轮船靠近码头时，蜂拥到岸边的人群兴高采烈而又彬彬有礼。他们一片笑语喧哗，人人挥舞着手臂。从轮船上望去，这是一个棕色面孔的海洋。你会感到炎炎碧空下，色彩在炫目地旋转移动。不论从船上往下卸行李也好，海关检查也好，做任何事都伴随着大声喧闹，而每个人都像在向你微笑。天气非常热。绚烂的颜色耀得你睁不开眼睛。

四十六

我在塔希提没有待几天便见到了尼柯尔斯船长。一天早晨，我正在旅馆的露台上吃早饭，他走进来，做了自我介绍。他听说我对查理斯·思特里克兰德感兴趣，便毛遂自荐，来找我谈谈思特里克兰德的事。塔希提的居民同英国乡下人一样，很喜欢聊天，我随便向一两个人打听了一下思特里克兰德的画儿，这消息很快就传到每个人的耳朵里去了。我问这位陌生的来客是否吃过早点。

“吃过了，我一起床就喝过咖啡了，”他回答说，“但是喝一口威士忌我并不反对。”

我把旅馆的中国侍者喊过来。

“你是不是认为现在喝酒太早了点？”船长说。

“这该由你同你自己的肝脏做出决定，”我回答说。

“我其实是个戒酒主义者。”他一边给自己斟了大半杯加拿大克拉伯牌威士忌，一边说。

尼柯尔斯船长笑的时候露出一口很不整齐的发黑的牙齿，他生得瘦小枯干，身材不到中等，花白的头发剪得很短，嘴上是乱扎扎的白胡子碴。尼柯尔斯船长已经有好几天没有刮脸了。他的脸上皱纹很深，因为长年暴露在阳光下，晒得黧黑。他生着一双小蓝眼睛，目光游移不定，随着我的手势，他的眼睛很快地转来转去，叫人一望而知是个社会上的老油子。但是这时候他对我却是一片热诚和真情实意。他身上穿的一套卡其衣裤邋里邋遢，两只手也早该好好洗一洗了。

“我同思特里克兰德很熟，”他说，他身体往椅子背上一靠，点上我递给他的雪茄烟，“他到这个地方来还是通过我的关系。”

“你最早是在什么地方遇到他的？”我问。

“马赛。”

“你在马赛做什么？”

他像要讨好我似地赔了个笑脸。

“呃，我当时没在船上，境遇很糟。”

从我这位朋友的仪表来看，今天他的境遇一点儿也不比那时好，我决定同他交个朋友。同这些在南海群岛的流浪汉相处，尽管得付出一点儿小代价，但总不会叫你吃亏的。这些人很容易接近，谈起话来很殷勤。他们很少摆架子，只要一杯水酒，就一定能把他们的心打动。要想同他们混熟，用不着走一段艰辛的路途，只要对他们的闲扯洗耳恭听，他们就不但对你非常信任，而且还会对你满怀感激。他们把谈话看作是生活的最大乐趣，用以证明自己出色的修养。这些人大多数谈话都很有风趣。他们的阅历很广，又善于运用丰富的想象力。不能说这些人没有某种程度的欺诈，但是他们对法律还是非常容忍，尽量遵守，只要法律有强大靠山的时候。同他们玩牌是件危险的勾当，但是他们那种头脑的敏捷会给这一最有趣的游戏平添了极大的刺激。在我离开塔希提之前，已经同尼柯尔斯船长混得很熟了，我同他的这段交情只有使我的经验更加丰富。尽管我招待了他许多雪茄和威士忌（他从来不喝鸡尾酒，因为他实际上是个戒酒主义者），尽管他带着一副施恩于人的温文有礼的神气向我借钱，好几块银币从我的口袋转到了他的口袋里去，我还是觉得他让我享受到的乐趣大大超过了我付出的代价。自始至终他都是我的债主。如果我听从作者的良心，不肯走离本题，只用几行简单的文字就把尼柯尔斯打发掉，我会感到对不起他的。

我不知道尼柯尔斯船长最初为什么要离开英国。这是一个他讳莫如深的话题。对于像他这样的人直接问这类事也是很不谨慎的。从他的话语里听得出来，他曾经受了不白之冤。毫无疑问，他把自己看作是执法不公的牺牲品。我的想象却总爱把他同某种诈骗或暴行联系起来。当他谈到英国当局执法过于机械时，我非常同情地表示同意。令人高兴的是，即使他在家乡有过什么不愉快的遭遇，他的爱国热情却并未因此受到任何损伤。他常对我说，英国是全世界最了不起的国家，他觉得自己比哪国人都优越得多，不管什么美国人、殖民地人、达哥人、荷兰人，或是卡纳加人，全不被他看在眼里。

然而我认为他生活得并不幸福。他长期患消化不良症，嘴里经常含着一片胃蛋白酶药片。每天上午他的胃口都不很好，但是如果只是这一病痛还不至于使他的精神受到伤害。他的生活还有一桩更大的不幸：八年以前他轻率地同一个女人结了婚。有一些男人，慈悲的天意注定叫他们终生做个单身汉，但是他们有的人由于任性，有的人由于拗不过环境，却违背了上帝的意旨。再没有谁比这种结了婚的单身汉更叫人可怜了。尼柯尔斯船长就是这样一个人。我看见过他的老婆，我想，她的年龄不过二十七八岁，但是她是那种永远让人摸不清究竟多大岁数的女人，这种人二十岁的时候不比现在样子年轻，到了四十岁也不会显得更老。她给我的印象是皮紧肉瘦，一张并不标致的面孔紧绷绷的，嘴唇只是薄薄的一条线，全身皮肤都紧包着骨头。她轻易不露笑容，头发紧贴在头上，衣服瘦瘦的，白斜纹料子看去活像是黑色的邦巴辛毛葛。我想象不出，为什么尼柯尔斯船长要同她结婚，既然结了婚为什么又不把她甩掉。也许他已经不止一次这样做过，他的悲哀就来源于哪次都没有成功。不论他跑多么远，不论他藏身多么隐秘，尼柯尔斯太太就像命运一样无可逃避，像良心一样毫无怜悯，马上就会来到他身边。他逃不脱她，就像有因必有果一样。

社会油子和艺术家或者绅士相同，是不属于哪一个阶级的；无业游民的粗野无礼既不会使他感到难堪，王公贵人的繁文缛节也不会叫他感到拘束。但是尼柯尔斯太太却出身于一个最近名声渐著的阶层，就是人们称之为中下层（这个名称叫得好！）的社会阶层。她的父亲是个警察，而且我敢说还非常精明能干。我不知道她为什么要抓住船长不放，我不相信是因为爱情。我从来没听她开口讲过话，也许同她丈夫单独在一起的时候她的话很多。不管怎么说，尼柯尔斯船长怕她怕得要死。有时候他同我坐在旅馆的露台上会突然意识到自己的老婆正在外面马路上走动，她从来不叫他，她好像根本不知道他在这里，只是安详自若地在街头踱来踱去。这时候船长就浑身不安起来，他看了看表，长叹一口气。

“唉，我该走了。”他说。

在这种时候，说笑话也好，喝威士忌也好，再也没有什么能把他留住了。要知道，尼柯尔斯船长本是个经十二级风暴也面不改色的人，只要有一把手枪，就是一打黑人上来，他也有胆量对付。有时尼柯尔斯太太也派他们的女儿，一个面色苍白、总是耷拉着脸的七岁孩子，到旅馆来。

“妈妈找你。”她带着哭音地说。

“好，好，亲爱的孩子。”尼柯尔斯船长说。

他马上站起身来，陪同女儿走回家去。我想这是精神战胜物质的一个极好的例证，所以我这段文章虽然写得走了题，却还是具有一些教育意义的。

四十七

我试图把尼柯尔斯船长给我讲的一些有关思特里克兰德的事连贯起来，下面我将尽量按照事情发生的先后次序记载。他们俩人是我同思特里克兰德在巴黎最后会面的那年冬末认识的。思特里克兰德和尼柯尔斯船长相遇以前的一段日子是怎么过的，我一点儿也不清楚，但是他的生活肯定非常潦倒，因为尼柯尔斯船长第一次看到他是在夜宿店里。当时马赛正发生一场罢工，思特里克兰德已经到了山穷水尽的地步，显然连勉强赖以糊口的一点儿钱也挣不到了。

夜宿店是一幢庞大的石头建筑物，穷人和流浪汉，凡是持有齐全的身份证明并能让负责这一机构的修道士相信他本是干活吃饭的人，都能在这里寄宿一个星期。尼柯尔斯在等着寄宿舍开门的一群人里面注意到思特里克兰德，因为思特里克兰德身躯高大样子又非常古怪，非常引人注目。这些人没精打采地在门外等候着，有的来回踱步，有的懒洋洋地靠着墙，也有的坐在马路牙子上，两脚伸在水沟里。最后，当所有的人们排着队走进了办公室，尼柯尔斯船长听见检查证件的修道士同思特里克兰德谈话用的是英语。但是他并没有机会同思特里克兰德说话，因为人们刚一走进公共休息室，马上就走来一位捧着一本大《圣经》的传教士，登上屋子一头的讲台，布起道来。作为住宿的代价，这些可怜的流浪者必须耐心地忍受着。尼柯尔斯船长和思特里克兰德没有分配在同一间屋子里，第二天清晨五点钟，一个高大粗壮的教士把投宿的人们从床上赶下来，等到尼柯尔斯整理好床铺、洗过脸以后，思特里克兰德已经没影了。尼柯尔斯船长在寒冷刺骨的街头徘徊了一个钟头，最后走到一个水手们经常聚会的地方——维克多·耶鲁广场。他在广场上又看见了思特里克兰德，思特里克兰德正靠着一座石雕像的底座打盹。他踢了思特里克兰德一脚，把他从梦中踢醒。

“来跟我吃早饭去，朋友。”他说。

“去你妈的。”思特里克兰德说。

我一听就是我那位老朋友的语气，这时我决定把尼柯尔斯船长看作是一位可以信任的证人了。

“一个子儿也没有了吧？”船长又问。

“滚你的蛋。”思特里克兰德说。

“跟我来。我给你弄顿早饭吃。”

犹豫了一会儿，思特里克兰德从地上爬起来，两个人向一处施舍面包的救济所走去。饿饭的人可以在那里得到一块面包，但是必须当时吃掉，不准拿走。吃完面包，他们又到一个施舍汤的救济所，每天十一点到四点可以在那里得到一碗盐水稀汤，但不能连续领取一个星期。这两个机构中间隔着一大段路，除非实在饿得要命，谁也懒得跑两个地方。他们就这样吃了早饭，查理斯·思特里克兰德同尼柯尔斯船长也就这样交上了朋友。

这两个人大概在马赛一起度过了四个月。他俩的生活没有什么奇遇——如果奇遇意味着一件意料之外或者令人激动的事，因为他们的时间完全用在为了生活四处奔波上，他们要想弄到些钱晚间找个寻宿的地方，更要买些吃的东西对付辘辘饥肠。我真希望我能画出几幅绚丽多彩的图画，把尼柯尔斯船长的生动叙述在我想象中唤起的一幅幅画面也让读者看到。他叙述他们俩人在这个海港的下层生活中的种种冒险完全可以写成一本极有趣味的书，从他们遇到的形形色色的人物身上，一个研究民俗学的人也可以找到足够的材料编纂一本有关流浪汉的大辞典。但是在这本书里我却只能用不多几段文字描写他们这一段生活。我从他的谈话得到的印象是：马赛的生活既紧张又粗野，丰富多彩，鲜明生动。相形之下，我所了解的马赛——人群杂沓、阳光灿烂，到处是舒适的旅馆和挤满了有钱人的餐馆——简直变得平淡无奇、索然寡味了。那些亲眼见过尼柯尔斯船长描绘给我听的景象的人真是值得羡慕啊。

当夜宿店对他们下了逐客令以后，思特里克兰德同尼柯尔斯船长就在硬汉子彼尔那里找到另外一处歇夜的地方。硬汉子彼尔是一家水手寄宿舍的老板，是一个身躯高大、生着一对硬拳头的黑白混血儿。他给暂时失业的水手们提供食宿，直到在船上给他们找到工作为止。思特里克兰德同尼柯尔斯船长在他这里住了一个月，同十来个别的人，瑞典人、黑人、巴西人，一起睡在寄宿舍两间屋子的地板上。这两间屋子什么家具也没有，彼尔就分配他们住在这里。每天他都带着这些人到维克多·耶鲁广场去，轮船的船长需要雇用什么人都到这个地方来。这个混血儿的老婆是一个非常邋遢的美国胖女人，谁也不知道这个美国人怎么会堕落到这一地步。寄宿的人每天轮流帮助她做家务事。思特里克兰德给硬汉子彼尔画了一张肖像作为食宿的报酬，尼柯尔斯船长认为这对思特里克兰德来讲是一件占了大便宜的事。彼尔不但出钱给他买了画布、油彩和画笔，而且还给了他一磅偷运上岸的烟草。据我所知，这幅画今天可能还挂在拉·柔那特码头附近一所破旧房子的客厅里，我估计现在可能值一千五百英镑了。思特里克兰德的计划是先搭一条去澳大利亚或新西兰的轮船，然后再转途去萨摩亚或者塔希提。我不知道他怎么会动念头要到南太平洋去，虽然我还记得他早就幻想到一个充满阳光的绿色小岛，到一个四围一片碧波、海水比北半球任何海洋更蓝的地方去。我想他所以攀住尼柯尔斯船长不放也是因为尼柯尔斯熟悉这一地区，最后劝他到塔希提，认为这个地方比其他任何地方都更舒服，也完全是尼柯尔斯的主意。

“你知道，塔希提是法国领土，”尼柯尔斯对我解释说，“法国人办事不他妈的那么机械。”

我想我明白他说这句话的意思。

思特里克兰德没有证件，但是硬汉子彼尔只要有利可图（他替哪个水手介绍工作都要把人家第一个月的工资扣去），对这一点是不以为意的。凑巧有一个英国籍的司炉住在他这里的时候死掉了，他就把这个人的证明文件给了思特里克兰德。但是尼柯尔斯船长同思特里克兰德两个人都要往东走，而当时需要雇用水手的船恰好都是西行的。有两次驶往美国的货轮上需要人干活都被思特里克兰德拒绝了，另外还有一艘到纽卡斯尔的煤船他也不肯去。思特里克兰德这种倔脾气，结果只能叫硬汉子彼尔吃亏，最后他失去了耐性，一脚把思特里克兰德同尼柯尔斯船长两个人一起踢出了大门。这两个人又一次流落到街头。

硬汉子彼尔寄宿舍的饭菜从来也称不上丰盛，吃过饭从餐桌旁站起来跟刚坐下一样饿得慌，但是尽管如此，有好几天两个人对那里的伙食还是怀念不已。他们这次真正尝到挨饿是什么滋味了。施舍菜汤的地方同夜宿舍都已经对他们关了门，现在他们赖以果腹的只剩下面包施舍处给的一小片面包了。夜里，他们能在哪儿睡觉就在哪儿睡觉，有时候在火车站岔道上一个空车皮里，有时候在货站后面一辆卡车里。但是天气冷得要命，常常是迷迷糊糊地打一两个钟头的盹儿就得到街上走一阵暖和暖和身体。他们最难受的是没有烟抽，尼柯尔斯船长没有烟简直活不下去，于是他就开始到小啤酒馆去捡那些头天晚上夜游的人扔的烟屁股和雪茄头。

“我的烟斗就是比这更不是味儿的杂八凑烟也抽过。”他加添了一句，自我解嘲地耸了耸肩膀。在他说这句话的时候又从我递过去的烟盒里拿了两支雪茄，一支衔在嘴上，一支揣在口袋里。

偶然他们也有机会挣到一点儿钱。有时候一艘邮轮开进港，尼柯尔斯船长同雇用计时员攀上交情，会给两人找个临时装卸工的活儿。如果是一艘英国船，他们会溜进前甲板下面的舱房里，在水手那里饱餐一顿。当然，这样做要冒一定的风险，如果遇见船上的高级船员，他们就要从跳板上被赶下来，为了催他们动作快一些，屁股后面还要挨一靴子。

“一个人只要肚子吃饱，屁股叫人踢一脚算不得什么，”尼柯尔斯船长说，“拿我个人来说，我是从来不生气的。高级船员理应考虑船上的风纪的。”

我的脑子里活生生地出现一幅图画：一个气冲冲的大副飞起一脚，尼柯尔斯船长脑袋朝下地从窄窄的跳板上滚下来；像一个真正的英国人那样，他对英国商船队的这种纪律严明的精神非常高兴。

在鱼市场里也不时能够找点儿零活儿干。还有一次，卡车要把堆在码头上的许多筐橘子运走，思特里克兰德同尼柯尔斯船长帮助装车，每人挣了一法郎。有一天两人很走运：一条从马达加斯加绕过好望角开来的货轮需要上油漆，一个开寄宿店的老板弄到包工合同，他们两个人一连几天站在悬在船帮旁边的一条木板上，往锈迹斑斑的船壳上涂油漆。这件差事肯定很投合思特里克兰德的惯受讽嘲的脾气。我向尼柯尔斯船长打听，在那困顿的日子里，思特里克兰德有什么反应。

“从来没听他说过一句丧气话，”船长回答说，“有时候他有点儿闷闷不乐，但是就是在我们整天吃不到一口饭，连在中国佬那里歇宿的房钱都弄不到手的时候，他仍然像蛐蛐一样欢蹦乱跳。”

我对此并不觉得惊奇。思特里克兰德正是超然于周围环境之外的人，就是在最沮丧的情况下也是如此。这到底是由于心灵的宁静还是矛盾对立，那是难以说清的。

“中国茅房”，这是一个流浪汉给一个独眼的中国人在布特里路附近开的一家鸡毛店起的名字。六个铜子可以睡在一张小床上，三个铜子儿可以打一通宵地铺。他们在这里认识了不少同他们一样穷困潦倒的朋友，遇到他们分文不名、而夜里又天气奇冷的时候，他们会毫不犹豫地同哪个白天凑巧挣到一法郎的人借几文宿费。这些流浪汉并不吝啬，谁手头有钱都乐于同别人分享。他们来自世界的各个地方，但是大家都很讲交情，并不因国籍不同而彼此见外，因为他们都觉得自己是一个国家——安乐乡的自由臣民。这个国家领土辽阔，把他们这些人全部囊括在自己的领域里。

“可是思特里克兰德要是生起气来，我看可不是好惹的，”尼柯尔斯船长回忆当时的情况说，“有一天我们在广场上碰见了硬汉子彼尔，彼尔想讨回他给查理斯的身份证明。”

“‘你要是想要，就自己来拿吧。’查理斯说。”

“彼尔是个身强力壮的大汉，但是被查理斯的样子给镇住了，他只是不住口地咒骂，所有能够用上的脏字眼儿都用到了。硬汉子彼尔开口骂人是很值得一听的事。开始的时候，查理斯不动声色地听着，过了一会儿，他往前迈了一步，只说了一句：‘滚蛋，你他妈的这只猪猡。’他骂的这句话倒没什么，重要的是他骂人的样子。硬汉子彼尔马上住了口，你可以看出来他胆怯了。他连忙转身走开，好像突然记起自己还有个约会似的。”

按照尼柯尔斯船长的叙述，思特里克兰德当时骂人的话同我写的并不一样，但既然这是一本供家庭阅读消遣的书，我觉得不妨违反一些真实性，还是改换几个雅俗共赏的字眼儿为好。

且说硬汉子彼尔并不是个受了普通水手侮辱而隐忍不发的人。他的权势完全靠着他的威信。一个住在他开的寄宿舍的水手对他俩说，彼尔发誓要把思特里克兰德干掉，后来又有另外一个人告诉他们同样的消息。

一天晚上，尼柯尔斯船长和思特里克兰德正坐在布特里路的一家酒吧间里。布特里路是一条狭窄的街道，两旁都是一间间的平房，每所房子只有一间小屋，就像拥挤的集市棚子或者马戏团的兽笼。每间屋子门口都可以看到一个女人。有的懒洋洋地靠着门框，或者哼着小曲，或者用沙哑的嗓子向过路人打招呼，也有的无精打采地看一本书。她们有的是法国人，有的是意大利人，有的是西班牙人，有的是日本人，也有的是黑人；有的胖，有的瘦；在厚厚的脂粉、乌黑的眼眉和猩红的唇脂下面，你可以看到岁月在她们脸上刻下的痕迹和堕落放荡留下的伤疤。她们有的人穿着黑色内衫和肉色长袜，有的头发卷曲、染成金黄颜色，穿着纱衣，打扮得像小女孩。从敞开的门外边，可以看到屋子里的红砖地，一张大木床，牌桌上摆着一只大口水罐和一个面盆。街头上形形色色的人蹓来蹓去——邮轮上的印度水手，瑞典三桅帆船上的金发的北欧人，军舰上的日本兵，英国水手，西班牙人，法国巡洋舰上英俊的水兵，美国货轮上的黑人。白天，这里污秽肮脏，但是到了夜里，在小屋子的灯光照耀下，这条街就有一种罪恶的魅力。弥漫在空中的丑恶的淫欲使人感到窒息，简直是可怕的，但是在这一切缠绕着你、激动着你的景象里却有某种神秘的东西。你觉得有一种人们并不了解的原始力量又让你厌恶，又深深地把你迷住。在这里，一切文明、体面都已荡然无存，人们面对的只是阴郁的现实，一种既热烈又悲哀的气氛笼罩着一切。

在思特里克兰德和尼柯尔斯坐的酒吧间里摆着一架自动钢琴，机械地演奏着喧噪聒耳的舞曲。屋子四周人们围坐在小桌旁边，这边六七个水手已经喝得半醉，吵吵嚷嚷，那边坐着的是一群士兵。屋子中央人们正一对对地挤在一起跳舞。留着大胡子、面色黝黑的水手用粗硬的大手使劲搂着自己的舞伴。女人们身上只穿着内衫。不时的也有两个水手站起来互相搂着跳舞。喧闹的声音震耳欲聋。没有一个人不在喝，不在叫，不在高声大笑。当一个人使劲吻了一下坐在他膝头上的女人时，英国的水手中就有人嘘叫，更增加了屋子的嘈杂。男人们的大靴子扬起的尘土和口里喷出的烟雾弄得屋子乌烟瘴气。空气又闷又热。卖酒的柜台后面坐着一个女人在给孩子喂奶。一个身材矮小、生着一张长满雀斑的扁脸年轻侍者，托着摆满啤酒杯子的托盘不住脚地走来走去。

过了不大一会儿工夫，硬汉子彼尔在两个高大黑人的陪同下走了进来。一眼就可以看出，他已经有七八分醉意了。他正在故意寻衅闹事。一进门彼尔就东倒西歪地撞在一张台子上，把一杯啤酒打翻了。坐在这张桌子边上的是三个士兵，双方马上争吵起来。酒吧间老板走出来，叫硬汉子彼尔走出去。老板脾气暴烈，从来不容顾客在他的酒馆闹事。硬汉子彼尔气焰有些收敛，他不太敢同酒吧间老板冲突，因为老板有警察做后盾。彼尔骂了一句，掉转了身躯。忽然，他一眼看见了思特里克兰德。他摇摇晃晃地走到思特里克兰德前边，一句话不说，嘬了一口唾沫，直啐到思特里克兰德的脸上。思特里克兰德抄起酒杯，向他扔去。跳舞的人都停了下来。有那么一分钟，整个酒吧间变得非常安静，一点儿声音也没有。但是等硬汉子彼尔扑到思特里克兰德身上的时候，所有的人的斗志都变得激昂起来。刹那间，酒吧间开始了一场混战。啤酒台子打翻了，玻璃杯在地上摔得粉碎。双方厮打得越来越厉害。女人们躲到门边和柜台后面去，过路的行人从街头涌进来。只听见到处一片咒骂声、拳击声、喊叫声，屋子中间，一打左右的人打得难解难分。突然间，警察冲了进来，所有的人都争先恐后地往门外窜。当酒吧间里多少清静下来以后，只见硬汉子彼尔人事不省地躺在地上，头上裂了个大口子。尼柯尔斯船长拽着思特里克兰德逃到外面街上，思特里克兰德的胳臂淌着血，衣服撕得一条一条的。尼柯尔斯船长也是满脸血污，他的鼻子挨了一拳。

“我看在硬汉子彼尔出院以前，你还是离开马赛吧。”当他俩回到“中国茅房”开始清洗的时候，他对思特里克兰德说。

“真比斗鸡还热闹，”思特里克兰德说。

我仿佛看到了他脸上讥嘲的笑容。

尼柯尔斯船长非常担心。他知道硬汉子彼尔是睚眦必报的。思特里克兰德叫这个混血儿丢了大脸，彼尔头脑清醒的时候，是要小心提防的。他不会马上就动手，他会暗中等待一个适宜的时机。早晚有一天夜里，思特里克兰德的脊背上会叫人捅上一刀，一两天以后，从港口的污水里会捞上一具无名流浪汉的尸体。第二天晚上尼柯尔斯到硬汉子彼尔家里去打听了一下。彼尔仍然住在医院里，但是他妻子已经去看过他。据他妻子说，彼尔对天发誓说，他一出院就要结果思特里克兰德的性命。

又过了一个星期。

“我总是说，”尼柯尔斯船长继续回忆当时的情况，“要打人就把他打得厉厉害害的。这会给你一点儿时间，思考一下下一步该怎么办。”

这以后思特里克兰德交了一步好运。一艘开往澳大利亚的轮船到水手之家去要一名司炉，原来的司炉因为神经错乱在直布罗陀附近投海自杀了。

“你一分钟也别耽误，伙计，立刻到码头去，”船长对思特里克兰德说，“赶快签上你的名字。你是有证明文件的。”

思特里克兰德马上就出发了。尼柯尔斯船长从此再也没有同他见面。这艘轮船在码头只停泊了六小时，傍晚时分，尼柯尔斯船长看着轮船烟囱冒出的黑烟逐渐稀薄，轮船正在寒冬的海面上乘风破浪向东驶去。

我尽量把这些故事叙述得生动一些，因为我喜欢拿这一段经历同他住在伦敦阿施里花园时的生活进行对比，当时他忙着做股票生意，那时的生活我是亲眼见过的。但是我也非常清楚，尼柯尔斯船长是个大言不惭的牛皮大王，他告诉我的这些事也有可能没有一句是真话。今后我如果发现思特里克兰德在世的时候根本不认识他，他对马赛的知识完全来自一本杂志，我是一点儿也不会感到吃惊的。

四十八

这本书我本来准备就写到这里为止。我最初的计划是首先叙述一下思特里克兰德一生中最后几年是怎样在塔希提度过的，以及他悲惨的死亡，然后再回头来描写我所了解的他早年的生活。我预备这样做倒不是由于我的任性，而是因为想把思特里克兰德启程远航作为这本书的收尾。他那孤独的灵魂中怀着种种奇思遐想，终于向点燃起自己丰富想象的陌生的荒岛出发了。我喜欢这样一个画面：他活到四十七岁（到了这个年纪大多数人早已掉进舒适的生活沟槽里了）动身到天涯海角去寻找一个新世界；大海在凛冽的北风中一片灰蒙蒙，白沫四溅，他迷茫地盯视着逐渐消失、再也无法重见的法国海岸。我想他的这一行为含有某种豪迈的精神，他的灵魂里具有大无畏的勇气。我本来想让这本书结束的时候给人一线希望。我觉得这样也许能够突出思特里克兰德的不可征服的精神，但是我却写不好，不知为什么我不能把这些写下来，在试了一两次之后我还是放弃这样一个结构了。我走的还是老路子——从头儿开始。我决定按照我了解到的事实以先后顺序记叙我所知道的思特里克兰德的生平。

我掌握的事实只是一些断简残篇。我的处境很像一个生物学家，根据一根骨骼不仅要重新塑造出一个早已灭绝的生物的外貌，还要推测出它的生活习惯。思特里克兰德没有给那些在塔希提同他有接触的人留下什么特别的印象。在这些人眼里，他只不过是一个永远缺钱花的流浪汉，唯一与众不同的地方是他爱画一些他们认为是莫名其妙的画。直到他死了多年以后，巴黎和柏林的画商陆续派来几个代理人搜寻思特里克兰德可能散失在岛上的遗作时，这些人才多少认识到在他们当中一度生活过一位了不起的人物。他们这时想起来，当时只要花一点点钱就能买到今天已经价值连城的名画，他们白白让机会从眼皮底下溜掉，真是追悔莫及。塔希提有一位姓寇汉的犹太商人，手里存着思特里克兰德的一幅画。他得到这幅画的情况有一点儿不寻常。寇汉是个法国小老头，生着一对温柔、善良的眼睛，脸上总是堆着笑容。他一半是商人，一半是水手，自己有一只快艇，常常勇敢地往来于包莫图斯群岛、马克萨斯和塔希提群岛之间，运去当地需要的商品，载回来椰子干、蚌壳和珍珠。我去看他是因为有人告诉我他有一颗大黑珍珠要廉价出售。后来我发现他的要价超过我的支付能力，我便同他谈起思特里克兰德来。他同思特里克兰德很熟。

“你知道，我对他感兴趣是因为他是个画家，”他对我说，“很少有画家到我们这些岛上来，我很可怜他，因为我觉得他画的画很蹩脚。他的头一个工作就是我给他的。我在半岛上有一个种植园，需要一个白人监工。除非有个白人监督着他们，这些土人是绝不肯给你干活的。我对他说：‘你有的是时间画画儿，你还可以挣点儿钱。’我知道他正在挨饿，但是我给他的工资很高。”

“我想他不是一个令人满意的监工。”我笑着说。

“我对他的要求并不苛刻。我对艺术家总是同情的。我们一家人生来就是这样，你知道。但是他只干了几个月的活儿。等他攒够了钱，能够买油彩和画布的时候，他就想离开这地方，跑到荒林里去。但是我还是经常不断地能见到他。每过几个月他就到帕皮提来一次，待几天。他会从随便哪个人手里弄到点钱，于是又无影无踪了。正是在他这样一次访问时，他到我家里来，要向我借两百法郎。他的样子像是一个礼拜没吃一顿饱饭了，我不忍心拒绝他。当然了，我知道这笔钱我绝不会再要回来了。你猜怎么着，一年以后，他又来看我了，带着一幅画。他没提向我借钱的事，他只说：‘这是一幅你那座种植园的画，是我给你画的。’我看了看他的画。我不知道该说什么。当然了，我还是对他表示感谢。他走了以后，我把这幅画拿给我的妻子看。”

“他画得怎么样？”我问。

“别问我这个，我一点儿也看不懂。我活了一辈子也没见过这种画。‘这幅画咱们怎么办？’我问我的妻子说。‘什么时候也挂不出去，’她说，‘人家会笑掉大牙的，’就这样她把它拿到阁楼上，同各式各样的废物堆在一起。我的妻子什么东西也舍不得扔掉，这是她的习性。几年以后，你自己可以想象一下，正当大战爆发之前，我哥哥从巴黎给我写来一封信说：‘你是否听说过一个在塔希提住过的英国人？看来这人是个天才，他的画现在能卖大钱。

看看你有没有办法弄到他画的任何东西，给我寄来。这件事很能赚钱。’于是我对我的妻子说：‘思特里克兰德给我的那张画还有没有？会不会仍然在阁楼上放着呢？’‘没错儿，’她回答说，‘你也知道，我什么东西都不扔。这是我的毛病。’我们两人走到阁楼上，这里堆着自从我们住到这所房子的第一天起积攒了三十年的各式各样的破烂货。那幅画就在这些我也弄不清楚到底都是些什么的废物堆里面。我又仔细看了看。我说：‘谁想得到，我的半岛上的种植园里的一个监工，一个向我借过两百法郎的人，居然是个伟大天才。你看得出这幅画哪点画得好吗？’‘看不出来，’她说，‘一点儿也不像咱们的种植园，再说我也从来没有见过椰子树长着蓝叶子。他们巴黎人简直发疯了，也说不定你哥哥能把那幅画卖两百法郎，正好能抵思特里克兰德欠我们的那笔债。’不管怎么说。我们还是把画包装好，给我哥哥寄去了。最后我收到了他的回信。你猜他信里面怎么说？‘画已收到，’他说，‘我必须承认，开始我还认为你在同我开玩笑。我真不应该出这笔寄费。我几乎没有胆量把它拿给同我谈过这件事的那位先生看。当他告诉我这是一件杰作，并出价三万法郎要购买它的时候，你可以想象到我是多么吃惊。我猜想他还肯出更多的钱。但是说老实话，这件事当时太出乎我的意料，弄得我简直晕头转向了。没等我脑子清醒过来以前，这笔生意已经拍板成交了。’”

接着，寇汉先生又说出几句着实令人起敬的话。

“我希望可怜的思特里克兰德还活着，我真想知道，在我把两万九千八百法郎卖画的钱交到他手里的时候，他会说什么。”

四十九

我住在鲜花旅馆，旅馆的女主人，约翰生太太给我讲了一个悲惨的故事——她如何把大好良机白白错过去了。思特里克兰德死了以后，他的一些遗物在帕皮提市场上拍卖。她亲自跑了一趟，因为在拍卖的物品中有一个她需要的美国式煤油炉子。她花了二十七法郎把炉子买了下来。

“有十来张画，”她对我说，“但是都没有镶框，谁也不要。有几张要卖十法郎，但是大部分只卖五、六法郎一张。想想吧，如果我把它们买下来，现在可是大富翁了。”

但是蒂阿瑞·约翰生无论在什么情况下也绝对发不了财，她手头根本存不下钱。她是一个在塔希提落户的白人船长同一个土著女人结婚生的女儿。我认识她的时候，她已经五十岁了，但是样子比年纪显得还要老。她的身躯又大又壮，一身肥肉，如果不是一张只能呈现出仁慈和蔼表情来的一团和气的面孔，她的仪表会是非常威严的。她的胳臂像两条粗羊腿，乳房像两颗大圆白菜，一张胖脸满是肥肉，给人以浑身赤裸、很不雅观的感觉。脸蛋下面是一重又一重的肉下巴（我说不上她有几重下巴），嘟嘟噜噜地一直垂到她那肥胖的胸脯上。平常她总穿着一件粉红色的宽大的薄衫，戴着一顶大草帽，但是当她把头发松垂下来的时候（她常常这样做，因为她对自己的头发感到很骄傲），你会看到她生着一头又黑又长、打着小卷的秀发。此外，她的眼睛也非常年轻，炯炯有神。她的笑声是我听到过的最富有感染性的笑声，开始的时候只是在喉咙里一阵低声咯咯，接着声音越来越大，直到她那肥胖的身躯整个都哆哆嗦嗦地震颤起来。她最喜欢的是三件东西——笑话、酒同漂亮的男人。有缘同她结识真是一件荣幸的事。

她是岛上最好的厨师，对美味佳肴有很深的爱好。从清早直到夜晚，你什么时候都会看见她坐在厨房里一把矮椅上，一名中国厨师和两三个本地的使女围着她团团转。她一面发号施令，一面同所有的人东拉西扯，偷空还要品尝一下她设计烹调出的令人馋涎欲滴的美味。如果要对一位朋友表示敬意，她就亲自下厨。殷勤好客是她的本性。只要鲜花旅馆有东西吃，岛上的人谁也用不着饿肚皮。她从来不因为房客付不出账而把他们赶走。有一次有一个住在她旅馆的人处境不佳，她竟一连几个月供给这人食宿，分文不收。最后开洗衣店的中国人因为这人付不起钱不再给他洗衣服，她就把这位房客的衣服和自己的混在一起给洗衣店送去。她说，她不能看着这个可怜的人穿脏衬衫，此外，既然他是一个男人，而男人又非抽烟不可，她还每天给这个人一个法郎，专门供他买纸烟。她对这个人同对那些每星期付一次账的客人一样殷勤和气。

年龄和发胖已经使她自己不能再谈情说爱了，但是她对年轻人的恋爱事却极有兴趣。她认为情欲方面的事是人的本性，男人女人都是如此，她总是从自己的丰富经验中给人以箴言和范例。

“我还不到十五岁的时候，我父亲就发现我有了爱人，”她说，“他是热带鸟号上的三副。一个漂亮的年轻人。”

她叹了一口气。人们都说女人总是不能忘怀自己的第一个爱人，但是也许她并不是永远把头一个爱人记在心上的。

“我父亲是个明白事理的人。”

“他怎么着你了？”我问。

“他差点儿把我打得一命呜呼，以后他就让我同约翰生船长结了婚。我倒也不在乎。当然了，约翰生船长年纪大多了，但是他也很漂亮。”

蒂阿瑞——这是一种香气芬芳的白花，她父亲给她起的名字。这里的人说，只要你闻过这种花香，不论走得多么远，最终还要被吸引回塔希提去——蒂阿瑞对思特里克兰德这个人记得非常清楚。

“他有时候到这里来，我常常看见他在帕皮提走来走去。我挺可怜他，他瘦得要命，口袋总是空空的。我一听说他到城里来了，就派一个茶房去把他找来，到我这里来吃饭。我还给他找过一两回工作，但是他什么事也干不长。过不了多久，他就又想回到荒林里去，于是一天清早，他人就不见了。”

思特里克兰德大约是在离开马赛以后六个月到的塔希提。他在一只从奥克兰驶往旧金山的帆船上干活儿，弄到一个舱位。到达塔希提的时候，他随身带的只是一盒油彩、一个画架和一打画布。他口袋里有几英镑，这是他在悉尼干活儿挣的。他在城外一个土著人家里租了一间小屋子。我猜想他一到塔希提就好像回到家里一样。蒂阿瑞告诉我思特里克兰德有一次同她讲过这样的话：

“我正在擦洗甲板，突然间有一个人对我讲：‘看，那不是吗？’我抬起头一望，看到了这个岛的轮廓。我马上就知道这是我终生寻找的地方。后来我们的船越走越近，我觉得我好像记得这个地方。有时候我在这里随便走的时候，我见到的东西好像都很熟悉。我敢发誓，过去我曾经在这里待过。”

“有的时候这个地方就是这样把人吸引住，”蒂阿瑞说，“我听说，有的人趁他们乘的轮船上货的时候到岸上来，准备待几小时，可是从此就再也不离开这个地方了。我还听说，有些人到这里来，准备在哪个公司干一年事，他们对这个地方骂不绝口，离开的时候，发誓赌咒，宁肯上吊也决不再回来。可是半年以后，你又看见他们登上这块陆地，他们会告诉你说，在别的任何地方他们也无法生活下去。”

五十

我认为有些人诞生在某一个地方可以说未得其所。机缘把他们随便抛掷到一个环境中，而他们却一直思念着一处他们自己也不知道坐落在何处的家乡。在出生的地方他们好像是过客，从孩提时代就非常熟悉的浓荫郁郁的小巷，同小伙伴游戏其中的人烟稠密的街区，对他们说来都不过是旅途中的一个宿站。这种人在自己亲友中可能终生落落寡合，在他们唯一熟悉的环境里也始终孑身独处。也许正是在本乡本土的这种陌生感才逼着他们远游异乡，寻找一处永恒定居的寓所。说不定在他们内心深处仍然隐伏着多少世代前祖先的习性和癖好，叫这些彷徨者再回到他们祖先在远古就已离开的土地。有时候一个人偶然到了一个地方，会神秘地感觉到这正是自己的栖身之所，是他一直在寻找的家园。于是他就在这些从未寓目的景物里，从不相识的人群中定居下来，倒好像这里的一切都是他从小就熟稔的一样。他在这里终于找到了宁静。

我给蒂阿瑞讲了一个我在圣托马斯医院认识的人的故事。这是个犹太人，姓阿伯拉罕。他是个金黄头发、身体粗壮的年轻人。性格腼腆，对人和气，但是很有才能。他是靠着一笔奖学金入学的，在五年学习期间，任何一种奖金只要他有机会申请就绝对没有旁人的份儿。他先当了住院内科医生，后来又当了住院外科医生。没有人不承认他的才华过人。最后他被选进领导机构中，他的前程已经有了可靠的保证。按照世情推论，他在自己这门事业上肯定会飞黄腾达、名利双收的。在正式上任以前，他想度一次假，因为他自己没有钱，所以在一艘开往地中海的不定期货船上谋了个医生位置。这种货轮上一般是没有医生的，只是由于医院里有一名高级外科医生认识跑这条航线的一家轮船公司的经理，货轮看在经理情面上才录用了阿伯拉罕。

几个星期以后，医院领导人收到一份辞呈，阿伯拉罕声明他决定放弃这个人人嫉妒的位置。这件事使人们感到极其惊诧，千奇百怪的谣言不胫而走。每逢一个人干出一件出人意料的事，他的相识们总是替他想出种种最令人无法置信的动机。但是既然早就有人准备好填补他留下的空缺，阿伯拉罕不久也就被人遗忘了。以后再也没人听到他的任何消息。这个人就这样从人们的记忆里消失了。

大约十年之后，有一次我乘船去亚历山大港[①]。即将登陆之前，一天早上，我被通知同其他旅客一起排好队，等待医生上船来检查身体。来的医生是个衣履寒酸、身体肥硕的人。当他摘下帽子以后，我发现这人的头发已经完全秃了。我觉得仿佛过去在什么地方

① 在埃及。

见过他。忽然，我想起来了。

“阿伯拉罕。”我喊道。

他转过头来，脸上显出惊奇的神色。愣了一会儿，他也认出我来，立刻握住我的手。在我们两人各自惊叹了一番后，他听说我准备在亚历山大港过夜，便邀请我到英侨俱乐部去吃晚饭。在我们会面以后，我再次表示在这个地方遇到他实在出乎我的意料。他现在的职务相当低微，他给人的印象也很寒酸。这以后他给我讲了他的故事。在他出发到地中海度假的时候，他一心想的是再回伦敦去，到圣·托马斯医院去就职。一天早晨，他乘的那艘货轮在亚历山大港靠岸，他从甲板上看着这座阳光照耀下的白色城市，看着码头上的人群。他看着穿着褴褛的轧别丁衣服的当地人，从苏丹来的黑人，希腊人和意大利人成群结队、吵吵嚷嚷，土耳其人戴着平顶无檐的土耳其小帽，他看着阳光和碧蓝的天空。就在这个时候，他的心境忽然发生了奇异的变化，他无法描述这是怎么一回事。事情来得非常突兀，据他说，好像晴天响起一声霹雳，但他觉得这个比喻不够妥当，又改口说好像得到了什么启示。他的心好像被什么东西揪了一下。突然间，他感到一阵狂喜，有一种取得无限自由的感觉。他觉得自己好像回到了老家，他当时当地就打定主意，今后的日子他都要在亚历山大度过了。离开货轮并没有什么困难，二十四小时以后，他已经带着自己的全部行李登岸了。

“船长一定会觉得你发疯了。”我笑着说。

“别人爱怎么想就怎么想，我才不在乎呢。做出这件事来的不是我，是我身体里一种远比我自己的意志更强大的力量。上岸以后，我四处看了看，想着我要到一家希腊人开的小旅馆去，我觉得我知道在哪里能找到这家旅馆。你猜怎么着？我一点儿也没有费劲儿就走到这家旅馆前边，我一看见这地方马上就认出来了。”

“你过去到过亚历山大港吗？”

“没有。在这次出国前我从来没有离开过英国。”

不久以后，他就在公立医院找到个工作，从此一直待在那里。

“你从来没有后悔过吗？”

“从来没有。一分钟也没有后悔过。我挣的钱刚够维持生活，但是我感到心满意足。我什么要求也没有，只希望这样活下去，直到我死。我生活得非常好。”

第二天我就离开了亚历山大港，直到不久以前我才又想起阿伯拉罕的事。那是我同另外一个行医的老朋友，阿莱克·卡尔米凯尔一同吃饭的时候。卡尔米凯尔回英国来短期度假，我偶然在街头上遇见了他。他在大战中工作得非常出色，荣获了爵士封号。我向他表示了祝贺。我们约好一同消磨一个晚上，一起叙叙旧。我答应同他一起吃晚饭，他建议不再约请别人，这样我俩就可以不受干扰地畅谈一下了。他在安皇后街有一所老宅子，布置很优雅，因为他是一个很富于艺术鉴赏力的人。我在餐厅的墙上看到一幅贝洛托[①]的画，还有两幅我很羡慕的佐范尼[②]的作品。当他的妻子，一个穿着金

① 贝尔纳多·贝洛托（1720—1780），意大利威尼斯派画家。

② 约翰·佐范尼（1733—1810），出生于德国的英国画家。

色衣服、高身量、样子讨人喜欢的妇女离开我们以后，我笑着对他说，他今天的生活同我们在医学院做学生的时代相比，变化真是太大了。那时，我们在威斯敏斯特桥大街一家寒酸的意大利餐馆吃一顿饭都认为是非常奢侈的事。现在阿莱克·卡尔米凯尔在六七家大医院都兼任要职，据我估计，一年可以有一万镑的收入。这次受封为爵士，只不过是他迟早要享受到的第一个荣誉而已。

“我混得不错，”他说，“但是奇怪的是，这一切都归功于我偶然交了一个好运。”

“我不懂你说的是什么意思？”

“不懂？你还记得阿伯拉罕吧？应该飞黄腾达的本该是他。做学生的时候，他处处把我打得惨败。奖金也好，助学金也好，都被他从我手里夺去，哪次我都甘拜下风。如果他这样继续下去，我现在的地位就是他的了。他对于外科手术简直是个天才。谁也无法同他竞争。当他被指派为圣·托马斯附属医学院注册员的时候，我是绝对没有希望进入领导机构的。我只能开业当个医生，你也知道，一个普通开业行医的人有多大可能跳出这个槽槽去。但是阿伯拉罕却让位了，他的位子让我弄到手了。这样就给了我步步高升的机会了。”

“我想你说的话是真的。”

“这完全是运气。我想，阿伯拉罕这人心理一定变态了。这个可怜虫，一点儿救也没有了。他在亚历山大港卫生部门找了个小差事——检疫员什么的。有人告诉我，他同一个丑陋的希腊老婆子住在一起，生了半打长着瘰疬疙瘩的小崽子。所以我想，问题不在于一个人脑子聪明不聪明，真正重要的是要有个性。阿伯拉罕缺少的正是个性。”

个性？在我看来，一个人因为看到另外一种生活方式更有重大的意义，只经过半小时的考虑就甘愿抛弃一生的事业前途，这才需要很强的个性呢。贸然走出这一步，以后永不后悔，那需要的个性就更多了。但是我什么也没说。阿莱克·卡尔米凯尔继续沉思着说：

“当然了，如果我对阿伯拉罕的行径故作遗憾，我这人也就太虚伪了。不管怎么说，正因为他走了这么一步，才让我占了便宜。”他吸着一支长长的寇罗纳牌哈瓦那雪茄烟，舒适地喷着烟圈。“但是如果这件事同我个人没有牵连的话，我是会为他虚掷才华感到可惜的。一个人竟这样糟蹋自己实在太令人心痛了。”

我很怀疑，阿伯拉罕是否真的糟蹋了自己。做自己最想做的事，生活在自己喜爱的环境里，淡泊宁静、与世无争，这难道是糟蹋自己吗？与此相反，做一个著名的外科医生，年薪一万镑，娶一位美丽的妻子，就是成功吗？我想，这一切都取决于一个人如何看待生活的意义，取决于他认为对社会应尽什么义务，对自己有什么要求。但是我还是没有说什么，我有什么资格同一位爵士争辩呢？

五十一

当我给蒂阿瑞讲完了这个故事，她很称赞我看问题的敏锐。这以后，我们埋头干了几分钟活儿，谁也没有再开口，因为我们当时正在剥豆子。她的眼睛对厨房里发生的事一件也不放过，没过多一会儿，她看到中国厨师做了一件她非常不赞成的事，马上对他骂了一大串话，但是那个中国人也毫不示弱，于是你一言我一语，展开了一场极为激烈的舌战。他们对骂时用的是当地土话，我只听得懂五六个词，给我的印象是，好像世界末日都快要到了。但是没过多久，和平就又恢复了，而且蒂阿瑞居然还递给中国厨师一根纸烟。两个人都舒舒服服地喷起云雾来。

“你知道，他的老婆还是我给找的呢，”蒂阿瑞突如其来地说了一句，一张大脸上布满了笑容。

“厨师的老婆？”

“不，思特里克兰德的。”

“他已经有了呀。”

“他也这么说。可是我告诉他，她的老婆在英国，英国在地球的那一边呢。”

“不错。”我回答说。

“每隔两三个月，当他需要油彩啊、烟草啊，或者缺钱花的时候，他就到帕皮提来一趟。到了这里，他总是像个没主的野狗似地东游西荡，我看着怪可怜的。我这里雇着一个女孩子，帮我收拾房间。她名字叫爱塔。她是我的一个远房亲戚，父母都死了，所以我只好收留了她。思特里克兰德有时候到我这儿来吃一顿饱饭，或者同我这里的哪个干活儿的下盘棋。我发现每次他来的时候，爱塔都盯着他。我就问她她是不是喜欢这个人。她说她很喜欢他。你知道这些女孩子是怎么样的，都喜欢找个白人。”

“爱塔是本地人吗？”我问。

“是的，一滴白人的血液也没有。就这样，在我同她谈了以后，我就派人把思特里克兰德找来，我对他说：‘思特里克兰德啊，你也该在这里安家落户了。像你这样年龄的人不应该再同码头边上的女人鬼混了。那里面没有好人，跟她们在一起你是落不出好儿来的。你又没有钱，不管什么事你都干不长，没有干过两个月的。现在没有人肯雇你了。尽管你说你可以同哪个土人一直住在丛林里头，他们也愿意同你住在一起，因为你是个白人，但是作为一个白人来说，你这种生活可不像样子。现在我给你出个主意，思特里克兰德。’”

蒂阿瑞说话的时候一会儿用法语，一会儿用英语，因为这两种话她说得同样流利。她说话的时候语调像是在唱歌，听起来非常悦耳。如果小鸟会讲英语的话，你会觉得它正是用这种调子说话的。

"'听我说，你跟爱塔结婚怎么样？她是个好姑娘，今年才十七岁。她从来不像这里有些女孩那样乱来——同个把船长或是大副要好过，这种事倒是有，但是跟当地人却绝对没有乱来过。她是很自爱的，你知道[①]。上回奥阿胡号到这里来的时候，船上的事务长对我讲，他在所有这些岛上还从来没有遇见过比她更好的姑娘呢。她现在也到了寻个归宿的时候啦，再说，船长也好、大副也好，总不时地想换个口味。凡是给我干活的女孩子我都不叫她们干多少年。爱塔在塔拉窝河旁弄到一小块地产，就在你到这里不久以前，收获的椰子干按现在的市价算足够你舒舒服服过日子了。那里还有一幢房子，你要想画画儿要多少时间有多少时间。你觉得怎么样？'"

蒂阿瑞停下来喘了一口气。

"就在这个时候，他告诉我他在英国是有老婆的。'我可怜的思特里克兰德，'我对他说，'他们在别的地方都有个外家，一般说来，这也是为什么他们到我们这些岛上来的缘故。爱塔是个通情达理的姑娘，她不要求当着市长的面举行什么仪式。她是个耶稣教徒，你知道，信耶稣教的对待这种事不像信天主教的人那么古板。'"

"这时候他说道：'那么爱塔对这件事有什么意见呢？''看起来，她对你很有情意[②]，'我说，'如果你愿意，她也会同意的。要不要我叫她来一下？'思特里克兰德咯咯地笑起来，像他平常那样，笑声干干巴巴，样子非常滑稽。于是我就把爱塔叫过来。爱塔知道刚才我在同思特里克兰德谈什么，这个骚丫头。我一直用眼角盯着她，她假装在给我熨一件刚刚洗过的罩衫，耳朵却一个字不漏

①② 原文为法语。

地听着我们俩讲话。她走到我面前，咯咯地笑着，但是我看得出来，她有一些害羞。思特里克兰德打量了她一阵，没有说什么。”

“她长得好看吗？”我问。

“挺漂亮。但是你过去一定看到过她的画儿了。他给她画了一幅又一幅，有时候围着一件帕利欧[①]，有时候什么都不穿。不错，她长得蛮漂亮。她会做饭。是我亲自教会她的。我看到思特里克兰德正在琢磨这件事，我就对他说：‘我给她的工资很多，她都攒起来了。她认识的那些船长和大副有时候也送给她一点儿东西。她已经攒了好几百法郎了。’”

思特里克兰德一边揪着大红胡子，一边笑起来。

“‘喂，爱塔，’他说，‘你喜欢不喜欢叫我当你丈夫？’”

她什么话也没说，只是叽叽咯咯地笑着。

“‘我不是告诉你了吗，思特里克兰德，这个女孩子对你挺有情意[②]吗？’”我说。

“‘我可是要揍你的。’”他望着她说。

“‘你要是不打我，我怎么知道你爱我呢？’”她回答说。

蒂阿瑞把这个故事打断，回想起自己的往事来。

“我的第一个丈夫，约翰生船长，也总是经常不断地用鞭子抽我。他是个男子汉，六英尺三高，长得仪表堂堂。他一喝醉了，谁也劝不住他，总是把我浑身打得青一块、紫一块，多少天也退不去。咳，他死了的时候我那个哭啊。我想我这辈子再也不能从这个

① 当地人的服装，一种用土布做的束腰。

② 原文为法语。

打击里恢复过来啦。但是我真的懂得我的损失多么大，那还是在我同乔治·瑞恩尼结婚以后。要是不跟一个男的一起生活，你是永远不会知道他是怎样的一个人的。乔治·瑞恩尼叫我大失所望，任何一个男人也没有这么叫我失望过。他长得也挺漂亮，身材魁梧，差不多同约翰生船长一样高，看起来非常结实。但是这一切都是表面现象。他从来没有喝醉过，从来没有动手打过我。简直可以当个传教士。每一条轮船进港我都同船上的高级船员谈情说爱，可是乔治·瑞恩尼什么也看不见。最后我实在腻味他了，我跟他离了婚。嫁了这么一个丈夫有什么好处呢？有些男人对待女人的方式真是太可怕了。”

我安慰了一下蒂阿瑞，表示同情地说，男人总是叫女人上当的。接着我就请她继续给我讲思特里克兰德的故事。

“‘好吧，’我对思特里克兰德说，‘这事不用着急。慢慢地好好想一想。爱塔在厢房里有一间挺不错的屋子，你跟她一起生活一个月，看看是不是喜欢她。你可以在我这里吃饭。一个月以后，如果你决定同她结婚，你就可以到她那块地产上安下家来。’”

“他同意这样做。爱塔仍然给我干活儿，我叫思特里克兰德在我这里吃饭，像我答应过的那样。我教给爱塔做一两样他喜欢吃的菜。他并没有怎么画画儿。他在山里游荡，在河里边洗澡。他坐在海边上眺望咸水湖。每逢日落的时候，就到海边上去看莫里阿岛。他也常常到礁石上去钓鱼。他喜欢在码头上闲逛，同本地人东拉西扯。他从不叫叫嚷嚷，非常讨人喜欢。每天吃过晚饭他就同爱塔一起到厢房里去。我看得出来，他渴望回到丛林里去。到了一个月头上，我问他打算怎么办。他说，要是爱塔愿意走的话，他是愿意同爱塔一起走的。于是我给他们准备了一桌喜酒。我亲自下的厨。我给他们做了豌豆汤、葡萄牙式的大虾、咖喱饭和椰子色拉——你还没尝过我做的椰子色拉呢，是不是？在你离开这里以前我一定给你做一回——我还给他们准备了冰激凌。我们拼命地喝香槟，接着又喝甜酒。啊，我早就打定主意，一定要把婚礼办得像个样子。吃完了饭，我们就在客厅里跳舞。那时候我还不像现在这么胖，我从年轻的时候就喜欢跳舞。”

鲜花旅馆的客厅并不大，摆着一架简易式的钢琴，沿着四边墙整整齐齐地摆着一套菲律宾红木家具，上面铺着烙着花的丝绒罩子，圆桌上放着几本照相簿，墙上挂着蒂阿瑞同她第一个丈夫约翰生船长的放大照片。虽然蒂阿瑞已经又老又胖，可是有几次我们还是把布鲁塞尔地毯卷起来，请来在旅馆里干活的女孩子同蒂阿瑞的两个朋友，跳起舞来，只不过伴奏的是由一台像害了气喘病似的唱机放出的音乐而已。露台上，空气里弥漫着蒂阿瑞花的浓郁香气，头顶上，南十字星在万里无云的天空上闪烁发光。

蒂阿瑞回忆起很久以前的那次盛会，脸上不禁显出迷醉的笑容来。

“那天我们一直玩到半夜三点钟，上床的时候没有一个人不喝得醉醺醺的。我早就同他们讲好，他们可以乘我的小马车走，一直到大路通不过去的地方。那以后，他们还要走很长的一段路。爱塔的产业在很远很远的一处山峦叠抱的地方。他们天一亮就动身了，我派去送他们的仆人直到第二天才回来。

“不错，思特里克兰德就这样结婚了。”

五十二

我想，这以后的三年是思特里克兰德一生中最幸福的一段日子。爱塔的房子距离环岛公路有八公里远，要到那里去需要走过一条为热带丛林浓荫覆盖着的羊肠小道。这是一幢用本色木头盖成的带凉台的平房，一共有两间屋子，屋外还有一间用作厨房的小棚子。室内没有家具，地上铺着席子当床用。只有凉台上放着一把摇椅。

芭蕉树一直长到房子的跟前，巨大的叶子破破烂烂，好像一位遭了厄运的女王的破烂衣衫。房子背后有一株梨树，房子四周到处种着能变钱花的椰子树。爱塔的父亲生前围着这片地产种了一圈巴豆，这些巴豆如今生得密密匝匝，开着绚烂的花朵，像一道火焰墙似地把椰林围绕起来。此外，正对着房子还有一棵杧果树，房前一块空地边上有两棵姊妹树，开着火红的花朵，同椰子树的金黄椰果竞相斗艳。

思特里克兰德就靠着这块地的出产过活，很少到帕皮提去。离他住的地方不远处有一条小河，他经常在里面洗澡。有时候河水里有鱼群出现，土人们便拿着长矛从各处走来，大吵大嚷地把正向海里游去的受惊的大鱼叉上来。思特里克兰德有时候也到海滩上去，回来的时候总带来一筐各种颜色的小鱼。爱塔用椰子油把鱼炸了，有时还配上一只大海虾，另外她还常常给他做一盘味道鲜美的螃蟹，这种螃蟹在脚底下爬来爬去，一伸手就可以捉住。山上面长着野橘子树，爱塔偶然同村子里两三个女伴上山去，总是满载而归，带回许多芬芳甘美的绿色小橘子。不久以后，椰子成熟，就该到采摘的时候了。爱塔的表兄表弟、堂兄堂弟（像所有的土人一样，她的亲戚数也数不过来）成群结队地爬到树上去，把成熟的大椰子扔下来。他们把椰子剖开，放在太阳底下晒。晒干以后就把椰肉取出来，装在口袋里。妇女们把一袋袋的椰肉运到咸水湖附近一个村落的贸易商人那里，换回来大米、肥皂、罐头肉和一点点儿钱。有时候邻村有什么庆贺宴会，就要杀猪。附近的人蜂拥到那里，又是跳舞，又是唱赞美诗，大吃大喝一顿，吃得人人都快要呕吐了。

但是他们的房子离附近的村子很远，塔希提的人是不喜欢活动的。他们喜欢旅行，喜欢闲聊天，就是不喜欢走路。有时候一连几个星期也没有人到思特里克兰德同爱塔家里来。思特里克兰德画画儿、看书，天黑了以后，就同爱塔一起坐在凉台上，一边抽烟一边望着天空。后来爱塔给他生了一个孩子。生孩子的时候来服侍她的一个老婆婆待下来，一直也没有走。不久，老婆婆的一个孙女也来同他们住在一起，后来又来了个小伙子——谁也不清楚这个人从哪儿来，同哪个人有亲属关系，他也毫无牵挂地在这里落了户。就这样他们逐渐成了个大家庭。

五十三

“看啊，那就是布吕诺船长[①]。”有一天，我脑子里正在往一块拼凑蒂阿瑞给我讲的关于思特里克兰德的片断的故事时，她忽然喊叫起来。“这个人同思特里克兰德很熟。他到思特里克兰德住的地方去过。”

我看到的是一个已过中年的法国人，蓄着一大捧黑胡子，不少已经花白，一张晒得黝黑的面孔，一对闪闪发光的大眼睛。他身上穿着一套很整洁的帆布衣服。其实吃午饭的时候我已经注意到他了，旅馆的一个中国籍侍者阿林告诉我，他是从包莫图斯岛来的，他乘的船当天刚刚靠岸。蒂阿瑞把我引见给他，他递给我一张名片。名片很大，当中印着他的姓名——勒内·布吕诺，下面一行小字是“龙谷号船长”。我同蒂阿瑞当时正坐在厨房外面的一个小凉台上，蒂阿瑞在给她手下的一个女孩子裁衣服。布吕诺船长就和我们一起坐下了。

“是的，我同思特里克兰德很熟。”他说。“我喜欢下棋，

① 原文为法语。

他也是只要找到个棋友就同人下。我每年为了生意上的事要到塔希提来三四回，如果他凑巧也在帕皮提，总要找我来一起玩几盘。后来，他结婚了，”说到结婚两个字布吕诺船长笑了笑，耸了一下肩膀，“在同蒂阿瑞介绍给他的那个女孩子到乡下去住以前，他邀请我有机会去看看他。举行婚礼那天我也是贺客之一。”他看了蒂阿瑞一眼，两个人都笑了。“结婚以后，他就很少到帕皮提来了。大约一年以后，凑巧我到他居住的那一带去，我忘了是为办一件什么事了。事情办完以后，我对自己说：‘嗳，我干吗不去看看可怜的思特里克兰德呀？’我向一两个本地人打听，问他们知道不知道有这么一个人，结果我发现他住的地方离我那儿还不到五公里远。于是我就去了。我这次去的印象永远也不会忘记。我的住家是在珊瑚岛上，是环抱着咸水湖的一个低矮的环形小岛。那地方的美是海天茫茫的美，是湖水变幻不定的色彩和椰子树的摇曳多姿。而思特里克兰德住的地方却是另一种美，好像是生活在伊甸园里。哎呀，我真希望我能把那迷惑人的地方描摹给你们听。与人寰隔绝的一个幽僻的角落，头顶上是蔚蓝的天空，四围一片郁郁葱葱的树木。那里是观赏不尽的色彩，芬芳馥郁的香气，荫翳凉爽的空气。这个人世乐园是无法用言语形容的。他就住在那里，不关心世界上的事，世界也把他完全遗忘。我想，在欧洲人的眼睛里，那地方也许显得太肮脏了一些，房子破破烂烂，而且收拾得一点儿也不干净。我刚走近那幢房子，就看见凉台上躺着三四个当地人。你知道这里的人总爱凑在一起。我看见一个年轻人摊开了身体在地上躺着，抽着纸烟，身上除了一条帕利欧以外任什么也没有穿。”

所谓帕利欧就是一长条印着白色图案的红色或蓝色的棉布，围在腰上，下面搭在膝盖上。

“一个女孩子，大概有十五六岁吧，正在用凤梨树叶编草帽，一个老太婆蹲在地上抽烟袋。后来我才看到爱塔，她正在给一个刚出世不久的小孩喂奶，另外一个小孩，光着屁股，在她脚底下玩。爱塔看见我以后，就招呼思特里克兰德。思特里克兰德从屋子里走到门口。他身上同样也只围着一件帕利欧。他留着大红胡子，头发粘成一团，胸上长满了汗毛，样子真是古怪。他的两只脚磨得起了厚茧，还有许多疤痕，我一看就知道他从不穿鞋。说实在的，他简直比当地人更像当地人。他看见我好像很高兴，吩咐爱塔杀一只鸡招待我。他把我领进屋子里，给我看我来的时候他正在画的一幅画。屋子的一个角落里摆着一张床，当中是一个画架，画架上钉着一块画布。因为我觉得他挺可怜，所以花了不多钱买了他几张画。这些画大多数我都寄给法国的朋友了。虽然我当时买这些画是出于对他的同情，但是时间长了，我还是喜欢上它们了。我发现这些画有一种奇异的美。别人都说我发疯了，但事实证明我是正确的。我是这个地区第一个能鉴赏他的绘画的人。”

他幸灾乐祸地向蒂阿瑞笑了笑。于是蒂阿瑞又一次后悔不迭地给我们讲起那个老故事来：在拍卖思特里克兰德遗产的时候，她怎样一点儿也没有注意他的画，只花了二十七个法郎买了一个美国的煤油炉子。

“这些画你还保留着吗？”我问。

“是的。我还留着。等我的女儿到了出嫁的年龄我再卖，给她做陪嫁。”

他又接着给我们讲他去看思特里克兰德的事。

“我永远也忘不了我同他一起度过的那个晚上。本来我想在他那里只待一个钟头，但是他执意留我住一夜。我犹豫了一会儿，说老实话，我真不喜欢他建议叫我在上面过夜的那张草席。但是最后我还是耸了耸肩膀，同意留下了。当我在包莫图斯岛给自己盖房子的时候，有好几个星期我睡在外面露天地里，我睡的床要比这张草席硬得多，盖的东西只有草叶子。讲到咬人的小虫，我的又硬又厚的皮肤实在是最好的防护物。

“在爱塔给我们准备晚饭的时候，我同思特里克兰德到小河边上去洗了一个澡。吃过晚饭后，我们就坐在露台上乘凉。我们一边抽烟一边聊天。我来的时候看见的那个年轻人有一架手风琴，他演奏的都是十几年以前音乐厅里流行过的曲子。在热带的夜晚，在这样一个离开人类文明几千里以外的地方，这些曲调给人以一种奇异的感觉。我问思特里克兰德，他这样同各式各样的人胡乱住在一起，是否觉得厌恶。他回答说不。他喜欢他的模特儿就在眼前。过了不久，当地人都大声打着呵欠，各自去睡觉了，露台上只剩下我同思特里克兰德。我无法向你描写夜是多么寂静。在我们包莫图斯的岛上，夜晚从来没有这里这么悄无声息。海滨上有一千种小动物发出的声响。各式各样的带甲壳的小东西永远也不停息地到处爬动，另外还有生活在陆地上的螃蟹嚓嚓地横爬过去。有的时候你可以听到咸水湖里鱼儿跳跃的声音，另外的时候，一只棕色鲨鱼把别的鱼儿惊得乱窜，弄得湖里发出一片噼啪的泼溅声。但是压倒这一切嘈杂声响的还是海水拍打礁石的隆隆声，它像时间一样永远也不终止。但是这里却一点儿声音也没有，空气里充满了夜间开放的白花的香气。这里的夜这么美，你的灵魂好像都无法忍受肉体的桎梏了。你感觉到你的灵魂随时都可能飘到缥缈的空际，死神的面貌就像你亲爱的朋友那样熟悉。”

蒂阿瑞叹了口气。

“啊，我真希望我再回到十五岁的年纪。”

这时，她忽然看见一只猫正在厨房桌上偷对虾吃，随着连珠炮似的一串咒骂，她又麻利又准确地把一本书扔在仓皇逃跑的猫尾巴上。

“我问他同爱塔一起生活幸福不幸福。”

“‘她不打扰我，’他说，‘她给我做饭，照管孩子。我叫她做什么她就做什么。凡是我要求一个女人的，她都给我了。’”

“‘你离开欧洲从来也没有后悔过吗？有的时候你是不是也怀念巴黎或伦敦街头的灯火？怀念你的朋友、伙伴？还有我不知道的一些东西，剧院呀、报纸呀、公共马车隆隆走过鹅卵石路的声响？’”

很久，很久，他一句话也没有说。最后他开口道：

“‘我愿意待在这里，一直到我死。’”

“‘但是你就从来也不感到厌烦，不感到寂寞？’”我问道。

他咯咯地笑了几声。

“‘我可怜的朋友[①]，’他说，‘很清楚，你不懂做一个艺术家是怎么回事。’”

布吕诺船长转过头来对我微微一笑，他的一双和蔼的黑眼睛里

① 原文为法语。

闪着奇妙的光辉。

“他这样说对我可太不公平了，因为我也知道什么叫怀着梦想。我自己就也有幻想。从某一方面讲，我自己也是个艺术家。”

半天我们都没有说话。蒂阿瑞从她的大口袋里拿出一把香烟来，递给我们每人一支。我们三个人都抽起烟来。最后她开口说：

“既然这位先生[①]对思特里克兰德有兴趣，你为什么不带他去见一见库特拉斯医生啊？他可以告诉他一些事，思特里克兰德怎样生病，怎样死的，等等。”

“我很愿意[②]。”船长看着我说。

我谢了谢他。他看了看手表。

“现在已经六点多钟了。如果你肯同我走一趟，我想这时候他是在家的。”

我二话没说，马上站了起来。我俩立刻向医生家里走去。库特拉斯住在城外，而鲜花旅馆是在城市边缘上，所以没有几步路，我们就已经走到郊野上了。路很宽，一路上遮覆着胡椒树的浓荫。路两旁都是椰子和香子兰种植园。一种当地人叫海盗鸟的小鸟在棕榈树的叶子里叽叽喳喳地叫着。我们在路上经过一条浅溪，上面有一座石桥。我们在桥上站了一会儿，看着本地人的孩子在水里嬉戏。他们笑着、喊着，在水里互相追逐，棕色的小身体滴着水珠，在阳光下闪闪发光。

① 原文为法语。

② 原文为法语。

五十四

我一面走路一面思索着他到这里以后的景况。最近一些日子我听到思特里克兰德不少轶事，不能不认真思考一下这里的环境。他在这个遥远的海岛上似乎同在欧洲不一样，一点儿也没有引起别人的厌嫌。相反地，人们对他都很同情，他的奇行怪癖也没有人感到诧异。在这里的人们——不论是欧洲人或当地土著的眼里，他当然是个怪人，但是这里的人对于所谓怪人已经习以为常，因此对他从不另眼相看。世界上有的是怪人，他们的举止离奇古怪。也许这里的居民更能理解，一般人都不是他们想要做的那种人，而是他们不得不做的那种人。在英国或法国，思特里克兰德可以说是个不合时宜的人，“圆孔里插了个方塞子”，而在这里却有各种形式的孔，什么样子的塞子都能各得其所。我并不认为他到这里以后脾气比过去变好了，不那么自私了，或者更富于人情味儿了；而是这里的环境对他比以前更适合了。假如他过去就在这里生活，人们就不会注意到他的那些劣点了。他在这里所经历到的是他在本乡本土不敢希冀、从未要求的——他在这里得到的是同情。

这一切我感到非常惊奇，我把我的想法试着同布吕诺船长谈了一些，他并没有立刻回答我什么。

“我对他感到同情其实也没有什么奇怪的，”最后他说，“因为，尽管我们两人可能谁也不知道，我们寻求的却是同一件东西。”

“你同思特里克兰德完全是不同类型的人，有什么东西会是你们俩共同寻求的呢？”

“美。”

“你们寻求的东西太高了。”我咕噜了一句。

“你知道不知道，一个人要是坠入情网，就可能对世界上一切事物都听而不闻、视而不见了？那时候他就会像古代锁在木船里摇桨的奴隶一样，身心都不是自己所有了。把思特里克兰德俘获住的热情正同爱情一样，一点儿自由也不给他。”

“真奇怪，你怎么也会这么说？”我回答道，“很久以前，我正是也有这种想法。我觉得他这个人是被魔鬼抓住了。”

“使思特里克兰德着了迷的是一种创作欲，他热切地想创造出美来。这种激情叫他一刻也不能宁静。逼着他东奔西走。他好像是一个终生跋涉的朝香者，永远思慕着一块圣地。盘踞在他心头的魔鬼对他毫无怜悯之情。世上有些人渴望寻获真理，他们的要求非常强烈，为了达到这个目的，就是叫他们把生活的基础完全打翻，也在所不惜。思特里克兰德就是这样一个人，只不过他追求的是美，而不是真理。对于像他这样的人，我从心眼里感到怜悯。”

“你说的这一点也很奇怪。有一个他曾经伤害过的人也这样对我说，说他非常可怜思特里克兰德。”我沉默了一会儿。“我很想知道，对于一种我一直感到迷惑不解的性格，你是不是已经找到了答案。你怎么会想到这个道理的？”

他对我笑了笑。

“我不是告诉你了，从某一个角度讲，我也是个艺术家吗？我在自己身上也深深感到激励着他的那种热望。但是他的手段是绘画，我的却是生活。”

布吕诺船长这时给我讲了一个故事，我想我应该在这里说一说。因为即使作为对比，这个故事对我记叙思特里克兰德的生平也能说明一些问题。再说，我认为这个故事本身就是非常美的。

布吕诺船长是法国布列塔尼地方的人，年轻时在法国海军里服过役。结婚以后，他退了役，在坎佩尔附近一小份产业上定居下来，准备在恬静的乡居生活中过自己的后半生。但是由于替他料理财务的一位代理人出了差错，一夜之间，他发现自己已经一文不名了。他和他的妻子在当地人眼目中本来享有一定的地位，他俩绝对不愿意仍然挨在原来的地方过苦日子。早年他在远涉重洋时，曾经到过南太平洋群岛，这时他就打定主意再到南海去闯一条路子。他先在帕皮提住了几个月，一方面规划一下自己的未来，一方面积累一些经验。几个月以后，他从法国一位朋友手里借了一笔钱，在包莫图斯群岛里买下一个很小的岛屿。这是一个环形小岛，中间围着一个咸水湖，岛上长满了灌木和野生的香石榴，从来没有人居住过。他的老婆是个很勇敢的女人，他就带着自己的老婆和几个土人登上这个小岛。他们首先着手盖房子，清理灌木丛，准备种植椰子。这是在我遇到他二十年以前的事，现在这个荒岛已经成了一座整饬的种植园了。

“开始一段日子工作非常艰苦。我们两个人拼死拼活地干活儿。每天天一亮我就起来，除草、种树、盖房子，晚上一倒在床上，我总是像条死狗似的一觉睡到天亮。我的妻子同我一样毫不吝惜自己的力气。后来我们有了孩子，先是一个男孩儿，后来又生了个女儿。我和我的妻子教他们读书。他们知道的一点儿知识都是我俩教的。我们托人从国内运来一架钢琴。我妻子教他们弹琴、说英语，我教他们拉丁文和数学，我们一起读历史。两个孩子还学会了驾船，游泳的本领也一点儿不比土人差。岛上的事儿他们样样都很精通。我们的椰子林长得很好，此外，我们那里的珊瑚礁上还盛产珠蚌。我这次到塔希提来是为了买一艘双桅帆船。我想用这艘船打捞蚌壳，准能把买船的钱赚回来。谁能说准，我也许真会捞获一些珍珠呢。我干的每一件事都是白手起家的。我也创造了美。在我瞧着那些高大、挺拔的椰子树，心里想到每一棵都是自己亲手培植出来的，你真不知道我那时是什么心情啊。”

“让我问你一个问题：这个问题你过去也问过思特里克兰德。你离开了法国，把布列塔尼的老家抛在脑后，从来也没有后悔过吗？”

“将来有一天，等我女儿结了婚，我儿子娶了妻子，能够把我在岛上的一番事业接过去以后，我就和我妻子回去，在我出生的那所老房子里度过我们的残年。”

“你那时回顾过去，会感到这一辈子是过得很幸福的。”

“当然了[①]，在我们那个小岛上，日子可以说比较平淡，我们离

① 原文为法语。

开文明社会非常遥远——你可以想象一下，就是到塔希提来一趟，在路上也要走四天，但是我们过得很幸福。世界上只有少数人能够最终达到自己的理想。我们的生活很单纯、很简朴。我们并不野心勃勃，如果说我们也有骄傲的话，那是因为在想到通过双手获得的劳动成果时的骄傲。我们对别人既不嫉妒，更不怀恨。唉，我亲爱的先生[①]，有人认为劳动的幸福是句空话，对我说来可不是这样。我深深感到这句话的重要意义。我是个很幸福的人。”

“我相信你是有资格这样说的。”

“我也希望我能这样想。我的妻子不只是我贴心的朋友，还是我的好助手；不只是贤妻，还是良母，我真是配不上她。”

船长的这番话在我的脑子里描绘了别样的一种生活，使我思索了好大一会儿。

“你过着这样的生活，而且取得了很大的成功，显然这不只需要坚强的意志，而且要有坚毅的性格。”我说。

“也许你说得对。但是如果没有另外一个因素，我们是什么也做不成的。”

“那是什么呢？”

他站住了，有些像演戏似地抬起了两只胳膊。

“对上帝的信仰。要是不相信上帝我们早就迷途了。”

话说到这里，我们已经走到库特拉斯医生的家门口了。

① 原文为法语。

五十五

库特拉斯医生是一个又高又胖的法国人，已经有了一把年纪。他的体型好像一只大鸭蛋，一对蓝眼睛咄咄逼人，却又充满了善意，时不时地带着志满意得的神情落在自己鼓起的大肚皮上。他的脸色红扑扑的，配着一头白发，让人一看见就发生好感。他接见我们的地方很像在法国小城市里的一所住宅，两件波利尼西亚的摆设在屋子里显得非常刺眼。库特拉斯医生用两只手握住我的手——他的手很大，亲切地看着我，但是从他的眼神我却可以看出他是个非常精明的人。在他同布吕诺船长握手的时候，他很客气地问候夫人和孩子[①]。我们寒暄了几句，又闲扯了一会儿本地的各种新闻，今年椰子和香草果的收成等等。这以后谈话转到我这次来访的本题。

我现在只能用自己的语言把库特拉斯给我讲的故事写下来。他当时给我叙述时，绘声绘色，他的原话经我一转述就要大为减色，他的嗓音低沉，带着回音，同他魁梧的体格非常相配。他说话时很

① 原文为法语。

善于表演。听他讲话，正像一般人爱用的一个比喻，就像在观看戏剧，而且比大多数戏演得更为精彩。

事情的经过大概是这样的。有一次库特拉斯医生到塔拉窝去给一个生病的女酋长看病。库特拉斯把这位女酋长淋漓尽致地描写了一番。女酋长生得又胖又蠢，躺在一张大床上抽着纸烟，周围站着一圈乌黑皮肤的侍从。看过病以后，医生被请到另一间屋子里，被招待了一顿丰盛的饭食——生鱼、炸香蕉、小鸡，还有一些他不知名的东西[①]，这是当地土著[②]的标准饭菜。吃饭的时候，他看见人们正在把一个眼泪汪汪的年轻女孩子从门口赶走。他当时并没有注意，但在他吃完饭，正准备上马车启程回家的时候，他又看见她在不远的地方站着。她凄凄惨惨地望着他，泪珠从面颊上淌下来。医生问了问旁边的人，这个女孩儿是怎么回事。他被告知说，女孩子是从山里面下来的，想请他去看一个生病的白人。他们已经告诉她，医生没有时间管她的事。库特拉斯医生把她叫过来，亲自问了一遍她有什么事。她说她是爱塔派来的，爱塔过去在鲜花旅馆干活儿，她来找医生是因为“红毛”病了。她把一块柔皱了的旧报纸递到医生手里，医生打开一看，里面是一张一百法郎的钞票。

“谁是‘红毛’？”医生问一个站在旁边的人。

他被告诉说，“红毛”是当地人给那个英国人，一个画家起的外号儿。这个人现在同爱塔同居，住在离这里七公里远的山丛中

① 原文为法语。

② 原文为法语。

的一条峡谷里。根据当地人的描述，他知道他们说的是思特里克兰德。但是要去思特里克兰德住的地方，只能走路去，他们知道他去不了，所以就把女孩子打发走了。

“说老实话，”医生转过头来对我说，“我当时有些踌躇。在崎岖不平的小路上来回走十四公里路，那滋味着实不好受，而且我也没法当夜再赶回帕皮提了。此外，我对思特里克兰德也没有什么好感。他只不过是个游手好闲的懒汉，宁愿跟一个土著女人姘居，也不想像别人似的自己挣钱吃饭。我的上帝[①]，我当时怎么知道，有一天全世界都承认他是个伟大天才呢？我问了问那个女孩子，他是不是病得很厉害，能不能到我那儿去看病。我还问她，思特里克兰德得的是什么病。但是她什么也不说。我又叮问了她几句，也许还对她发了火，结果她眼睛看着地，扑簌簌地掉起眼泪来。我无可奈何地耸了耸肩膀。不管怎么说，给病人看病是医生的职责，尽管我一肚子闷气，还是跟着她去了。”

库特拉斯医生走到目的地的时候，脾气一点儿也不比出发的时候好，他走得满身大汗，又渴又累。爱塔正在焦急地等着，还走了一段路来接他。

“在我给任何人看病以前，先让我喝点儿什么，不然我就渴死了，”医生喊道，“看在上帝的份儿上[②]，给我摘个椰子来。”

爱塔喊了一声，一个男孩子跑了过来，噌噌几下就爬上一棵椰

① 原文为法语。

② 原文为法语。

子树，扔下一只成熟的椰子来。爱塔在椰子上开了一个洞，医生痛痛快快地喝了一气，这以后，他给自己卷了一根纸烟，情绪比刚才好多了。

“‘红毛’在什么地方啊？”他问道。

“他在屋子里画画儿呢。我没有告诉他你要来。你进去看看他吧。”

“他有什么不舒服？要是他还画得了画儿，就能到塔拉窝走一趟。叫我走这么该死的远路来看他，是不是我的时间不如他的值钱？”

爱塔没有说话，她同那个男孩子一起跟着走进屋子。把医生找来的那个女孩儿这时在阳台上坐下来。阳台上还躺着一个老太婆，背对着墙，正在卷当地人吸的一种纸烟。医生感到这些人的举止都有些奇怪，心里有些气恼。走进屋子以后，他发现思特里克兰德正在清洗自己的调色板。画架上摆着一幅画。思特里克兰德扎着一件帕利欧，站在画架后面，背对着门。听到有脚步声，他转过身来。他很不高兴地看了医生一眼。他有些吃惊，他讨厌有人来打搅他。但是真正感到吃惊的是医生，库特拉斯一下子僵立在那里，脚下好像生了根，眼睛瞪得滚圆。他看到的是他事前绝没有料到的。他吓得胆战心惊。

“你怎么连门也不敲就进来了，”思特里克兰德说，“有什么事儿？”

医生虽然从震惊中恢复过来，但还是费了很大劲儿才能开口说话。他来时的一肚子怒气已经烟消云散，他感到——哦，对，我不能否认。[①]他感到从心坎里涌现出一阵无限的怜悯之情。

① 原文为法语。

“我是库特拉斯医生。我刚才到塔拉窝去给女酋长看病，爱塔派人请我来给你看看。”

“她是个大傻瓜。最近我身上有的地方有些痛，有时候有点儿发烧，但这不是什么大病。过些天自然就好了。下回有人再去帕皮提，我会叫他带些奎宁回来的。”

“你还是照照镜子吧。”

思特里克兰德看了他一眼，笑了笑，走到挂在墙上的一面小镜子前头。这是那种价钱很便宜的镜子，镶在一个小木框里。

“怎么了？”

“你没有发现你的脸有什么变化吗？你没有发现你的五官都肥大起来，你的脸——我该怎么说呢？你的脸已经成了医书上所说的‘狮子脸’了。我可怜的朋友[①]，难道一定要我给你指出来，你得了一种可怕的病了吗？”

“我？”

“你从镜子里就可以看出来，你的脸相都是麻风病的典型特征。”

“你是在开玩笑么？”思特里克兰德说。

“我也希望是在开玩笑。”

“你是想告诉我，我害了麻风病么？”

“非常不幸，这已经是不容置疑的事了。”

库特拉斯医生曾经对许多人宣判过死刑，但是每一次都无法克服自己内心的恐怖感。他总是想，被宣判死刑的病人一定拿自己同

① 原文为法语。

医生比较，看到医生身心健康、享有生活的宝贵权利，一定又气又恨，病人的这种感情每次他都能感觉到。但是思特里克兰德却只是默默无言地看着他，一张已经受这种恶病蹂躏变形的脸丝毫也看不出有任何感情变化。

“他们知道吗？”最后，思特里克兰德指着外面的人说，这些人这时静悄悄地坐在露台上，同往日的情景大不相同。

“这些本地人对这种病的征象是非常清楚的，”医生说，“只是他们不敢告诉你罢了。”

思特里克兰德走到门口，向外面张望了一下。他的脸相一定非常可怕，因为外面的人一下子都哭叫、哀号起来，而且哭声越来越大。思特里克兰德一句话也没说。他愣愣地看了他们一会儿，便转身走回屋子。

“你认为我还能活多久？”

“谁说得准？有时候染上这种病的人能活二十年，如果早一些死倒是上帝发慈悲呢。”

思特里克兰德走到画架前面，沉思地看着放在上面的画。

“你到这里来走了很长一段路。带来重要消息的人理应得到报酬。把这幅画拿去吧。现在它对你不算什么，但是将来有一天可能你会高兴有这样一幅画的。”

库特拉斯医生谢绝说，他到这儿来不需要报酬，就是那一百法郎他也还给了爱塔。但是思特里克兰德却坚持要他把这幅画拿走。这以后他们俩一起走到外面阳台上。几个本地人仍然在非常哀痛地呜咽着。

“别哭了，女人。把眼泪擦干吧，”思特里克兰德对爱塔说。“没有什么大不了的。我不久就要离开你了。”

“他们不会把你弄走吧？”她哭着说。

当时在这些岛上还没有实行严格的隔离制度。害麻风病的人如果自己愿意，是可以留在家里的。

“我要到山里去。”思特里克兰德说。

这时候爱塔站起身，看着他的脸说：

“别人谁愿意走谁就走吧。我不离开你。你是我的男人，我是你的女人。要是你离开了我，我就在房子后面这棵树上上吊。我在上帝面前发誓。”

她说这番话时，神情非常坚决。她不再是一个温柔、驯顺的土人女孩子，而是一个意志坚定的妇人。她一下子变得谁也认不出来了。

“你为什么要同我在一起呢？你可以回到帕皮提去，而且很快的你还会找到另一个白人。这个老婆子可以给你看孩子，蒂阿瑞会很高兴地再让你重新给她干活儿的。”

“你是我的男人，我是你的女人。你到哪儿去我也到哪儿去。”

有那么一瞬间，思特里克兰德的铁石心肠似乎被打动了，泪水涌上他的眼睛，一边一滴，慢慢地从脸颊上流下来。但是他的脸马上又重新浮现出平日惯有的那种讥嘲的笑容。

“女人真是奇怪的动物，”他对库特拉斯医生说，“你可以像狗一样地对待她们，你可以揍她们揍得你两臂酸痛，可是到头来她们还是爱你。”他耸了耸肩膀。“当然了，基督教认为女人也有灵魂，这实在是个最荒谬的幻觉。”

“你在同医生说什么？”爱塔有些怀疑地问他，“你不走吧？”

“如果你愿意的话，我就不走，可怜的孩子。”

爱塔一下子跪在他的脚下，两臂抱紧他的双腿，拼命地吻他。思特里克兰德看着库特拉斯医生，脸上带着一丝微笑。

“最后他们还是要把你抓住，你怎么挣扎也白费力气。白种人也好，棕种人也好，到头来都是一样的。”

库特拉斯医生觉得对于这种可怕的疾病说一些同情的话是很荒唐的，他决定告辞。思特里克兰德叫那个名叫塔耐的男孩子给他领路，带他回村子去。说到这里，库特拉斯医生停了一会儿。最后他对我说：

“我不喜欢他，我已经告诉过你，我对他没有什么好感。但是在我慢慢走回塔拉窝村的路上，我对他那种自我克制的勇气却不由自主地产生了敬佩之情。他忍受的也许是一种最可怕的疾病。当塔耐和我分手的时候，我告诉他我会送一些药去，对他的疾病也许会有点儿好处。但是我也知道，思特里克兰德是多半不肯服我送去的药的，至于这种药——即使他服了——有多大效用，我就更不敢希望了。我让那孩子给爱塔带了个话，不管她什么时候需要我，我都会去的。生活是严酷的，大自然有时候竟以折磨自己的儿女为乐趣，在我坐上马车驶回我在帕皮提的温暖的家庭时，我的心是沉重的。”

很长一段时间，我们谁都没有说话。

“但是爱塔并没有叫我去，”医生最后继续说，“我凑巧也有很长时间没有机会到那个地区去。关于思特里克兰德我什么消息也没听到。有一两次我听说爱塔到帕皮提来买绘画用品，但是我都没有看见她。大约过了两年多，我才又去了一趟塔拉窝，仍然是给那个女酋长看病。我问那地方的人，他们听到过思特里克兰德的什么消息没有。这时候，思特里克兰德害了麻风病的事已经到处都传开了。首先是那个男孩子塔耐离开了他们住的地方，不久以后，老太婆带着她的孙女儿也走了。后来只剩下思特里克兰德、爱塔和他们的孩子了。没有人走近他们的椰子园。当地的土人对这种病怕得要命，这你是知道的。在过去的日子里，害麻风病的人一被发现就被活活儿打死。但是有时候村里的小孩到山上去玩，偶然会看到这个留着大红胡子的白人在附近游荡。孩子们一看见他就像吓掉了魂儿似的没命地跑掉。有时候爱塔半夜到村子里来，叫醒开杂货店的人买一些她需要的东西。她知道村子里的人对她也同样又害怕又厌恶，正像对待思特里克兰德一样，因此她总是避开他们。又有一次有几个女人壮着胆子走到他们住的椰子园附近，这次她们走得比哪次都近，看见爱塔正在小溪里洗衣服，她们向她投掷了一阵石块。这次事件发生以后，村里的杂货商就被通知给爱塔传递一个消息：以后如果她再用那条溪水，人们就要来把她的房子烧掉。”

“这些混账东西。”我说。

“别这么说，我亲爱的先生[①]，人们都是这样的。恐惧使人们变

① 原文为法语。

得残酷无情……我决定去看看思特里克兰德。当我给女酋长看好病以后，我想找一个男孩子给我带路，但是没有一个人肯陪我去，最后还是我一个人摸索着去了。”

库特拉斯医生一走进那个椰子园，就有一种忐忑不安的感觉。虽然走路走得浑身燥热，却不由得打了个寒战。空气中似乎有什么敌视他的东西，叫他望而却步。他觉得有一种看不见的势力阻拦着他，许多只看不见的手往后拉他。没有人再到这里来采摘椰子，椰果全都腐烂在地上，到处是一片荒凉破败的景象。低矮的树丛从四面八方侵入这个种植园，看来人们花费了无数血汗开发出的这块土地不久就又要被原始森林重新夺回去了。库特拉斯医生有一种感觉，仿佛这是痛苦的居留地。他越走近这所房子，越感到这里寂静得令人心神不安。开始他还以为房子里没有人了呢，但是后来他看见了爱塔。她正蹲在一间当厨房用的小棚子里，用锅子煮东西，身旁有一个小男孩，一声不出地在泥土地上玩儿。爱塔看见医生的时候，脸上并没有笑容。

“我是来看思特里克兰德的。”他说。

“我去告诉他。”

爱塔向屋子里走去，登上几层台阶，走上阳台，然后进了屋子。库特拉斯医生跟在她身后，但是走到门口的时候却听从她的手势在外边站住。爱塔打开房门以后，他闻到一股腥甜气味，在麻风病患者居住的地方总是有这种令人作呕的气味。他听见爱塔说了句什么，以后他听见思特里克兰德的语声，但是他却一点儿也听不出这是思特里克兰德的声音。这声音变得非常沙哑、模糊不清。库特拉斯医生扬了一下眉毛。他估计病菌已经侵袭了病人的声带了。过了一会儿，爱塔从屋子里走出来。

“他不愿意见你。你快走吧。”

库特拉斯医生一定要看看病人，但是爱塔拦住他，不叫他进去。库特拉斯医生耸了耸肩膀。他想了一会儿，便转身走去。她跟在他身边。医生觉得，她也希望自己马上离开。

“有没有什么事我可以替你做的？”他问。

“你可以给他送点儿油彩来，”她说。“别的什么他都不要。”

“他还能画画儿吗？”

“他正在往墙上画壁画儿。”

“你的生活真不容易啊，可怜的孩子。”

她的脸上终于露出了笑容，眼睛里放射出一种爱的光辉，一种人世上罕见的爱情的光辉。她的目光叫库特拉斯医生吓了一跳。他感到非常惊异，甚至产生了敬畏之感。他不知道自己该说什么。

“他是我的男人。”她说。

“你们的那个孩子呢？”医生问道，“我上次来，记得你们是有两个小孩儿的。”

“是有两个。那个已经死了。我们把他埋在杧果树底下了。”

爱塔陪着医生走了一小段路以后，就对医生说，她得回去了。库特拉斯医生猜测，她不敢往更远处走，怕遇见村子里的人。他又跟她说了一遍，如果她需要他，只要捎个话去，他一定会来的。

五十六

两年又过去了，也许是三年，因为在塔希提，时间总是不知不觉地流逝过去，没有人费心去计算。但是最后终于有人给库特拉斯医生带来个信儿，说是思特里克兰德很快就要死了。爱塔在路上拦住一辆往帕皮提递送邮件的马车，请求赶车的人立刻到医生那里去一趟。但是消息带到的时候，医生恰巧不在家。直到傍晚他才听到这个信儿。天已经太晚了，他当天无法动身，他是第二天清早才启程去的。他首先到了塔拉窝，然后下车步行，这是他最后一次走七公里的路到爱塔家去。小路几乎已被荒草遮住，看来已经有好几年没有行人的足迹了。路很不好走，有时候他得跋涉过一段河滩，有时候他得分开长满荆棘的茂密的矮树丛。有好几次他不得不从岩石上爬过去，为了躲避挂在头顶树枝上的野蜂窝。密林里万籁无声。

最后他走到那座没有油漆过的木房子前面时，他长舒了一口气。这所房子现在已经破旧得不成样子，而且一片龌龊，不堪入目。迎接他的仍是一片无法忍受的寂静。他走到阳台上，一个小孩儿正在阳光底下玩儿，一看见他便飞快地跑掉了。在这个孩子的眼睛里，所有陌生人都是敌人。库特拉斯医生意识到孩子正躲在一棵树后面偷偷地看着他。房门敞开着。他叫了一声，但是没有人回答。他走了进去。他在另一扇门上敲了敲，仍然没有回答。他把门柄一扭便走进去。扑鼻而来的一股臭味几乎叫他呕吐出来。他用手帕堵着鼻子，硬逼着自己走进去。屋子里光线非常暗，从外面灿烂的阳光下走进来，一时他什么也看不见。当他的眼睛适应了室内的光线时，他吓了一大跳。他不知道自己走到什么地方来了，仿佛是，他突然走入了一个神奇的世界中，他觉得自己好像正置身于一个原始大森林中，大树下面徜徉着一些赤身裸体的人。过了一会儿他才知道，他看到的是四壁上的巨大壁画。

"上帝啊[①]，我不是被太阳晒昏了吧。"他喃喃自语道。

一个人影晃动了一下，引起了他的注意，他发现爱塔正躺在地板上，低声呜咽着。

"爱塔，"他喊道，"爱塔。"

她没有理睬他。屋子里的腥臭味又一次差点儿把他熏倒，他点了一支方头雪茄。他的眼睛已经完全适应屋里的朦胧光线了。他凝视着墙上的绘画，心中激荡着无法控制的感情。他对于绘画并不怎么内行，但是墙上的这些画却使他感到激动。四面墙上，从地板一直到天花板，展开一幅奇特的、精心绘制的巨画，非常奇妙，也非常神秘。库特拉斯医生几乎连呼吸都停止了。他心中出现了一种既无法理解、又不能分析的感情。如果能够这样比较的话，也许一个人看到开天辟地之初就是怀着这种欣喜而又畏服的感觉的。这幅画

① 原文为法语。

具有压人的气势，它既是肉欲的，又充满无限热情。与此同时它又含着某种令人恐惧的成分，叫人看着心惊肉跳。绘制这幅巨作的人已经深入到大自然的隐秘中，探索到某种既美丽又可怕的秘密。这个人知道了一般人所不该知道的事物。他画出来的是某种原始的、令人震撼的东西，是不属于人世尘寰的。库特拉斯医生模模糊糊地联想到黑色魔法，既美得惊人，又污秽邪恶。

“上帝啊[①]，这是天才。”

这句话脱口而出，只是说出来以后他才意识到自己是在下了一个评语。

后来他的眼睛落在墙角的一张草席上，他走过去，看到了一个肢体残缺、让人不敢正眼看的可怕的东西，那是思特里克兰德。他已经死了。库特拉斯医生运用了极大的意志力，俯身看了看这具可怕的尸骸。他突然吓得跳起来，一颗心差点儿跳到嗓子眼儿上。因为他感到身后边有什么东西。回头一看，原来是爱塔。不知道什么时候，爱塔已经站起来，走到他胳膊肘旁边，同他一起俯视着地上的死人。

“老天爷，我的神经一定出了毛病了，”他说，“你可把我吓坏了。”

这个一度曾是活生生的人，现在已经气息全无了。库特拉斯又看了看，便心情沉郁地掉头走开。

“他的眼睛已经瞎了啊。”

“是的，他已经瞎了快一年了。”

---

① 原文为法语。

五十七

这时候库特拉斯太太看朋友回来，我们的谈话暂时被打断了。库特拉斯太太像一只帆篷张得鼓鼓的小船，精神抖擞地闯了进来。她是个又高大又肥胖的女人，胸部丰满，却紧紧勒着束胸。她生着一个大鹰钩鼻，下巴耷拉着三圈肥肉，身躯挺得笔直。尽管热带气候一般总是叫人慵懒无力，对她却丝毫没有影响。相反的，库特拉斯太太又精神又世故，行动敏捷果断，在这种叫人昏昏欲睡的地带里，谁也想不到她有这么充沛的精力。此外，她显然还是个非常健谈的人，自踏进屋门的一分钟起，她就谈论这个、品评那个，话语滔滔不绝。我们刚才那场谈话在库特拉斯太太进屋以后显得非常遥远、非常不真实了。

过了一会儿，库特拉斯医生对我说：

“思特里克兰德给我的那幅画一直挂在我的书房[①]里。你要去看看吗？”

① 原文为法语。

“我很想看看。”

我们站起来，医生领着我走到室外环绕着这幢房子的阳台上。我们在外面站了一会儿，看了看他花园里争奇斗艳的绚烂的鲜花。

“看了思特里克兰德用来装饰他房屋四壁的那些奇异的画幅，很久很久我老是忘不掉，”他沉思地说。

我脑子里想的也正是这件事。看来思特里克兰德终于把他的内心世界完全表现出来了。他默默无言地工作着，心里非常清楚，这是他一生中最后一个机会了。我想思特里克兰德一定把他理解的生活、把他的慧眼所看到的世界用图像表示了出来。我还想，他在创作这些巨画时也许终于寻找到了心灵的平静，缠绕着他的魔鬼最后被拔除了。他痛苦的一生似乎就是为这些壁画做准备，在图画完成的时候，他那远离尘嚣的受折磨的灵魂也就得到了安息。对于死他毋宁说抱着一种欢迎的态度，因为他一生追求的目的已经达到了。

“他的画主题是什么？”我问。

“我说不太清楚。他的画奇异而荒诞，好像是宇宙初创时的图景——伊甸园，亚当和夏娃……我怎么知道呢[①]？是对人体美——男性和女性的形体——的一首赞美诗，是对大自然的颂歌，大自然，既崇高又冷漠，既美丽又残忍……它使你感到空间的无限和时间的永恒，叫你产生一种畏惧的感觉。他画了许多树，椰子树、榕树、火焰花、鳄梨……所有那些我天天看到的，但是这些树经他一画，我再看的时候就完全不同了，我仿佛看到它们都有了灵魂，都

① 原文为法语。

各自有一个秘密，仿佛它们的灵魂和秘密眼看就要被我抓到手里，但又总是被它们逃脱掉。那些颜色都是我熟悉的颜色，可是又有所不同，它们都具有自己的独特的重要性。而那些赤身裸体的男男女女，他们既都是尘寰的、是他们柔捏而成的尘土，又都是神灵。人的最原始的天性赤裸裸地呈现在你的眼前，你看到的时候不由得感到恐惧，因为你看到的是你自己。”

库特拉斯医生耸了一下肩膀，脸上露出笑容。

“你会笑我的。我是个实利主义者，我生得又蠢又胖——有点儿像福斯塔夫[①]，对不对？——抒情诗的感情对我是很不合适的。我在惹人发笑。但是我真的还从来没有看过哪幅画给我留下这么深的印象。说老实话[②]，我看这幅画时的心情，就像我进了罗马塞斯廷小教堂一样。在那里我也是感到在天花板上绘画的那个画家非常伟大，又敬佩又畏服。那真是天才的画，气势磅礴，叫人感到头晕目眩。在这样伟大的壁画面前，我感到自己非常渺小，微不足道。但是人们对米开朗琪罗的伟大还是有心理准备的，而在这样一个土人住的小木房子里，远离文明世界，在俯瞰塔拉窝村庄的群山怀抱里，我却根本没想到会看到这样令人吃惊的艺术作品。另外，米开朗琪罗神智健全，身体健康。他的那些伟大作品给人以崇高、肃穆的感觉。但是在这里，虽然我看到的也是美，却叫我觉得心神不安。我不知道那究竟是什么，但它确实叫我不能平静。它给我一种

① 莎士比亚戏剧《亨利四世》中人物，身体肥胖，喜爱吹牛。

② 原文为法语。

印象，仿佛我正坐在一间空荡荡的屋子隔壁，我知道那间屋子是空的，但不知为什么，我又觉得里面有一个人，叫我惊恐万状。你责骂你自己吧，你知道这只不过是你的神经在作祟——但是，但是……过一小会儿，你就再也不能抗拒那紧紧捕捉住你的恐惧了。你被握在一种无形的恐怖的掌心里，无法逃脱。是的，我承认当我听到这些奇异的杰作被毁掉的时候，我并不是只觉得遗憾的。”

“怎么，毁掉了？”我喊起来。

“是啊[1]。你不知道吗？”

“我怎么会知道？我没听说过这些作品倒是事实，但是我还以为它们落到某个私人收藏家手里去了呢。思特里克兰德究竟画了多少画儿，直到今天始终没有人编制出目录来。”

“自从眼睛瞎了以后他就总是一动不动地坐在那两间画着壁画的屋子里，一坐就是几个钟头。他用一对失明的眼睛望着自己的作品，也许他看到的比他一生中看到的还要多。爱塔告诉我，他对自己的命运从来也没有抱怨过，他从来也不沮丧，直到生命最后一刻，他的心智一直是安详、恬静的。但是他叫爱塔做出诺言，在她把他埋葬以后——我告诉你没有，他的墓穴是我亲手挖的，因为没有一个土人肯走近这所沾染了病菌的房子，我们俩——把他埋葬在那株杧果树底下，他的尸体是用三块帕利欧缝在一起包裹起来的——他叫爱塔保证，放火把房子烧掉，而且要她亲眼看着房子烧光，在每一根木头都烧掉以前不要走开。”

① 原文为法语。

半天我没有说话，我陷入沉思中，最后我说：

“这么说来，他至死也没有变啊。”

“你了解吗？我必须告诉你，当时我觉得自己有责任劝阻她，叫她不要这么做。”

“后来你真是这样说了吗？”

“是的。因为我知道这是一个伟大天才的杰作，而且我认为，我们是没有权利叫人类失去它的。但是爱塔不听我的劝告。她已经答应过他了。我不愿意继续待在那儿，亲眼看着那野蛮的破坏活动。只是事情过后我才听人说，她是怎样干的。她在干燥的地板上和草席上倒上煤油，点起一把火来。没过半晌，这座房子就变成了焦炭，一幅伟大的杰作就这样化为灰烬了。”

“我想思特里克兰德也知道这是一幅杰作。他已经得到了自己所追求的东西。他可以说死而无憾了。他创造了一个世界，也看到自己的创造多么美好。以后，在骄傲和轻蔑的心情中，他又把它毁掉了。”

“我还是得让你看看我的画，”库特拉斯医生说，继续往前走。

“爱塔同他们的孩子后来怎样了？”

“他们搬到马尔奎撒群岛去了。她那里有亲属。我听说他们的孩子在一艘喀麦隆的双桅帆船上当水手。人们都说他长得很像死去的父亲。”

走到从阳台通向诊疗室的门口，库特拉斯医生站住，对我笑了笑。

“我的画是一幅水果静物画。你也许觉得诊疗室里挂着这样一幅画不很适宜，但是我的妻子却绝对不让它挂在客厅里。她说这张画给人一种猥亵感。”

“水果静物会叫人感到猥亵？”我吃惊地喊起来。

我们走进屋子，我的眼睛立刻落到这幅画上。很久很久我一直看着它。

画的是一堆水果：杧果、香蕉、橘子，还有一些我叫不出名字的东西。第一眼望去，这幅画一点儿也没有什么怪异的地方。如果摆在后期印象派的画展上，一个漫不经心的人会认为这是张蛮不错的、但也并非什么杰出的画幅，从风格上讲，同这一学派也没有什么不同。但是看过以后，说不定这幅画就总要回到他的记忆里，甚至连他自己也不知道为什么。据我估计，从此以后他就永远也不能把它忘掉了。

这幅画的着色非常怪异，叫人感到心神不宁，其感觉是很难确切说清的。浓浊的蓝色是不透明的，有如刻工精细的青金石雕盘，但又颤动着闪闪光泽，令人想到生活的神秘悸动；紫色像腐肉似的叫人感到嫌恶，但与此同时又勾起一种炽热的欲望，令人模糊想到亥里俄嘉巴鲁斯[①]统治下的罗马帝国；红色鲜艳刺目，有如冬青灌木结的小红果——一个人会联想英国的圣诞节，白雪皑皑，欢乐的气氛和儿童的笑语喧哗，但画家又运用自己的魔笔，使这种光泽柔和下来，让它呈现出有如乳鸽胸脯一样的柔嫩，叫人神怡心驰；深黄

① 一名埃拉嘉巴鲁斯（205？—222），罗马帝国皇帝。

色有些突兀地转成绿色，给人带来春天的芳香和溅着泡沫的山泉的明净。谁能知道，是什么痛苦的幻想创造出这些果实的呢？该不是看管金苹果园的赫斯珀里得斯三姐妹[①]在波利尼西亚果园中培植出来的吧！奇怪的是，这些果实都像活的一样，仿佛是在混沌初开时创造出来的，当时任何事物还都没有固定的形体，丰实肥硕，散发着浓郁的热带气息，好像具有一种独特的忧郁的感情。它们是被施展了魔法的果子，任何人尝了就能打开通向不知道哪些灵魂秘密的门扉，就可以走进幻境的神秘宫殿。它们孕育着无法预知的危险，咬一口就可能把一个人变成野兽，但也说不定变成神灵。一切健康的、正常的东西，淳朴人们所有的一切美好的情谊、朴素的欢乐都远远地避开了它们，但它们又具有莫大的诱惑力，就像伊甸园中能分辨善恶的智慧果一样，能把人带进未知的境界。

最后，我离开了这幅画。我觉得思特里克兰德一直把他的秘密带进了坟墓。

“喂，雷耐，亲爱的[②]，”外面传来了库特拉斯太太的兴高采烈的响亮的声音，“这么半天，你在干什么啊？开胃酒[③]已经准备好了。问问那位先生[④]愿意不愿意喝一小杯规那皮杜邦内酒。”

“当然愿意，夫人[⑤]。”我一边说一边走到阳台上去。

图画的魅力被打破了。

---

① 根据希腊神话，赫斯珀里得斯姐妹负责看管赫拉女神的金苹果树，并有巨龙拉冬帮助守卫。

②③④⑤ 原文为法语。

五十八

我离开塔希提的日子已经到了。根据岛上好客的习惯，凡是萍水相逢和我有一面之识的人临别时都送给我一些礼物——椰子树叶编的筐子、露兜树叶织的席、扇子……。蒂阿瑞给我的是三颗小珍珠和用她一双胖手亲自做的三罐番石榴酱。最后，当从惠灵顿开往旧金山的邮船在码头停泊了二十四小时，汽笛长鸣，招呼旅客上船的时候，蒂阿瑞把我搂在她肥大的胸脯里（我有一种掉在波涛汹涌的大海中的感觉），眼睛里闪着泪珠，把她的红嘴唇贴在我的嘴上。轮船缓缓驶出咸水湖，从珊瑚礁的一个通道小心谨慎地开到广阔的海面上，这时，一阵忧伤突然袭上我的心头。空气里仍然弥漫着从陆地飘来的令人心醉的香气，塔希提离我却已经非常遥远了。我知道我再也不会看到它了。我的生命史又翻过了一页，我觉得自己距离那谁也逃脱不掉的死亡又迈近了一步。

一个月零几天以后，我回到了伦敦。我把几件亟待处理的事办好以后，想到思特里克兰德太太或许愿意知道一下她丈夫最后几年的情况，便给她写了一封信。从大战前很长一段日子我们就没有见面了，我不知道她这时住在什么地方，只好翻了一下电话簿才找到她的地址。她在回信里约定了一个日子，到了那一天，我便到她在坎普登山的新居——一所很整齐的小房子——去登门造访。这时思特里克兰德太太已经快六十岁了，但是她的相貌一点儿也不显老，谁也不会相信她是五十开外的人。她的脸比较瘦，皱纹不多，是那种年龄很难刻上凿痕的面孔，你会觉得年轻时她一定是个美人，比她实际相貌要漂亮得多。她的头发没有完全灰白，梳理得恰合自己的身份，身上的黑色长衫样子非常时兴。我仿佛听人说过，她的姐姐麦克安德鲁太太在丈夫死后几年也去世了，给思特里克兰德太太留下一笔钱。从她现在的住房和给我们开门的使女的整齐利落的样子看，我猜想这笔钱是足够叫这位寡妇过着小康的日子的。

我被领进客厅以后才发现屋里还有一位客人。当我了解了这位客人的身份以后，我猜想思特里克兰德太太约我在这个时间来，不是没有目的的。这位来客是凡・布施・泰勒先生，一位美国人，思特里克兰德太太一边表示歉意地对他展露着可爱的笑容，一边详细地给我介绍他的情况。

“你知道，我们英国人见闻狭窄，简直太可怕了。如果我不得不做些解释，你一定得原谅我。”接着她转过来对我说：“凡・布施・泰勒先生就是那位美国最有名的评论家。如果你没有读过他的著作，你的教育可未免太欠缺了，你必须立刻着手弥补一下。泰勒先生现在正在写一点儿东西，关于亲爱的查理斯的。他特地来我这

里看看我能不能帮他的忙。”

凡·布施·泰勒先生身体非常消瘦，生着一个大秃脑袋，骨头支棱着，头皮闪闪发亮，大宽脑门下面一张脸面色焦黄，满是皱纹，显得枯干瘦小。他举止文静，彬彬有礼，说话时带着些新英格兰州口音。这个人给我的印象非常僵硬刻板，毫无热情，我真不知道他怎么会想到要研究查理斯·思特里克兰德来。思特里克兰德太太在提到她死去的丈夫时，语气非常温柔，我暗自觉得好笑。在这两人谈话的当儿，我把我们坐的这间客厅打量了一番。思特里克兰德太太是个紧跟时尚的人。她在阿施里花园旧居时那些室内装饰都不见了，墙上糊的不再是莫里斯墙纸，家具上套的不再是色彩朴素的印花布，旧日装饰着客厅四壁的阿轮德尔图片也都撤下去了。现在这间客厅是一片光怪陆离的颜色，我很怀疑，她知道不知道她把屋子装点得五颜六色的这种风尚都是因为南海岛屿上一个可怜的画家有过这种幻梦。对我的这个疑问她自己做出了回答。

“你这些靠垫真是太了不起了，”凡·布施·泰勒先生说。

“你喜欢吗？”她笑着说，“巴克斯特[①]设计的，你知道。”

但是墙上还挂着几张思特里克兰德的最好画作的彩色复制品，这该归功于柏林一家颇具野心的印刷商。

“你在看我的画呢，”看到我的目光所向，她说，“当然了，他的原画我无法弄到手，但是有了这些也足够了。这是出版商主动

① 雷昂·尼古拉耶维奇·巴克斯特（1866—1924），俄罗斯画家和舞台设计家。

送给我的。对我来说真是莫大的安慰。”

“每天能欣赏这些画，实在是很大的乐趣。”凡·布施·泰勒先生说。

“一点儿不错。这些画是极有装饰意义的。”

“这也是我的一个最基本的看法，”凡·布施·泰勒先生说，“伟大的艺术从来就是最富于装饰价值的。”

他们的目光落在一个给孩子喂奶的裸体女人身上，女人身旁还有一个年轻女孩子跪着给小孩递去一朵花，小孩却根本不去注意。一个满脸皱纹、皮包骨的老太婆在旁边看着她们。这是思特里克兰德画的神圣家庭。我猜想画中人物都是他在塔拉窝村附近那所房子里的寄居者，而那个喂奶的女人和她怀里的婴儿就是爱塔和他们的第一个孩子。我很想知道思特里克兰德太太对这些事是不是也略知一二。

谈话继续下去。我非常佩服凡·布施·泰勒先生的老练，凡是令人感到尴尬的话题，他完全回避掉。我也非常惊奇思特里克兰德太太的圆滑，尽管她没有说一句不真实的话，却充分暗示了她同自己丈夫的关系非常融睦，从来没有任何嫌隙。最后，凡·布施·泰勒先生起身告辞，他握着女主人的一只手，向她说了一大篇优美动听、但未免过于造作的感谢词，便离开了我们。

“我希望这个人没有使你感到厌烦，”当门在凡·布施·泰勒的身背后关上以后，思特里克兰德太太说，“当然了，有时候也实在让人讨厌，但是我总觉得，有人来了解查理斯的情况，我是应该尽量把我知道的提供给人家的。作为一个伟大天才的未亡人，这该是一种义务吧。”

她用她那一对可爱的眼睛望着我，她的目光非常真挚，非常亲切，同二十多年以前完全一样。我有点儿怀疑她是不是在耍弄我。

“你那个打字所大概早就停业了吧？”我说。

“啊，当然了，”她大大咧咧地说，“当年我开那家打字所主要也是为了觉得好玩，没有其他什么原因。后来我的两个孩子都劝我把它出让给别人。他们认为太耗损我的精神了。”

我发现思特里克兰德太太已经忘记了她曾不得不自食其力这一段不光彩的历史。同任何一个正派女人一样，她真实地相信只有依靠别人养活自己才是规矩的行为。

“他们都在家，”她说，“我想你给他们谈谈他们父亲的事，他们一定很愿意听的。你还记得罗伯特吧？我很高兴能够告诉你，他的名字已经提上去，就快要领陆军十字勋章了。”

她走到门口去招呼他们。走进来一个穿卡其服的高大男人，脖子上系着牧师戴的硬领。这人生得身材魁梧，有一种壮健的美，一双眼睛仍然和他童年时期一样真挚爽朗。跟在他后面的是他妹妹；她这时一定同我初次见到她母亲时年龄相仿。她长得非常像她母亲，也给人这样的印象：小时候长得一定要比实际上更漂亮。

“我想你一定一点儿也不记得他俩了。”思特里克兰德太太说，骄傲地笑了笑。“我的女儿现在是朵纳尔德逊太太了，她丈夫是炮兵团的少校。”

“他是一个真正从士兵出身的军人，”朵纳尔德逊太太高高兴兴地说，“所以现在刚刚是个少校。”

我想起很久以前我的预言：她将来一定会嫁一个军人。看来这件事早已注定了。她的风度完全是个军人的妻子。她对人和蔼亲切，但另一方面她几乎毫不掩饰自己内心的信念，她同一般人是有所不同的。罗伯特的情绪非常高。

“真是太巧了，你这次来正赶上我在伦敦，”他说，“我只有三天假。”

“他一心想赶快回去，”他母亲说。

“啊，这我承认，我在前线过得可太有趣儿了。我交了不少朋友。那里的生活真是顶呱呱的。当然了，战争是可怕的，那些事儿大家都非常清楚。但是战争确实能表现出一个人的优秀本质，这一点谁也不能否认。”

这以后我把我听到的查理斯·思特里克兰德在塔希提的情形给他们讲了一遍。我认为没有必要提到爱塔和她生的孩子，但是其余的事我都如实说了。在我谈完他惨死的情况以后我就没有再往下说了。有一两分钟大家都没有说话。后来罗伯特·思特里克兰德划了根火柴，点着了一支纸烟。

“上帝的磨盘转动很慢，但是却磨得很细。”罗伯特说，颇有些道貌岸然的样子。

思特里克兰德太太和朵纳尔德逊太太满腹虔诚地低下头来。我一点儿也不怀疑，这母女两人所以表现得这么虔诚是因为她们都认为罗伯特刚才是从《圣经》上引证了一句话[①]。说实在的，就连罗伯特本人是否绝对无此错觉，我也不敢肯定。不知为什么，我突然想到爱塔给思特里克兰德生的那个孩子。听别人说，这是个活泼、开朗、快快活活的小伙子。在想象中，我仿佛看见一艘双桅大帆船，这个年轻人正在船上干活儿，他浑身赤裸，只在腰间围着一块粗蓝布。天黑了，船儿被清风吹动着，轻快地在海面上滑行，水手们都聚集在上层甲板上，船长和一个管货的人员坐在帆布椅上自由自在地抽着烟斗。思特里克兰德的孩子同另一个小伙子跳起舞来，在暗哑的手风琴声中，他们疯狂地跳着。头顶上是一片碧空，群星熠熠，太平洋烟波渺茫，浩瀚无垠。

《圣经》上的另一句话也到了我的唇边，但是我却控制着自己没有说出来，因为我知道牧师不喜欢俗人侵犯他们的领域，他们认为这是有渎神明的。我的亨利叔叔在威特斯台柏尔教区做了二十七年牧师，遇到这种机会就会说：魔鬼要干坏事总可以引证《圣经》。他一直忘不了一个先令就可以买十三只大牡蛎的日子。

① 罗伯特所说“上帝的磨盘”一语，许多外国诗人学者都曾讲过。美国诗人朗费罗也写过类似诗句，并非出自《圣经》。